KB252451

영상시대의 문화코드
삶, 문학 그리고 영화

본 저술은 영산대학교 교내연구비 지원에 의해 연구되었음.

CULTURE CODE

영상시대의 문화코드

삶, 문학 그리고 영화

변재길 지음

도서출판 동인

시작하는 글

문학과 영상매체로 다양한 삶의 의미를 알아보자!

생전에 법정스님은 우리가 책을 대할 때는 한 장 한 장 넘길 때마다 자신을 읽는 일로 이어져야 하고 잠든 영혼을 일깨워 보다 값있는 삶으로 눈을 떠야 한다고 말한 적이 있습니다. 영화도 마찬가지라고 생각합니다. 독서삼매란 말이 있듯이, 우리가 책을 읽거나 영화에 몰입해있는 순간은 자신과의 대화이자 스스로 일깨움의 과정입니다.

우리는 산업사회의 시대를 넘어 서로 다른 지식 사이의 통섭convergence 과 이산divergence을 주축으로 하는 영상 문화 시대로 빠르게 전환하고 있는 때에 살고 있습니다. 이 땅 위에 완전히 낡은 것도 완전히 새로운 것도 없습니다. 온고이지신 가이위사의溫故而知新 可以爲師矣는 단순히 공자가 한 옛말로 치부하기에는 모든 것이 빠르게 변화하고 창의적 상상을 필요로 하는 시대에 사는 지금의 우리에게는 너무나도 큰 진리입니다. 문학에 있어서 영화는 수많은 위기 담론이 난무하는 가운데에서도, 문학의 정체성을 비틀거리게 한 것이 아니라 오히려 새로운 미래를 열어줄 매체로 전망되어 왔습니다. 문학의 토대를 발판삼아 발전해온 영화에 있어서도 문학의 토양은 앞으로도 성장의 비전을 제시해줄 오래된 미래에 해당한다고 볼 수 있습니다. 통섭과 이산의 영상시대는 서로간의 장르적 한계를 뛰어 넘고 서사의 영역을 확장함으로써 새로운 형식의 예술적 상상과 삶의 경험을 가능하게 합니다.

이 책은 모든 것이 디지털화되어 가고 있고 글의 매력보다 이미지의 매력에 더 끌리는 오늘의 영상시대에 글과 이미지를 다루는 대중의 예술 장르로서 문학과 영화를 대질하여 현재적·문화적 전환기의 예술매체로서 문학과 영화의 역할과 기능뿐만 아니라 상호간 문화적 효용 가치를 살펴보고자 합니다. 하지만 예술의 기능과 역할뿐만 아니라 그 함의는 시대에 따라 다를 수밖에 없음은 잊지 말아야 하겠습니다. 예술 작품은 삶의 의미를 오롯이 기록한 삶의 결정체이긴 하지만 그것은 인간과 사회를 향한 대화의 산물이기 때문입니다. 예술 장르로서 문학과 영화에 대한 이러한 시각은 삶의 주체로서 그리고 문화의 생산자이자 소비자로서 "나"에 대한 인식뿐만 아니라, 또한 가치 문화적, 예술적 대화 상대로서 "너"에 대한 대화적 관계망과 그 예술적 전망을 우선 돌아보게 합니다.

이 책은 문학과 영상매체의 관계를 탐색하고 현재적 삶의 맥락에서 텍스트의 의미를 논의할 것입니다. 또한 문학과 영상매체를 거쳐 구현되는 다양한 삶의 양상과 그 의미를 실제 작품을 통해, 사회 문화적 관계망과 정치 역사적 맥락에서, 또한 현재적 시각에서, 다시 읽고 논의해보고자 합니다. 나아가 문학과 영상매체의 유기적 상호 관계를 장르와 형식 그리고 역사·문화적 관점에서 살펴보고, 아울러 다양한 삶의 리얼리즘을 드러내는 대화적 예술 장르로서 문학과 영화의 기능과 그 맥락 의미를 실제 문학작품과 몇 가지 영화적 사례를 통해 살펴보겠습니다. 문학과 영화의 공통된 도구적 운명은 다양한 삶을 투영하는 매체라는 것입니다.

특히 소설을 비롯한 문학 장르 그리고 영상매체로서 영화의 장르는 자본과 기술의 관점에서 볼 경우 모두 시대와 이념의 산물이라 볼 수 있습니다. 그러므로 본서는 문학과 영화가 그들만의 예술적 방식으로 어떻게 동시대의 문화적 아우라와 텍스트의 (초)역사성을 가로질러 고단한 인간적 삶의 여러 양태를 성찰하고 담아내고 있는지 실제 몇 가지 작품의 예를 통해 살펴보고, 아울러 예술매체의 문맥적 의미 생산자인 동시에 소비자로서 저자와 독자/관객의 대화적 관계를 결코 무겁지 않은 목소리로 한번 되짚어보도록 하겠습니다.

문학과 삶의 인식

나는 누구인가?

다음을 한번 생각해보겠습니다. 문학의 주체로서 나는 누구일까요? 문학이라고 하는 것이 작가 혹은 저자인 "나"의 의식에 투영된 세상의 기록이고 "나"의 다양한 삶의 경험을 문자 언어로 기록한 표현의 산물이라 말할 수 있는 것일까요? 세상의 중심이 "나"라고 가정해 본다면 문학의 주체는 응당 "나"일 것이고 나는 나의 의식을 통해 세상을 바라볼 것입니다. 삶의 본질 가운데 한 가지가 세상과 나 사이의 대화라고 한다면 문학은 세상과 나의 대화 혹은 소통의 산물 혹은 앎의 산물이겠지요. 문학 행위의 한 가지 목적은 다름 아닌 이와 같은 앎의 즐거움을 위한 것입니다. 그것은 당연히 행복한 삶의 지향과도 직결됩니다. 그러므로 글쓰기와 감상을 포함한 문학 행위 그 자체가 극단적으로 고통과 파국의 과정을 수반한 경험이라 하더라도, 삶을 둘러싼 소통의 산물로서 문학의 목적은 예술을 통한 인간적 앎의 카타르시스를 위한 것이라 할 수 있습니다. 결국 문학을 하는 이유는 우리가 사람이기 때문입니다.

문학은 우리를 인격적으로나 지적으로 성장하게 한다. 문학은 지식이나 지적 능력의 객관적인 토대를 마련해주며 우리가 속해 있는 문화적, 철학적, 종교적 세계와 우리 자신을 연결해준다. 또한 문학은 우리에게 우리와 다른 장소와 시대에 일어난 인간의 꿈과 노력에 대한 이야기를 들려줄 뿐 아니라, 인간과 동식물을 포함한 모든 살아 있는 존재들에 대한 이해를 돕고 깊은 동정심을 불러일으킨다. […] 문학은 독서를 통하여 축적된 경험을 통하여, 우리 자신에게 뚜렷한 정체성을 부여하고 우리의 목표와 가치관을 형성해주는데, 이러한 과정은 존경할 만한 사람들을 받아들이는 적극적인 행위와 사악한 자들을 거부하는 소극적인 행위를 통하여 이루어진다. 문학은 지역적 혹은 전 세계적으로 일어나는 사건을 바라보는 관점을 계발시켜줌으로써 우리의 이해력을 향상시키고 문제를 해결하는 길을 제시한다. 문학은 인생에 지대한 영향을 끼치는 요소들 중 하나이다. 문학은 우리를 사람으로 만들어주는 것이다.[1]

사실 "나"의 존재가 작가이든 작가 자신의 주체이든 혹은 그의 자아이든 아니면 무의식이든 간에 이 같은 질문은 인간의 정체성과 합리성과 관련한 가장 전형적이고 본질적인 질문입니다. 이 같은 질문은 문학이란 무엇이며 문학을 왜 하는가 혹은 문학을 왜 해야 하는지와 같은 좀 더 질문과 관련이 있을 것입니다. 생각해보면 오랫동안 글쓰기의 본질 가운데 하나는 "나"에 관한 인식이었고 "나"의 정체성이었습니다. 글쓰기의 주인은 다름 아닌 "나"이기 때문이고, 나라는 주체는 진리요 중심이었으며, 데카르트 이후 오랜 동안 이성적 통일적 실재로 생각되었습니다.[2] 심지어 세상의 모든 글 혹은 문학은 주인은 다름 아닌 "나"이기 때문에 "나"는 모든 것의

---

[1] 에드가 V 로버츠, 『영문학의 이해와 글쓰기』, 한울아카데미, 2001, 16-17쪽.
[2] 송승철, 「이론이란 무엇인가?」 『영미문학길잡이 2: 미국문학과 비평이론』, 영미문학연구회, 창비, 2003, 365쪽.

기원이었고 문학의 소재와 대상은 "나"의 의식에 투영된 세상이 소재거리였다 할 수 있습니다.

이 같은 주체 개념은 사실상 의식 개념과 동일시된 것입니다. 즉, 나의 모습은 이성과 자연의 주인이 아니라 자아의 창조자인 것입니다. 이른바 괴테와 앙드레 지드의 교양소설은 이 같은 자아 발전의 개념을 잘 보여주는 이른바 발전소설입니다. 이 경우에 문학을 하는 행위는 나의 삶을 아는 과정이자, 나의 삶의 본질을 되돌아보는 고행 혹은 수행 과정이 되는 것이고, 주체 의식의 강조는 근대적이고 세속적인 사회적 삶의 통일성 원칙을 제공해 주는 것이라 할 수 있습니다.[3]

사실, "나"에 대한 의식은 일인칭 화자의 목소리를 통해 독자에게 쉽게 전달되지만, 작품 속의 "나"는 예술가가 만든 허구적 인물임을 잊어서는 안 됩니다. 그럼에도 불구하고 시적 화자가 예술적 창조물에 불과하다 하더라도 그는 문학 경험을 통해 근대의 자의식적 감수성을 가장 손쉽게, 가장 직설적으로 문학적으로 소통 가능케 하는 일종의 시적 가면입니다. 김광규의 「나」라는 제목의 시를 들여다보겠습니다.

살펴보면 나는
나의 아버지의 아들이고
나의 아들의 아버지고
나의 형의 동생이고
나의 동생의 형이고
[…]
나의 개의 주인이고

---

3 알랭 투랭, 『탈산업 사회의 사회이론』, 이화여대출판부, 1994, 52쪽.

나의 집의 가장이다

그렇다면 나는
아들이고
아버지고
동생이고
형이고
[…]
주인이고
가장이지
오직 하나뿐인
나는 아니다

과연
아무것도 모르고 있는
나는
무엇인가
그리고
지금 여기 있는
나는
누구인가

여기서 시인은 나는 누구인가라는 질문에 대한 한 가지 답을 제시하고자
합니다. 시 속의 일인칭 화자는 물음에 답하기 위해 지신을 둘러싼 주변의
인간관계를 살펴봅니다. 김광규 시인 자신과 매우 가까워 보이는 시 속의
화자인 "나"는 아들이자 아버지이고 동생인 동시에 형이고, 학생인 동시에

영상시대의 문화코드: 삶, 문학 그리고 영화

선생이고 친구이자 적임을 말해줍니다. 그러므로 시는 사람으로서 나라는 존재는 철저히 타인과의 관계 속에 결정되는 사회적 존재임을 노래하고 있습니다.

물론 문학을 보는 관점에 따라 문학 속의 나와 실제 시인의 구별은 매우 상대적인 것입니다. 이를테면 시 작품의 주체를 시인으로 볼 것인가 혹은 작품 내의 시적 화자로 볼 것인가의 문제만 해도 몰개성적 관점에서 보자면, 시는 어디까지나 문학예술의 창조적 산물이므로 시적 화자를 자전적으로 동일시할 것이 아니라 상상적으로 동일시해야 한다는 것입니다. 다시 말해 작품 내 시적 화자의 개성적 태도는 창조된 극적 개성이므로 작품 밖에 존재하는 시인과 작품 안의 화자를 구별할 필요가 있다는 것이지요.

보통 이러한 작품 내의 화자를 시적 가면―혹은 페르소나persona―라고 부릅니다. 대체로 시, 소설 그리고 희곡의 일인칭 화자를 가리킵니다. 그러나 이것은 꼭 일인칭 화자에만 국한된 것은 아닙니다. 시적 가면의 역할은 명칭에서 풍기는 표면적인 의미보다는 무언가를 감추는 것이 목적이 아니라 오히려 의미나 주제를 작품 내의 어떤 개성적 목소리나 인물화를 통해 명확히 드러내기 위한 것이기 때문입니다. 이를테면 맨 얼굴이나 보통의 얼굴 표정으로는 표현할 수 없는 예술적 태도나 인생관 혹은 어떤 심오한 주제를 어떤 양식화된 가면을 통해 상징적으로 표상하는 것입니다.

김종삼의 「누군가 나에게 물었다」라는 제목의 시를 읽어보겠습니다.

누군가 나에게 물었다. 시가 뭐냐고
나는 시인이 못 됨으로 잘 모른다고 대답하였다.
무교동과 종로와 명동과 남산과
서울역 앞을 걸었다.

저녁녘 남대문 시장 안에서
빈대떡을 먹을 때 생각나고 있었다.
그런 사람들이
엄청난 고생 되어도
순하고 명랑하고 맘 좋고 인정이
있으므로 슬기롭게 사는 사람들이
그런 사람들이
이 세상에서 알파이고
고귀한 인류이고
영원한 광명이고
다름 아닌 시인이라고.

이 시는 궁극적으로 삶이 무엇인지, 문학이 무엇인지에 대한 물음이자 대답이라 할 수 있습니다. 시 속의 "나"는 진정한 시인이란 "남대문 시장 안"의 생생한 삶의 현장 속에서 "슬기롭게 사는 사람들"이라고 말하면서 문학의 의미는 삶 속에 있음을 노래하고 있습니다.

앞서 말한 것처럼 시적 화자와 실제의 시인은 구별할 필요가 있습니다. 이를테면 시 속에서 서울 시내를 걷고 시장 안에서 빈대떡을 먹는 시인은 시인의 경험적 자아가 시적 자아로 바뀐 것이지 시인의 실제 개성은 아닌 것입니다. 그는 시 속의 등장인물이자 영화 속 주인공이기도 합니다.

이런 경우 실제의 시인과 작품 내 주체가 다르다는 점에서 보통 이것을 가상적 주체virtual subjective라 부르기도 합니다.4 사실 화자는 당대의 일반적인 관습적 역할과 크게 벗어날 수 없으므로, 대부분의 시인과 소설가는

---

4 Susan Langer, *Feeling and Form: a theory of art developed form*, London: Routledge & Kegan Paul, 1979, p. 257.

영상시대의 문화코드: 삶, 문학 그리고 영화

이 같은 문화적 범주 안에서 가상의 독자를 상정해서 가상의 주인공으로 이야기하는 것이 보통입니다. 통상 "나"가 주요 등장인물이나 화자로 기능하는 일인칭 시점의 문학작품은 모든 관점 가운데 작가로부터 가장 독립된 위치에 있는데, 그 이유는 일인칭 화자는 이름, 직업, 지위의 관점에서 구체적인 정체성을 지닌 인물이기 때문입니다. 때문에 일인칭 화자의 작품은 보통 작품 내에서 액자의 형태를 가지면서 작품에 객관적 실제objective reality와 같은 권위와 분위기를 주기 위해 사용하는 수단이 됩니다. 즉 시인이든 소설가든, 창조되는 문학작품은 그 예술적 효과를 위해 다양한 시점에서 다양한 페르소나에 의해 발화되는 것입니다.

페르소나는 특별한 경우가 아니면 대체로 주인공 화자의 관점으로 작품 내에서 그 목소리의 어조뿐만 아니라 음색의 일관성을 유지하면서 작품의 통일성과 객관성에 기여합니다. 예를 들어 화자나 서술자가 이름을 가지고 있든 혹은 무명이든 간에 작품 속의 목소리가 "나"라면 작가는 일인칭 관점을 사용하고 있는 것입니다. 일인칭 화자의 채택은 외부 사건의 세부 사항에 대해 직접 경험하거나 혹은 직접 목격하거나 한 것처럼 가정하는 것입니다. 만일 그렇지 않다면, 다양한 방법을 통해 알게 된 정보를 추론하거나 직관에 의해 추측이나 상상한 것처럼 이야기를 풀어나갑니다. 이와 반대로 삼인칭 화자라면 일인칭 화자와 반대로 이야기에 전혀 개입하지 않는 무명의 목소리일 것입니다. 보통 삼인칭 화자는 크게 객관적, 전지적, 혹은 제한적 관점의 화자로 구분됩니다. 사건이나 대화를 가장 자연스럽게 풀어나가는 방법은 객관적 화자를 이용하는 것으로서 이는 보통 극적 화자라고도 불립니다. 마치 영화 촬영 카메라처럼 서술화자는 현재 일어나는 상황이나 대화를 말해주기 위해 모든 현장에 존재하는 것이지요. 전지적 화자는 모든 것을 볼 수 있고 심지어 타인의 마음 속 심리 상태와

제1장 문학과 삶의 인식: 나는 누구인가?

감정까지 서술합니다. 예를 들어 기 드 모파상의 단편소설『목걸이』의 화자는 주인공 마틸드의 남편이 보여주는 반응과 속내를 설명하기 위해 전지적 관점을 견지합니다. 이에 비해 제한적 화자는 주요 인물의 생각과 행동에 국한하여 초점을 맞추는데, 이 경우에 작가는 작품의 내용을 주요 인물의 행동과 생각에 국한하여 서술하거나 묘사합니다.

그러나 일인칭과 삼인칭 화자의 이와 같은 구별은 사실 쉬운 일은 아닙니다. 이를테면『벙어리 삼룡이』를 보면 이 점을 알 수 있습니다. 소설의 일인칭 화자 "나"는 마치 자신의 체험을 서술하려는 듯한 태도로 이야기를 시작하지만 곧 신과 같은 전지적 화자로 변하여 삼인칭의 이야기를 합니다. 이처럼 다양한 시점의 화자를 작품 속에 내세우는 이유는 작품의 테마와 분위기에 가장 어울리는 목소리를 구현하고 그에 어울리는 역할을 수행하게 하기 위한 것입니다. 이러한 목소리의 역할은 시적 극적 혹은 서술적 상황에 적절한 시점을 선택함으로써 주어진 작품의 테마를 가장 효과적으로 구현하기 위한 화자의 개성을 표상하기 위한 것입니다. 어떤 화자의 페르소나를 내세우는가 하는 화자나 시점 선택의 문제는 작품의 성공을 좌우할 만큼 작가에게 매우 어려운 선택일 수 있습니다.

그러므로 작품 내 시적 상황에 알맞은 페르소나에 의한 적절한 시점의 선택은 작품의 예술적 개성과 주제 의미의 극대화에 기여합니다. 존 바스의 소설집『미로 속에서 길을 잃고』의 경우는 대표적입니다. 이를테면 소설집의 첫 번째 단편「밤바다 여행」의 화자는 "이 여행은 내가 만든 허구인가? […] 나는 나 자신에게 묻는다. 이 모든 것을 경험하는 나 자신과 분리된 나는 존재하는가?"라는 물음으로 시작합니다. 흥미로운 것은 소설 속의 화자는 다름 아니라 여성의 난자를 향해 헤엄쳐 가야 하는 정자입니다. 여기서, 세상의 모든 나를 대변하는 작품 속의 "나"에게 있어 헤엄쳐 가야 하는 밤바다 여행은 온갖 역경을 헤쳐 나가야 할 궁극적 삶의 여정을 대표합니다. 이때 소설이 던지고 있는 나는 누구인가라는 화두는 가장 근원적인 물음이 되고 있습니다. 그러므로 나는 누구인가라는 물음은 자신의 삶의 징후를 탐색하는 과정학적 물음입니다. 왜냐하면 기실 그 과정은 "나"의 삶은 세상의 온갖 사건과 사건의 우연한 계기로 얽히고 관련지어져 있으며, 그 속에서 삶 자체는 기호이자 징후임을 발견하는 과정이기 때문인 것이지요.

현재 프랑스 문단을 대표하는 소설가 미셸 투르니에의 작품들도 바로 이 같은 질문에 사로잡힌 주인공들이 많이 등장합니다. 그가 다루는 테마는 사물과 우주의 운행, 인간의 본질을 규명하는 데 중요한 신화, 성서, 여행, 동성애, 사랑, 종교, 빈곤, 전쟁 등으로 대단히 상징적입니다. 그의 소설의 주인공들은 대체로 어머니의 죽음이나 상실, 단절과 같은 외부의 상처로 인해 자신을 보호해줄 보호막을 상실함으로써 자신이 누구인지 자문하면서 삶에 어떤 확신도 줄 수 없는 나머지 지독한 외로움에 치를 떱니다. 예를 들어, 그의 소설 『메테오르』를 살펴보겠습니다. 주인공 폴은 어떤 원심력에 의해 자신이 어머니 뱃속에서 강제로 끄집어내어졌다고 생각하고는 어머니 뱃속으로 다시 들어가기를 꿈꿉니다. 소설은 쌍둥이 형제 장과 폴의 비극적인 사랑과 이별을 다룹니다. 둘은 너무나도 사랑하여 동성연애를 하기에 이르지만 성장하면서 장은 둘 사이의 긴밀한 관계를 청산하고 폴의 곁을 떠납니다. 외짝이 된 폴은 고독을 견디지 못하고 장을 찾기 위해 세상을 떠돌기 시작합니다. 폴은 도망친 장을 찾기 위해 콘스탄티노플, 베네치아, 튀니지의 제르바, 아이슬란드의 레이캬비크, 베를린 등을 비롯한 전 세계 여섯 개의 도시를 떠돌며 통과의례의 필수단계인 단절, 환각, 시련, 신체훼손, 상징적 죽음을 경험하며 궁극적으로 다시 태어납니다. 이 경우에 나는 누구인가라는 질문은 매우 실존적인 것이 됩니다. 낯선 이질적 조건들과의 대면이기 때문입니다.

문학이란 궁극적으로 나의 의식에 투영된 (거울에 비친) 세상과 나의 삶의 대화를 문학적 상상을 매개로 문학 기호로 해석하는 행위라 할 수 있습니다. 문학이란 나의 인생이 (혹은 너의 인생이) 세상을 어떻게 받아 들였는가 혹은 어떻게 수용하였는지를 문학 행위를 통해 되짚어 보는 것이기 때문입니다. 심리학자 라캉에 따르면 모든 언술은 발화, 즉 주체로서 나(발화자)의 언술 작용에서 비롯된 것입니다. 사실 세상의 거울에 비친 나의 이미지는 나를 닮은 이미지라 말할 수 있습니다. 처음부터 나는 분열된 자아인 것입니다. 이때 동일시의 과정은 응시를 수반합니다. 응시의 과정에서 유사 이미지와의 동일시를 통해 자신을 인식하기 때문입니다. 나의 자아는 거울 이미지와의 동일시 과정을 통한 상상의 구축물이라 할 수 있고, 이때 자아의 인식은 타자에 의해 중개된 것입니다.[5]

"나"의 의식의 빈 서판에 투영된 세상을 조망하고 다시 쓰는 것이 문학 행위라면, 문학이란 나의 삶의 과거 행적을 되짚어보거나 거슬러 올라가거나 혹은 미래를 가늠해보는 경험이 됩니다. 그런데 모든 언술은 숙명적으로 화자의 언술이며, 그것은 세상을 어떻게 보느냐 하는 시각의 문제, 즉 화자의 시점 문제와 결부되어 있습니다. 다시 말해 언술의 과정은 주체로서 화자가 내부로부터가 아닌 외부의 거울을 통해 자신을 발견하는 과정으로서 문학 행위이지만, 그것은 언술의 주체로서 화자가 세상에 관한 이야기에 대해 갖는 관계의 문제와 밀접하게 연결됩니다. 그러므로 시점이란, 문학의 주체를 둘러싼 모든 세계의 구성원으로서 "너"에 대한 문학적

---

5 김인환, 『줄리아 크리스테바의 문학탐색』, 이화여대출판부, 2003, 237쪽.

영상시대의 문화코드: 삶, 문학 그리고 영화

관점의 구현과 의미 생산의 출발점이라 할 수 있습니다.

그런데, 작가 자신이 기술하는 세계를 관념적으로 평가하고 감지할 때 심리적 시공간적 혹은 어법과 같은 관념적 차원의 구성 문제에 있어서 누구의 시점을 상정하는가의 문제를 제기할 수 있겠지만, 주의할 것은 이것이 사실 작가의 일반적 세계관이 아니라 작품의 구성적 관점에서 작가가 채택한 시점이라는 점입니다. 그러므로 작품 내 언술의 관념적 입장과 의견이 누구의 관점에서 그리고 어떤 시공간적 위치에서 발화되고 표상되는지 감지하는 것은 중요하겠지요.

언술의 주체로서 화자가 취하는 시점에 있어서 고려해야 할 문제는 화법과 관련한 것입니다. 보통 하나의 작품은 작가에 의해 특정된 화자의 시점 서술을 통해 구성된 다양한 화법 형식과 태도 그리고 그러한 특성의 산물입니다. 그것은 화자가 서 있는 사회적, 심리적, 혹은 시공간적 위치에 따라 달라질 수 있는 것이며, 어떤 특정 사건을 지각하는 인물의 지적, 심리적 혹은 물리적 시점에 따라 (혹은 인물의 지리적·학문적 출신에 따라서도) 복합적인 화법의 변화를 줄 수 있는 것입니다.

문학이 세상과의 대화라고 할 때 그 소통의 전제는 관찰 혹은 응시 욕망일 것입니다. 그렇다면 문학 행위는 본질적으로 언술의 주체로서 화자가 딛고 서있는 시공간적 위치를 전제로 합니다. 작품 내의 언술 행위는 그가 서있는 그곳의 시점에서의 관찰을 뒤이은 것이기 때문입니다. 언어 예술에서 시간 시점 혹은 시간의 위치는 대략 기본적으로 서술체의 문법 형식상 시제 변화를 통해 공시적 혹은 통시적 의미를 표현하게 됩니다. 한 가지 예를 들면 과거 시제의 서술은 서사물의 공시적 부분들 사이의 전이를 가능케 하는 것이지만, 어떤 한 장면에서 현재 시제의 일관된 묘사나 서술은 작가 혹은 화자와 발화된 인물의 시간 위치와 공시적으로 일치하게 만듦

제1장 문학과 삶의 인식: 나는 누구인가?

니다. 즉, 현재 시제는 화자의 서술 시점을 고정하는 특성을 갖고 있거나, 적어도 서술 순간 혹은 일상의 대화 화법을 보다 극적으로 상승시키는 효과를 가지고 오는 것입니다. 그러므로 전달되는 이야기 내용과 수준은 화자의 (물리적 혹은 심리적) 관찰 위치뿐만 아니라 시간에 따라 얼마든지 달라질 수 있는 것이지요.

특히 화자의 시점은 작품 내 등장인물의 공간적 위치에서 그가 보고 들은 것을 묘사할 수도 있으며, 혹은 영화 카메라처럼 특정 인물이나 장면의 세부 묘사에 있어서 수평으로 연속적으로 이동하여 관찰하면서 마치 몽타주와 같은 하나의 구성적 장면을 연출해낼 수도 있는 것입니다. 물론 화자는 어떤 빠르거나 느린 움직임 속에서 독자들이 시점의 이동을 느낄 수 있도록 인물이나 풍경과 같은 장면을 관찰하여 묘사할 수도 있고, 이와 달리 훨씬 높은 수직의 위치에서 전체 장면을 내려다보기 위해 광대한 범위에 걸치는 시점을 설정할 수도 있을 것입니다. 이런 시점을 흔히 조감 시점이라 부르는데, 보통 작품의 시작이나 마지막에서 전체 장면에 대한 일반적인 요약이나 어떤 스케치를 할 필요가 있을 때 자주 접하게 됩니다. 조감 시점과 유사하지만 이보다 낮고 약간 떨어진 위치에서 등장인물들의 행동이나 어떤 장면을 비교적 세밀하게 관찰하고 묘사하는 가운데 화자는 어떤 일반적인 견해를 제시할 수도 있습니다. 이런 경우에는 인물들의 대화나 음성은 기술되지 않고 오직 인물들의 행동이나 장면만 일정한 거리를 두고 관찰되고 묘사될 뿐입니다.

그러므로 문학이 음악과 마찬가지로 시간예술이란 점을 잊어서는 안 되지만 실제 작품 자체가 여러 시간적 시점들이 서술 내 여러 층위에서 다양한 조합을 이루고 있는 복합적인 구성물임을 또한 잊어서는 안 됩니다. 다시 말해 미셸 푸코가 『말과 사물』에서 말했듯이, 문학 행위란 화자인

"나"의 (문학 행위의 대상으로서) 공간 응시를 시간 예술의 매체인 언어로 번역하는 것입니다. 그러므로 문학 행위의 대상을 언어로 묘사하거나 서술한다는 것은 (그것이 물리적이든 혹은 개념적인 것이든) 어떤 공간상의 사물 대상을 시간 연쇄로 번역한다는 것을 의미합니다.

이러한 시간 연쇄의 번역으로서 문학 행위, 다른 말로 해서, 저자의 글쓰기가 모두 어떤 개인의 의식 또는 특정 인물의 기억에 바탕을 둔 경우, 그것은 작가의 시점이 그 개인의 심리적 수준에서 출발한 것으로 판단할 수 있는 근거가 됩니다. 이것은 쉽게 말해 심리적 지각의 관점에서 볼 때 작품 내에서 서술 내지 묘사되는 인물을 중심으로 외적 시점 혹은 내적 시점으로 구분해서 살펴볼 수 있습니다.

외적 시점이란 서술화자가 주어진 관찰의 대상을 매우 객관적으로 서술 묘사하거나 의견을 피력하는 경우를 가리킵니다. 외적 시점으로 서술되는 인물은 심리적 시점의 전달자로 기능하지 않습니다. 예를 들어 서사시 같은 경우에 모든 사건 묘사는 등장인물의 내적 의식이나 심리 상태에 대한 어떠한 언급 없이 객관적이고 일관되게 외적 시점으로 전개됩니다.

반면에 내적 시점이란 서술화자가 작중인물의 내적 상태를 지시하면서 기술하는 경우로서, 특히 단편 소설에서 가장 흔하고 일반적으로 사용되는 시점입니다. 작가는 이를 통해 인물의 심리적 상태에 관한 외부 관찰자의 시점에서 비롯된 묘사와 서술을 할 수 있게 되는 것이지요.

내적 시점은 작품 안에서 일인칭 내적 시점 혹은 삼인칭 특정 인물의 내적 시점으로 제시될 수 있습니다. 이 경우에 내적 시점은 특정 인물의 지각을 통한 특정 시점의 위치에서 일관되고 지속적으로 제시될 수 있는데, 이때의 인물은 사실상 작가적 지각을 전달하는 자인 것입니다. 이때 작품 안에서 내적 상태의 묘사는 오직 이 인물과의 관계에서만 정당화되

제1장 문학과 삶의 인식: 나는 누구인가?

고, 나머지 다른 사건과 상태는 외부로부터 묘사됩니다.

그러나 대체로 많은 소설들은 다양한 복수 시점을 채택하여 특정 장면이나 인물의 묘사에 있어서 시점의 변화를 꾀하기도 합니다. 이것은 장면마다 특정 인물의 시점에서 서술과 묘사가 연속적으로 교차하는 경우를 말합니다. 이 같은 시점 변화는 장면 경계에 의해 결정되기도 하지만, 이것이 하나의 장면 안에서도 복수의 시점 교차로 이루어질 수도 있습니다. 이것은 시점의 변화와 다양화를 통해 심리적 극적 사실감과 현실감의 고조를 위한 것입니다. 특히 특정인물의 내적 묘사는 빈번히 일인칭 서술로 쉽게 변형될 수 있습니다.

물론 드문 경우이겠지만, 극적 사실감이나 현장감의 고조를 위해 하나의 장면에서 몇 개의 시점을 동시에 설정할 수도 있습니다. 그 중에서도 특히 복수의 내부 시점의 채택을 통해 장면 속 인물들의 느낌과 경험을 묘사하기도 합니다. 이 같은 유형의 서술은 일종의 전지적 관찰자 시점의 위치를 취하게 되는데 인물들의 삶 가운데 어떤 중요한 국면이나 위기 혹은 갈등 상황에 대한 다양한 인물들의 내적 상태를 묘사하거나 그러한 인물들이 경험했을 내용을 상상하면서 그러한 인물들의 내적 상태에 대한 서술 상황을 구성할 때 유용할 것입니다.

문학이란 세상과의 대화입니다. 즉 문학이란 문학적 상상을 매개로 혹은 언어예술을 매개로 하는 세상과의 대화인 것이지요. 그러므로 문학의 본질은 대화적 상상으로서, 문학작품은 세상과의 소통을 통한 "나" 자신의 이해과정의 산물이라 말할 수 있습니다. 문학의 본질이 대화인 이유는 "나"는 사회적 존재로서, 나 자신의 본질이 세상에 있기 때문입니다. 포이에르바하에 따르면 "나"는 공동체를 통해 자기 자신을 이해합니다.[6] 대화 상대인 "너"가 없는 나는 상상할 수 없습니다. 너를 통해 나를 구별 짓고, 또한 구별을 통해 나를 인식하는 것입니다. 너와의 소통행위로서 문학 행위는 다름 아닌 나를 찾아가는 여정입니다. 그러므로 문학 행위의 첫 번째 본질적 테제인 나는 누구인가라는 물음의 갈망은 사실 너에 대한 갈망이자 물음이라 말할 수 있습니다. 나의 본질을 이해하기 위해서는 너에게로 눈을 돌릴 수밖에 없습니다. 내가 누구인지 알기 위해서는 내가 갈망하는 너를 알아야 하기 때문입니다. 이런 점에서 나의 욕망은 타자의 갈망에 다름 아닙니다.[7] 문학의 본질은 나의 본성을 찾는 순례의 길이며, 그것은 결국 나를 찾기 위해 너를 향해 떠나는 순례의 갈망입니다. 그러므로 나는 누구인가라는 물음은 사실은 너는 누구인가라는 물음인 것입니다.

---

6 김영근, 『인간과 문화』, 동인, 2007, 30쪽.
7 김상환, 홍준기 엮음, 『라깡의 재탄생』, 창비, 2002, 111쪽.

문학과
삶의 대화
너는
누구인가?

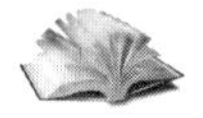

문학은 대화라 할 수 있습니다. 때로는 나에게, 때로는 너에게, 때로는 그들에게, 그들을 독자로 전제하여 시도하는 우리와 그들 사이에 오고 가는 대화인 것이지요. 그러므로 문학의 본성은 말 걸기입니다. 대화로서 문학은 나와 너의 경계 사이에서, 사람과 사람 사이의 우리라는 관계망 안 밖에서 그리고 때로는 그 경계를 넘어 이루어지는 소통 예술입니다. 대화는 문학에 있어서 나와 너의 관계에 관한 현실적 속성입니다. 타자로서 "너"는 나를 제외하고 나를 둘러싼 모든 대상을 지칭한다 할 수 있습니다. 예를 들어 문학의 대상으로서 타자는 역사의 시간일수도 집 뒤에 있는 작은 뒷산일 수도 있습니다. 너의 존재가 갖는 중요성은 나의 본질이 다름 아닌 너에 있기 때문입니다.

이것은 모든 중심의 본질은 주변에 있다는 말과도 같은 맥락입니다. 나의 본질을 결정짓는 것은 다름 아닌 너이기 때문입니다. 나와 너를 구분짓는 것은 나와 너 사이의 경계일 것입니다. 하지만 그것은 새로운 중심일

제2장 문학과 삶의 대화: 너는 누구인가?

뿐입니다. 왜냐하면, 나와 너를 구분 짓는 경계는 개개의 입장에게는 주변이지만, 상호의 관점에서 볼 때 나와 너 사이의 경계는 새로운 중심이기 때문입니다. 이차선 도로의 중앙선을 생각해보면 쉽게 이해가 될 것입니다. 왜냐하면 도로의 일 방향만 생각해본다면 중앙선은 단순한 경계선에 불과하지만, 반대 차선(그러니까 상대 차선)을 염두에 두기 때문에 중앙선은 단순한 경계를 넘어 도로와 도로의 중심선으로 기능하게 되는 것입니다.

보름달을 한번 생각해 봅시다. 밝은 보름달을 결정짓는 것은 달의 형상 자체가 아니라 사실은 그 형상을 드러내는 경계선입니다. 좀 더 본질적으로 어떤 사람의 말은 그 사람을 위한 것이 아닙니다. 대화를 전제로 한 (심지어 대화가 아니더라도) 모든 발화는 상호적인 것이고, 이는 대화 상대와의 상호 작용의 결과이며, 나아가 사회적 문화적 정치적 그리고 역사적인 모든 복합 상황의 결과에서 기인한 것입니다.

그렇다면 나는 너의 존재를 어떻게 의식하고 또 어떻게 투영할까요? 아마도 나와 너의 본질적 문제와 관련하여 가장 철저하게 예술적 고민을 한 작가 가운데 한 사람은 아일랜드의 오스카 와일드였을 것입니다. 그는 아일랜드에서 태어난 아일랜드인이지만 평생 그 스스로 아일랜드인도 영국인도 아닌 어디에도 속하지 못하고 문학 활동을 한 작가였습니다. 정체성 문제는 영국의 식민지 상태에 있으면서 그 상태를 극복하려고 노력했던 당대 아일랜드 인들에게 가장 절실한 문제이기도 했지만, 이 같은 어정쩡한 자신의 정체성 문제는 와일드의 여러 작품에 있어서 핵심 주제 가운데 하나였습니나. 나와 너의 존재와 의식에 관한 와일드의 영향과 그 흔적은 지금도 현재 진행형이라 할 수 있습니다. 유명한 파울로 코엘료의 소설 『연금술사』를 보겠습니다. 소설의 프롤로그는 오스카 와일드가 전하는 나

영상시대의 문화코드: 삶, 문학 그리고 영화

르키소스 이야기를 들려주고 있습니다. 그는 이 짧은 이야기를 통해 나와 너의 존재의 상관성을 깊은 울림으로 전해주고 있습니다.

> 물에 비친 자신의 아름다운 모습을 보기 위해 매일 호숫가를 찾았다는 나르키소스. 그는 자신의 아름다움에 매혹되어 결국 호수에 빠져 죽었다. 그가 죽은 자리에서 한 송이 꽃이 피어났고, 사람들은 그의 이름을 따서 수선화(나르키소스)라고 불렀다. 하지만 오스카 와일드의 이야기는 결말이 달랐다. 나르키소스가 죽었을 때 숲의 요정 오레이아스들이 호숫가에 왔고, 그들은 호수가 쓰디쓴 눈물을 흘리고 있는 것을 보았다. "그대는 왜 울고 있나요?" 오레이아스들이 물었다. "나르키소스를 애도하고 있어요." 호수가 대답했다. "하긴 그렇겠네요. 우리는 나르키소스의 아름다움에 반해 숲에서 그를 쫓아 다녔지만, 사실 그대야말로 그의 아름다움을 가장 가까이서 바라볼 수 있었을 테니까요." 숲의 요정들이 말했다. "나르키소스가 그렇게 아름다웠나요?" 호수가 물었다. "그대만큼 잘 아는 사람이 어디 있겠어요? 나르키소스는 날마다 그대의 물결 위로 몸을 구부리고 자신의 얼굴을 들여다보았잖아요!" 놀란 요정들이 반문했다. 호수는 한동안 아무 말도 하지 않고 가만히 있다가, 조심스럽게 입을 뗐다. "저는 지금 나르키소스를 애도하고 있지만, 그가 그토록 아름답다는 건 전혀 몰랐어요. 저는 그가 제 물결 위로 얼굴을 비출 때마다 그의 눈 속 깊은 곳에 비친 나 자신의 아름다운 영상을 볼 수 있었어요. 그런데 그가 죽었으니 아, 이젠 그럴 수 없잖아요."[8]

와일드는 이 아름다운 동화를 통해 기존의 신화가 갖고 있는 상투적인 이야기의 틀과 시각을 해체하고 변형하여 완전히 새로운 시각으로 나와 너 사이의 관계적 삶의 진실을 들려주고 있습니다. 와일드의 이야기가 상

---

8 파울로 코엘료, 「일러스트 연금술사」, 최정수 옮김, 문학동네, 2005, 13-14쪽.

기시켜주고 있는 것은 다름 아닌 나라는 존재는 나르키소스라 불리는 자의식의 눈에 비친 영상이라는 점이라는 점입니다. 나의 의식에 너라는 타자가 각인되는 한 가지 방법은 응시와 기억을 통해서입니다. 응시는 타자의 응시를 통해 나의 정체성을 자각하는 과정인 것이지요. 응시를 통해 각인된 너의 기억은 의식이라는 공간에 투영된 응축된 시간 연쇄의 덩어리입니다. 와일드가 들려주고 있는 것은 나란 존재의 인격은 너를 통해 나를 알게 됨이고 그것은 나를 구성하고 있는 너의 기억의 총합일 수 있다는 점입니다. 내가 갖고 있는 너에 대한 앎의 기억이 곧 나라는 말인데, 삶이 슬플 수 있는 이유는 나의 존재를 확인해줄 너의 없음, 다시 말해 부재를 통해 비로소 자각했기 때문입니다.

와일드가 주는 교훈은 나라는 존재의 정체성은 너라는 존재를 통해 알 수 있게 된다는 점입니다. 나의 존재적 위상은 다름 아닌 너에게서 비롯된 것이지요. 너가 없다면 나는 없는 것이고, 나의 기억이 없다면 나에게 너는 없는 것입니다. 그러므로 나는 누구냐의 대답은 다름 아닌 너라고 대답해도 무방할 것입니다. "달"이라 불리는 대상이 있다고 하는 것은 다름 아니라 내가 기억하고 있기에 있는 것입니다. 이와 같은 나와 너의 대자적 관계에서 매개 역할을 하는 것은 다름 아닌 언술이며 문학의 언술은 이러한 삶의 기억이라는 연쇄적 시간을 토대로 합니다. 내가 너를 의식할 때 기억이라 불리는 시간이 탄생 하는 것은 바로 이 순간입니다. 즉, 문학이 딛고 서있는 토대는 다름 아닌 기억인 것입니다.

문학행위는 이 같은 시간성을 토대로 삶의 기억의 한 순간을 환기하여 언술을 통해 시간 예술로 승화해 내는 과정인데, 이런 점에서 문학은 시간과 불가분의 관계에 있습니다. 문학은 시간예술이기 때문입니다. 현실의 사건은 항상 시간의 흐름 속에서 발생하고, 그 사건에 대한 이야기를 듣거

영상시대의 문화코드: 삶, 문학 그리고 영화

나 읽는 독자도 항상 또 다른 시간의 흐름 속에서 듣거나 읽게 됩니다. 문학의 근원적 본성은 현실을 토대로 어떤 일을 화자가 청중에게 이야기하는 것입니다. 소설과 영화를 예로 들어보겠습니다. 소설은 원칙적으로 어떤 일어났던 일을 서술할 수밖에 없으므로 작품 내 허구적 시간의 토대가 과거이든 현재이든 서술의 시간은 서사적 과거를 통할 수밖에 없습니다. 영화도 마찬가지입니다. 스크린 속 영화 내용을 현재로 느끼는 것은 관객의 심리 몫입니다. 독자나 관객이 독서나 관람의 몰입을 통한 예술 경험의 과정에서 마치 자기 자신이 작품 내 어떤 사건의 현장에 있는 듯 한 현실감이나 박진감과 같은 어떤 동일시 현상을 경험하게 될 경우 그들은 작품 내의 과거 서술을 상상적 현재로 받아들이게 되는 것입니다. 이때, 상상이란 예술가로서 가질 수 있는 가장 아름다운, 때로는 창의적으로 심미적으로 고민하는 과정이며, 그 과정은 곧 예술 경험의 행위인 것입니다.

문학이 기본적으로 시간예술인 이유는 음악과 마찬가지로 연쇄적인 시간의 흐름에 따라 보고 듣고 읽는 이의 미적 경험을 허락하기 때문입니다. 이에 비해, 미술은 공간예술입니다. 박물관도 시간이 응축된 공간이라 할 수 있습니다. 최대한 시간을 억제한 채 공간화된 것이지요. 여기에 전시된 유물은 동결 처리된 역사적 시간의 본질입니다. 즉, 시간이 억제된 채 흘러간 유구한 세월을 말없이 표상합니다.

그림과 사진도 마찬가지입니다. 그것이 고전 회화의 초상화든 아름다운 미녀를 찍은 사진집이든 간에, 화폭과 사진의 공간 속에서 아름다운 순간의 시간은 동결된 채 그곳에 있는 것입니다. 그림과 사진을 보는 관객이 응시하게 되는 것은 다름 아닌 동결된 시간의 순간에 응축되어 있는 어떤 미적 본질의 갈망입니다. 즉, 문학이 미적 본질을 갈망하는 소통적 대화에 관련한 시간적 예술 경험이라면, 그림은 미적 본질을 갈망하는 응시와 관

제2장 문학과 삶의 대화: 너는 누구인가?

련한 공간적 예술 경험이라 할 수 있습니다.

　　김춘수의 시 「꽃」을 간단히 예로 들어보겠습니다.

　　내가 그의 이름을 불러 주기 전에는
　　그는 다만
　　하나의 몸짓에 지나지 않았다.

　　내가 그의 이름을 불러 주었을 때
　　그는 나에게로 와서
　　꽃이 되었다.

　　내가 그의 이름을 불러 준 것처럼
　　나의 이 빛깔과 향기에 알맞은
　　누가 나의 이름을 불러 다오.
　　그에게로 가서 나도
　　그의 꽃이 되고 싶다.

　　우리들은 모두
　　무엇이 되고 싶다.
　　너는 나에게 나는 너에게
　　잊혀지지 않는 하나의 눈짓이 되고 싶다.

시 속 화자의 이성에 대한 막연한 동경과 그리움을 담은 이 시는 일종의 사랑의 노래라 할 수 있습니다. 그러나 이 시는 누구에게 말 걸고 있는지, 시 자체가 말을 걸려고 시도하는 대상이 누구인지는 분명하지 않은 채, 대단히 근원적인 어떤 소통 혹은 부름의 갈망을 표출하고 있는 것은 분명합

영상시대의 문화코드: 삶, 문학 그리고 영화

니다. 하나의 이름을 부르는 행위는 하나의 존재자를 그 본질에 있어서 드러내는 행위로 본다면 시인이 꽃이라고 명명했을 때 비로소 그 꽃은 존재의 진리로서 나타납니다.[9] 그것은 시인이 어떤 말 걸기의 대상으로서 꽃이라는 존재에 대해 부르는 자의 호명의 과정을 통해 그 존재의 의미를 의식의 공간 속에서 보다 구체적인 기억의 시간성으로 구현하고자 시도한다는 것입니다.

기억하지 않으면 잊는 것도 없겠지요. 잊기 위해서는 기억의 행위가 우선하기 때문입니다. "꽃"이 갈구하고 있는 것은 이와 같은 본질적인 "부름"의 소통입니다. 소통과 대화는 문학이 딛고 서 있는 토대라는 점을 고려해볼 때, 결국 이 시는 문학의 본질을 노래하고 있는 셈이 됩니다. 좀 더 해석의 보폭을 넓히자면 타자에 대한 존재론적 고민이 잘 드러난 시라 할 수도 있을 것입니다. 시인이 노래하고 있는 것처럼, 대화와 소통의 상대는 주체로서 내가 그의 이름을 부르기 전에는 필연적으로 무의미한 존재에 불과하기 때문입니다.

사람과 사람, 다시 말해 나와 너의 대화적 소통 관계는 호명 행위 속에 존재하며, 이것은 인간이 필연적으로 사회적 역사적 계급성과 관련한 호명 관계 혹은 서열 관계 안에 놓여 있을 수밖에 없는 맥락적 상황을 전제로 합니다. 이 점을 고려해본다면 우리는 시 속의 꽃의 의미를 어떻게 이해해야 할까요?

예를 들어 내 앞에 수미라고 불리는 소녀 아이가 있다고 가정해 보겠습니다. 내가 수미의 이름을 부를 때 수미와 나 사이의 호명 관계는 이미 "수미"의 맥락 의미가 표상하는 다양한 기호적 계급 관계를 전제로 합니다. 오빠와 누나 같은 이미 언어적 서열 관계가 정해진 호칭을 생각해봅시다.

---

9 김준오, 『시학』, 이우출판사, 1988, 49쪽.

이와 같은 관습적 호칭을 사용한 언어 소통 관계는 그 호명 과정에서 다양한 사회 문화적 계급 관계와 권력 관계를 전제로 합니다. 그러므로 김춘수의 「꽃」은 의미 있는 존재를 꽃으로 상징하고 있다는 점에서 주지적이고 초월적인 시지만, 한편으로는 이러한 언어적 본질주의를 비롯한 인간의 사회 문화적 권력관계를 상징적으로 꽃에 비유하여 액자화한 시라 할 수도 있습니다.

문학의 목적은 언어생활 속에 저지를 수 있는 언어적 혹은 문화적 본질주의를 극복하기 위한 것입니다. 너는 나의 소통의 대상입니다. 문학은 소통의 매체인 셈이지요. 다시 한 번 생각해보겠습니다. 문학의 관점에서 너는 누구일까요? 너는 내가 말을 거는 대상이라면 왜 그렇겠습니까? 인간은 태어나면서부터 사회적인 존재이기 때문입니다. 철학자 포이에르바하에 따르면 너는 다른 나입니다. 즉 타인으로서 너는 나의 내면을 드러내는 자이자 나를 보는 나의 눈입니다.[10] 즉 너는 나와 세계를 이어주는 끈이자 나의 대상으로서 나를 경험케 하는 가능성입니다. 나는 너를 통해 자신을 뚜렷이 의식하게 됩니다.

그러므로 나와 너의 관계는 이렇게 정리해볼 수 있겠습니다. 즉 나의 존재의 본성은 너에게 있다 너에게 짙게 드리워진 그림자는 나의 존재의 본성, 내가 존재하는 이유를 말해주는 것이다 이렇게 정리해볼 수 있습니다. 다시 말해 너는 나의 그림자이자 나의 모습을 들여다볼 수 있는 거울인 셈입니다. 그러므로 너를 들여다봄은 나를 찾기 위함이다 이런 말입니다.

그런데 이것은 어떻게 가능할까요? 그것은 다름 아닌 앞서 말한 것처럼 말 걸기를 통해서입니다. 말 걸기란 다름 아닌 대화적 소통으로서 호명에 다름 아닙니다. 너는 나의 호명의 대상인 것입니다. 그러므로 문학의

---

10 김영근, 31쪽.

영상시대의 문화코드: 삶, 문학 그리고 영화

본질은 그것이 개인적 맥락이든 역사적 맥락이든 본질적으로 너에 대한 나의 말 걸기라고 할 수 있겠습니다.

여기서 1960년 4.19혁명 직후 발표된 김수영의 「사랑」을 읽어보겠습니다.

어둠 속에서도 불빛 속에서도 변치 않는
사랑을 배웠다 너로 해서

그러나 너의 얼굴은
어둠에서 불빛으로 넘어가는
그 찰나에 꺼졌다 살아났다
너의 얼굴은 그만큼 불안하다

번개처럼
번개처럼
금이 간 너의 얼굴은

시대의 맥락과 흔적을 완전히 배제한다면 이 시는 "너"에게 배운 사랑의 기쁨과 불안, 영원과 찰나, 어둠과 빛, 그리고 죽음과 삶을 노래하고 있다 할 수 있겠습니다. 그러나 시대적 상황 맥락을 염두에 둔 채 당대의 시대적 소명을 대입시켜 시를 이해하고자 한다면, 시인은 "너"라는 연인의 얼굴에 자신의 "사랑"의 열정을 상징적으로 투영하고 있음을 알게 됩니다. 너는 내가 나를 들여다보기 위한 거울이자 호수일 때, 문학은 이처럼, 너를 들여다봄으로서, 그리고 너에게 말을 걸음으로써 이루어집니다. 하지만 이것은 사실 너를 보기 위한 것이 아니라 나를 보기 위함입니다. 문학은 너

제2장 문학과 삶의 대화: 너는 누구인가?

를 지향하지만, 결국에 이것은 나를 지향하고 나를 들여다보는 셈이지요. 너는 내가 들여다보는 거울이지만 결국에는 나와 너의 관계는 깨어진 거울의 관계에 불과합니다. 내가 너를 부를 때 나의 존재는 언제나 기호적 호칭 속 사회적 관계를 통해 나타난 것처럼 나의 현상적 모습은 언제나 나의 실존의 모습이 아닌 깨어진 상으로 투영되기 때문입니다. 그러므로 "너"는 나의 깨어진 거울이고 너를 통해 오직 나의 깨어진 자아를 들여다볼 뿐입니다.

이번엔 마광수의 「나는 야한 여자가 좋다」(1979)를 읽어보겠습니다.

나는 야한 여자가 좋다
꼭 금이나 다이아몬드가 아니라도
양철로 된 귀걸이, 반지, 팔찌를
주렁주렁 늘어뜨린 여자는 아름답다
화장을 많이한 여자는 더욱더 아름답다
덕지덕지 바른 한 파운드의 분아래서
순수한 얼굴은 보석처럼 빛난다
아무 것도 치장하지 않거나 화장기가 없는 여인은
훨씬 덜 순수해 보인다 거짓 같다
감추려 하는 표정이 없이 너무 적나라하게 자신에 넘쳐
나를 압도한다 뻔뻔스런 독재자처럼
적처럼 속물주의적 애국자처럼
화장한 여인의 얼굴에선 여인의 본능이 빛처럼 흐르고
더 호소적이다 모든 외로운 남성들에게
한층 인간적으로 닥아온다 게다가
가끔씩 눈물이 화장위에 얼룩져 흐를 때

영상시대의 문화코드: 삶, 문학 그리고 영화

나는 더욱 감상적으로 슬퍼져서 여인이 사랑스럽다

현실적, 현실적으로 되어 나도 화장을 하고 싶다

분으로 덕지덕지 얼굴을 가리고 싶다

귀걸이, 목걸이, 팔찌라도 하여

내 몸을 주렁주렁 감싸 안고 싶다

현실적으로

진짜 현실적으로

다소 급진적인 선언 투, 조금은 노골적이고 상투적이고 표피적인 주장을 담은 이 시는 시가 발표된 당시에는 어떻게 받아들여졌을까요? 현 시점에서, 1979년도에 이 시를 읽은 독자가 어떤 시각을 가졌는지는 상상하기 불가능합니다. 하지만 당대의 시각과 지금의 시각은 차이가 있을 수 있다는 것을 감안하더라도 이 시는 매우 파격적입니다.

우선 나는 야한 여자가 좋다고 말하는 "나"는 누구일까요? 그리고 시의 화자는 누구일까요? 마광수 자신일까요? 제목 속의 "나"는 누구입니까? 그런데 시 속에서 화자가 말을 거는 대상은 누구일까요? 시가 단순히 시적 선언에 그친 것이 아니라면 말 걸기의 상대는 누구를 전제로 하였을까요? 단순히 어떤 어둠 속 골방에서 내뱉은 독백에 불과한 것일까요? 분명한 것은 시 속의 "야한 여자"는 시적 대화의 소재거리라는 것입니다. 앞서 우리는 문학의 본질은 말 걸기라 말했습니다. 소통의 수단으로서, 소통의 매개로서 말 걸기의 상대로서 너를 가늠해볼 때, 삶의 공간에서 우리는 너를 필연적으로 의식하고 받아들이고 살아갈 수밖에 없습니다. 너라는 대상을 전제하지 않은 말 걸기를 한번 상상해보십시오. 그것은 묵음이자, 복화술에 불과합니다. 시인이 남성임을 감안해 볼 때, 시의 역설적인 한 구절 "나도 화장을 하고 싶다"는 특히 독자의 눈길을 사로잡습니다.

제2장 문학과 삶의 대화: 너는 누구인가?

시의 시대적 탄생 시기는 1979년입니다. 1979년은 어느 때입니까? 다름 아닌 12.12 사태라는 엄청난 국가적 사건이 일어난 해이기도 합니다. 이 시는 그러니까 긴급조치가 남발하던 박정희 유신독재의 정치적 상황이 끝을 향해 치닫던, 그러니까 정치적 사회적 문화적으로 모든 것이 암울했던 시기에 발표된 조금은 돌연변이 시라 할 수 있습니다.

시인의 책무 가운데 하나는 시대를 노래하는 예술가라는 것입니다. 누구나 억압의 사슬을 끊고 자유를 찾기 위해 절규하던 핍박의 시대에 시인은 어떤 일탈의 욕망을 꿈꿀 수 있습니다. 당시 시대를 감안해본다면, 파격적인 내용과 정서를 담은 이 시는 일부 언론과 평단이 말한 것처럼 과연 내용적으로 노골적이고 야한 시일까요? 한번 고민해볼 필요가 있는 것 같습니다. 야한 여자가 좋다고 노래하는 시인에게 있어서 시 속에서 말을 걸고 있는 상대는 과연 누구일까요? 당대의 암울하고 억압적 상황을 고려해볼 때 대학에서 교편을 잡던 학자가 한가하게 야한 여자가 좋다는 내용을 쓰고 있을 수 있었을까요? 만약 그렇더라도 그것이 어떤 것이든 그러한 시를 쓰고자 했던 시인의 일탈적 욕망의 깊이와 수준은 어느 정도였을까요?

최소한 시인에게 있어서 이 시기는 뛰어넘고 싶었거나 극복하고 싶던, 정상적 소통이 불가능하던 그 시절이자 억압적 통제 하의 그 시절이라 할 수 있습니다. 그것이 예술이던 아니던, 최소한의 물리적 심적 예술적 심미적 자유 추구라도 욕망과 갈망의 대상이던 그 시절이라 할 수 있겠지요. 그것이 무엇이던, 말 걸고 싶던 당대의 "너"에게 시인은 "야한 여자"의 시적 모티프를 예술적 제의의 희생양 혹은 토템 삼아, 혹은 시적 마스크를 씌워 최소한 시대의 아픔을 에둘러 노래했거나 일발을 숨겼을 것입니다.

시를 감상함에 있어 이 시의 시적 상황과 공간은 너무나도 숨이 막힙니다. 최소한의 절규조차 외치지 못하는 거세된 현실 앞에, 골방에 갇힌

봉쇄된 힘없는 시인의 탈 저항의 탐미주의가 느껴지기 때문입니다. 이런 상황에서 야한 여자는 "내"가 현실 속에서 시도할 살아있는 말 걸기의 대상, 소통의 대상이 아닙니다.

그러나 너무나 용감하기까지 한, 너무나 슬프게도, 억압의 시절, 소통 부재의 시절, 소통이 고통 받던 시절, 절뚝거리는 대화의 시절에, 기형적으로 억압받던 시절, 감히 시인은 야한 여자가 좋다고 외치고 있습니다. 그것은 뜬금없이 꽉 막힌 골방에서 메아리로 울리는 무기력한 남성의 소통 부재의 공간에서 외치는 외마디 소리에 불과한 것입니다. 일례로 대중문화가 억압받던 시절을 다룬 영화 〈고고70〉의 마지막 장면에서 건물 밖에서 경찰들이 진을 친 가운데 벌이는 절규에 가까운 공연 장면을 떠올려 보면 그 같은 상황을 쉽게 떠올려 볼 수 있습니다. 앞서 말씀 드린 것처럼, 70년대 후반은 유신 시대의 철권통치가 극한으로 치닫던 시기였습니다. 그러므로 이 시는 적어도 70년대 전반에 걸쳐 대중문화가 억압받던 시기임을 염두에 두고 읽을 필요가 있습니다.

그렇다면 시가 말하고자 하는 것은 무엇일까요? 맘 놓고 얘기하지 못하고, 예술도 자유롭지 못하던 시절, 모든 것이 획일화되어 있던 억압의 시절, 거세된 자유의 시절, 이 시가 무기력하나마 역설적으로 고백하고 있는 것은 어쩌면 자유롭게 숨 좀 쉬고 살고 싶다는 일탈의 메시지일 것입니다. 즉, 이 시의 본질은 한마디로 일탈, 즉 빗나감입니다. 어떤 비정상을 말하고 있기 때문입니다. 이런 점에서 이 시는 근대적 분열을 토대로 한 어떤 토굴 의식 같은 것이 들어있다 하겠습니다.

그러면 한번 고민해보시기 바랍니다. 자유롭지 못한 시대를 살고 있는 시인의 역할은 무엇일까요? 자유가 배고픈, 예술이 궁핍한 시대에 무기력한 시인의 상상의 공간에 들어온 섹시함의 갈망은 어떤 의미가 있습니까?

그리고 섹시함의 시적 모티프를 채택하고 있는 시인의 의도는 무엇일까요? 한마디로 말해서, 억압받는 시대의 "나"에게 섹시함의 의미는 어떤 것입니까? 이 시는 이런 점에서 대화가 아닌 어떤 은밀한 고백에 가깝습니다. 섹시함의 갈망을 통한 "나"(의 남성성? 혹은 정체성 혹은 어떤 힘이나 권력)의 회복하고픈 갈망 같은 것이기도 합니다. 고백은 어디서 이루어지고 있는 것일까요? 숨겨놓은 고백의 정체가 은밀할수록, 억압의 강도가 셀수록 그 고백은 더욱 폐쇄적인 법입니다. 이 시는 과연 어떤 소통을 전제로 한 것일까요? 최소한 만일의 경우에도 그렇더라도 그 내면의 성질은 폐쇄적 혹은 억압적, 폭력적 시대성을 반영한 것일 수밖에 없다 하겠습니다.

그러므로 이 시는 슬픈 시대의 자화상입니다. 폭력이 인식적인 것이든, 물리적인 것이든, 그러한 폭력 앞에 노출되어버린 거세되고 무기력한 지식인의 자화상으로 다가옵니다. 이때 "화장"은 그러한 무자비한 상황 속에 나신裸身으로 서있을 수밖에 없는 수치스러움을 가리는 역설적인 시적 마스크일 뿐입니다.

야한 여자를 향한 성적 일탈은 도발적이고 도전적입니다. 야한 여자를 매개로, 성적 욕망을 빗대어, 도발하고 있는 시의 음성은, 비록 그것이 감동 어린 외침이 되지 못한 채, 목구멍 넘어 물리적 음성으로 분출되기 직전 함몰되어 버린 비음성적 고백에 불과한 것으로 남고 맙니다. 비록 목구멍 너머 삼켜버린 울음보다 못한 어떤 대단한 성질의 감정을 억누른 조금은 기계적인 독백일 지라도, 어떤 점에서 이 시는 정치적으로 읽히는 아이러니를 가지고 있기도 합니다. 그래서 이 시는 시적 독백 너머 원래 이 시가 시있던 시대의 역사성과 문맥을 읽게끔 합니다.

과연 시적 화자인 "나"의 어떤 무기력증이 "너"를 통해 일탈의 성적 욕망의 대상을 꿈꾸게 했을까요? 시적 장르를 통해 이러한 욕망을 표현한 것은 중요하다 하겠습니다. 시 속에서 시대적 일탈 욕망을 읽을 수 있기 때문입니다. 그것은 저항의 무의식일 수도 있고 일탈의 무의식일 수도 있습니다. 혹은 그 반대로 시는 일종의 거세된 남성성이자 거세된 저항을 담고 있기도 하지요. 그렇다면 사회 정치 문화적 관점에서 억압되어있는 "나"는 그러한 사슬을 어떻게 풀려고 했을까요? 또한 그 과정에서 여성의 성은 어떤 희생 제물로 쓰이고 있을까요?

흔히 해결되지 못한 어떤 대상, 감정은 한으로 표현되기도 합니다. 이 점을 염두에 두고 야한 여자라는 이른바 섹시하게 화장한 여자의 이미지를 생각해보기 바랍니다. 독재와 억압의 시대의 문학에서 야한 여자를 시적 모티프로 삼은 의도는 무엇이라고 생각합니까? 소통이 마비된 나와 너의 이 시대에 소통의 욕망은 야한 여자의 모티프를 매개로 어떻게 투사되어있는 것일까요? 이것은 현실에서 말할 수 없는 것을 문학을 통한 대리 만족의 형태로 푼 것일까요? 시인의 입장에서 야한 여자를 매개로 자신의 막힌 부분을 (우회적이든 그렇지 않든) 해결하거나 혹은 정상성의 회복을 시도하기 위한 희생제물 혹은 매개로 이용할 가능성은 농후하다 하겠습니다. 이런 점에서 이것은 일종의 토템인 셈이자 현실에서는 이루어질 수 없는 원한을 풀기 위한 문학적 혹은 예술적 푸닥거리일 수 있습니다. 어쩌면 시라는 것이 현실에서 어찌할 수 없는 힘없고 무기력한 지식인의 거의 유일한 저항 수단임을 드러내고 있는 셈이지요.

이 시는 일찍이 세상에 나왔지만 한 동안 잠들어 있었습니다. 이 시가 세상의 폭발적인 관심을 받게 된 것은 시가 태어난 지 근 10년이 다 지난 80년대 후반, 그러니까 1989년이었습니다. 시인은 10년 후 자신의 첫 시집을 내면서 시집의 제목으로 79년 자신의 첫 데뷔작이었던 이 시의 제목을 선택했습니다. 언론과 독자의 반응은 뜨거웠습니다. 그 사이 10년 동안에

제2장 문학과 삶의 대화: 너는 누구인가?

는 과연 어떤 변화가 있었던 것일까요? 사실, 80년대 신 군부 독재 시절, 세상은 참으로 많은 변화가 있었습니다. 그 가운데 매춘산업이 활성화되고 프로 스포츠가 발흥했으며, 황색언론이 꽃을 피웠습니다. 그러므로 마광수의 시는 태생적 시공간의 시대적 수용 산물로서 읽혀지지 않고, 10년이 지난 시점에서 엉뚱한 시기에, 그것을 시인 자신이 의도했던 그러지 않던 간에 온 세상의 시선을 한 몸에 받으며 전혀 새로운 시대의 산물로 재탄생한 것입니다. 억압의 시대에 분출된 무기력한 일탈의 욕망이 문학적으로 표현된 마광수의 시를 통해 우리는 문학을 통해서 너라는 존재를 통해 나의 삶의 욕망이 어떻게 표출될 수 있는지 살펴볼 수 있습니다.

문학을 할 때, 삶을 살 때, 나와 너 사이의 소통의 공동체 내에서 기본적으로 문학은 소통의 수단이며 저자는 매개자의 역할을 수행합니다. 나와 너의 공동체 의식의 생성은 문학을 매개로 하고 있고 바로 이곳이 저자의 개념이 탄생하는 지점이기도 합니다. 문학은 근대 의식을 반영합니다. 근대의 의식을 통해, 우리는 나, 너, 우리와 관련된 근대의 다양한 현상을 때로는 동일 선상에서, 때로는 이질적으로, 때로는 분열적 상황 속에서 고민하는 것이지요.

근대 의식의 탄생은 책의 출판 매개로 한 근대의 시기가 형성된 시기와 거의 일치합니다. 간단히 예를 들면 출판매체가 처음 대중화된 16세기는 영국에서 근대가 시작된 시기로 봅니다. 출판매체를 통해 너와 내가 같은 생각을 갖게 되고, 어떤 동류의식의 형성이 가능해졌기 때문이지요. 그러므로 근대란 (그 반대도 있을 수 있겠지만) 어떤 동일성의 확산 시기라 할 수 있습니다. 패션을 생각해보면 쉽게 이해가 갈 것입니다. 물론 근대란 너와 내가 같은 취향을 향해 욕망을 질주하게 하는 유행 탄생의 시기이긴 하지만 때론 극단적인 억압의 시기이기도 합니다. 동일성의 극단은 파시즘이기 때문입니다.

논리에 약간의 무리가 있겠지만 억압과 독재의 시대가 아니었다면 마광수의 시도 세상에 나오지 않았을 것입니다. 미군이 한강에 포르말린을 방류하지 않았다면 영화 〈괴물〉은 만들어지지 않았을지도 모른다는 가정과 사실 같습니다. 최근 영화로도 만들어져 커다란 사회적 반향을 불러일으킨 공지영의 소설 『도가니』는 공동체로서 세상을 관찰하고 표현하고 소통하고, 때로는 분노하고 괴로워하고, 때로는 고발하는 자로서 작가의 문학적, 예술적 감성의 산물입니다. 이런 점에서 작가는 그 시대의 상황과 양상과 때로는 양심을 반영할 수밖에 없습니다. 문학이든 영화든 배고픈 거지에게 직접 밥을 주지는 못해도 그런 현실을 직시하도록 양심을 일깨웁니다. 그것은 예술 작품이 시대적 삶의 리얼리티를 어떤 형태로든 반영한 결과입니다. 최소한 그것은 작품이 작가의 시대 의식과 기억이 개입된 경우라면 더욱 그렇습니다.

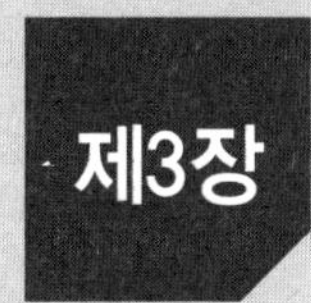

문학과 인생 그리고 삶의 자유의지

니코스 카잔차키스의 『그리스인 조르바』

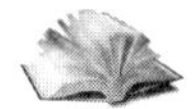

1946년 세상에 모습을 드러낸『그리스인 조르바』는 1957년 노벨상을 받은 바 있는 알베르 카뮈가 "자신보다 백 번은 더 노벨 문학상을 받았어야 했다"고 극찬한 바 있는 현대 그리스가 낳은 세계적인 소설가 니코스 카잔차키스의 소설입니다.[11]『그리스인 조르바』는 작중 화자가 갈탄광 사업을 하기 위해 고용한 조르바라는 늙은 남자에 관한 이야기라 할 수 있습니다. 사실 소설의 줄거리는 아주 간단합니다. 화자인 나와 조르바가 우연히 만나 크레타 섬에서 함께 갈탄광 사업을 하다 망한다는 이야기입니다.

하지만 작품이 시사하는 바는 실제 줄거리에 있지 않고 주인공과 조르바 사이의 관계에 있습니다. 지중해 항구의 비안개를 거느리고 홀연히 나타난 조르바라 불리는 이 야생의 영혼은 인생을 사랑하고 죽음을 두려워하지 말라면서 호탕하게 웃습니다. 그것은 심장을 불쑥 내민 채 현실의 질

---

11 니코스 카잔차키스,『그리스인 조르바』, 이윤기 옮김, 열린책들, 2000.

제3장 문학과 인생 그리고 삶의 자유의지: 니코스 카잔차키스의『그리스인 조르바』

서 따위를 인정하지 않는 통쾌한 사나이에 관한 문학의 웃음이라 할 수 있습니다. 작품 속 조르바는 일평생 술과 음악에 빠져 살았고 여자만 보면 미쳐 날뛰며 앞뒤를 재지 않는 남자입니다. 또한 당장 숨 쉬는 그 순간에만 몰두하는 거침없고 자유로운 남자이기도 합니다. 도자기를 빚는 데 거치적거린다고 도끼로 자기 손가락을 잘라버리기도 하고, 모든 것을 투자했던 사업이 망해버린 뒤에는 "빈털터리가 되었으니 아무것도 우릴 방해할 것이 없다"며 춤을 추자고 하는 남자입니다.

이런 점에서 카잔차키스의 소설은 잘난 사람들이 지배하는 현실과 가슴을 열고 용감히 대적하는 문학의 개가라 할 수 있습니다. 인간에 대한 무한 긍정을 노래하는 이 소설은 그런 점에서 현대사회에서 소시민으로 살아가는 우리 인생이 얼마나 의미심장하고 위대한 것인가를 가르쳐주는 인생의 책이라 할 수 있습니다.

이런 점을 염두에 두고, 본 장에서는 그리스 정신문화와 그리스 정교회의 신앙뿐만 아니라 동양의 불교사상과 니체 그리고 베르그송의 철학까지 두루 아우른 카잔차키스의 문학이 갖는 본질적 가치와 현대적 의미를 작품의 내용과 주제 의식과 결부하여 살펴보고, 아울러 참된 자유인의 의미를 보통사람 '조르바'를 통해 어떻게 그려내고 있고 또한 힘 있고 자유로운 인간의 초상을 어떻게 흥미롭게 제시하고 있는지 함께 이야기해 보기로 하겠습니다.

소설의 배경

조르바라는 인물은 서구문학이 배출한 다수의 위대한 문학 속 인물을 떠올리게 합니다. 예를 들면 그는 영국이 낳은 위대한 작가 윌리엄 셰익스

영상시대의 문화코드: 삶, 문학 그리고 영화

피어가 창조한 폴스타프뿐만 아니라 스페인 소설가 세르반테스의 소설 돈 키호테에 나오는 산초 판자와 많이 닮았습니다. 물론 후자의 비교는 다소 부적합할 수 있겠습니다. 왜냐하면 조르바가 표방하는 이상주의는 오히려 많은 부분에서 산초 판자의 엉뚱하고도 바보스러운 보스인 돈키호테와 닮았기 때문입니다.

조르바는 게다가 철학자 앙리 베르그송의 철학 개념인 이른바 '생명의 약동'을 함축하고 있는 인물이기도 합니다. 베르그송은 1907년 출간한 『창조적 진화』란 저서에서 진화란 모든 생명체가 끊임없이 변화, 지속, 발전, 창조하는 과정, 즉 '생명의 약동'이라고 주장한 바 있습니다. 바꿔 말하면 삶의 본질을 형성하는 시간은 단순한 지속이 아니라 동시에 창조적인 생명의 약동이라는 것입니다. 대체로 소설은 유럽의 실존주의 전통에 기대고 있으며, 주인공 작중화자와 조르바 사이에 오고 가는 대화의 많은 부분은 프리드리히 니체의 철학을 반영하고 있습니다. 실제로 카잔차키스는 생전에 자신의 문학에 깊은 영향을 준 것은 호메로스, 베르그송, 니체, 조르바라고 말한 적이 있습니다. 뒷날 여기에 그리스도, 석가모니, 성 프란치스코의 사상이 추가되는데, 따라서 이들 사상은 카잔차키스의 문학 세계를 이해하는 하나의 열쇠가 된다 하겠습니다.

소설은 크레타 섬을 배경으로 합니다. 여기서 작가가 1883년 크레타 섬에서 태어났다는 사실은 주목할 필요가 있을 것 같습니다. 그가 크레타 섬에서 태어났으니 당연히 그의 국적은 그리스인입니다. 그런데 그는 생전에 크레타인으로 자칭하기를 좋아했습니다. 크레타는 그리스의 섬으로 잔혹한 전쟁의 역사적 아픔을 간직하고 있습니다. 그러므로 그가 자신을 크레타인이라고 주장하는 것은 그가 태어날 당시 크레타가 터키의 지배 아래 있었던 것과 밀접한 관계가 있어 보입니다.

실제로 카잔차키스는 터키로부터의 독립전쟁에서 참담한 피난생활을 경험한 뒤 자유에의 목마름을 다음과 같이 세 단계의 투쟁으로 요약한 적이 있습니다. 압제자 터키로부터 해방되기 위한 1단계, 우리내부의 터키라고 할 수 있는 무지 - 악의 - 공포 - 형이상학적 추상으로부터 해방되기 위한 2단계, 우상이라고 일컬어지는 것 혹은 우리가 섬기는 중에 우상이 되어버린 모든 것으로부터 해방되기 위한 3단계 투쟁이 바로 그것입니다. 카잔차키스는 1957년 세상을 떠날 때까지 이 같은 투쟁을 계속했는데, 따라서 카잔차키스 문학은 투쟁의 고비 고비에서 그가 피워낸 꽃이라 할 수 있겠습니다.

본 소설을 이해하기 위한 또 하나의 배경은 실제로 조르바는 크레타 섬을 위해 여러 차례 전쟁에 참여한 적이 있다는 사실입니다. 그는 섬의 해방을 기억하고 있는데, 특히 자신이 경험했던 가장 행복한 순간 가운데 하나로 기억하고 있습니다. 특히 전쟁과 관련하여 작품 속 오르탕스 부인은 크레타를 둘러싼 전쟁의 상흔을 대표하는 인물입니다. 영국, 프랑스, 이탈리아, 러시아로 대표되는 강대국들이 간여했던 전쟁이 끝난 뒤에도 조국인 프랑스로 돌아가지 못하고 크레타 섬에 눌러 남게 된 이를테면 전쟁의 유산인 셈입니다. 오르탕스 부인은 작중화자와 조르바에게 해안가 숙소를 제공하는데, 말하자면 이 숙소는 두 사람이 섬에서 벌이게 되는 여러 사업과 관련하여 일종의 베이스캠프 역할을 하게 됩니다. 여기서 두 사람은 중요한 대화를 나누며 서로를 알아가게 됩니다.

문학과 영화

소설은 1964년 앤소니 퀸 주연의 영화로도 만들어졌습니다. 영화는 소설하고 약간 다릅니다. 이를테면 소설 원작의 주인공은 이름이 알려져 있지 않는 반면, 영화는 바질이라는 이름의 희랍계 영국인으로 나옵니다. 하지만 영화는 소설을 이해하는데 많은 도움을 줄뿐만 아니라 영화 자체도 매우 감동적입니다. 영화의 대체적인 줄거리는 이렇습니다.

평생 책 속에 파묻혀 살던 바질(앨런 베이츠)은 유산으로 물려받은 크레타 섬의 광산을 찾아가는 길에 조르바(앤서니 퀸)라는 자유분방한 노인을 만납니다. 바질은 조르바를 광산 책임자로 고용하고 오르탕스 부인(릴라 케드로바)이 운영하는 여관에서 함께 묵습니다. 조르바는 수도원 소유의 산에서 목재를 베어 팔자고 제안한 뒤 기구를 사기 위해 시내로 나갔다가 젊은 여자를 만나 돈을 탕진합니다. 이 소식을 듣고 화가 난 바질은 마을의 아름다운 과부(이렌느 파파스)를 찾아가 하룻밤을 보냅니다. 하지만 다음 날 과부를 짝사랑하던 마을 청년은 자살하고 청년의 장례식 날 과부는 마을 남자들에게 살해됩니다. 오르탕스 부인도 폐렴에 걸려 죽게 되고 부인이 남긴 각종 가재도구와 유물은 털리다시피 마을 주민들이 가져갑니다. 바질과 조르바가 크레타 섬에서 벌인 각종 사업은 결국 실패로 끝나게 되고, 마지막에 해안가에서 정반대의 삶을 살아온 바질이 조르바에게 춤을 배우는 장면은 영화의 압권입니다. 바질이 조르바에게서 자유롭고 열정적인 삶을 배우는 것을 상징하기 때문입니다.

세계적인 감독 미카엘 카코야니스가 만든 영화 〈그리스인 조르바〉는 조르바와 바질의 삶을 대비하면서 삶의 본질에 대해 묻습니다. 조르바로 투영된 낙천적이고 열정적인 그리스인들의 삶을 통해 삶의 진정한 가치는 무엇인지 생각하도록 합니다. 영화는 큰 인기를 끌었을 뿐 아니라 영화 속에서 오르탕스 부인역으로 열연한 릴라 케드로바는 아카데미 최우수 조연상을 수상했고, 촬영감독 월터 라살리는 아카데미 촬영상을 수상했습니다.

그리고 80년대 초에는 미국 브로드웨이 뮤지컬로도 만들어져 큰 인기를
끌었습니다.

소설의 형식: 시점과 구조

소설은 작중화자인 "나"를 통해 일인칭 시점으로 전개되고 있습니다.
이 말은 독자는 서술화자가 관심을 가지고 있는 것만 알게 된다는 뜻입니
다. 따라서 모든 사건은 서술화자의 시각에서 판단되고 서술됩니다. 이를
테면, 조르바가 경이롭다 한다면 그것은 화자가 그렇게 생각하고 판단했기
때문입니다. 다행히도 작중화자는 날카로운 관찰력을 보유하고 있고 주변
세상을 묘사하는데 아주 능숙합니다. 흥미로운 점은 작중화자가 조르바의
감성을 날카롭고 정밀하게 묘사하지만 그렇다고 자신의 감정을 깊숙이 개
입하지는 않습니다. 이를테면 주인공 화자는 붓다와 불교 사상에 대해 깊
은 학식과 사유를 하지만 자신의 진정한 감성을 어느 깊이로든 작품 표면
에 드러내지 않습니다. 이따금 그는 조르바에게 화 또는 감정을 내야 할
상황에서도 자신이 관심을 쏟는 주제만큼 어떤 감정이나 표현을 드러내지
않습니다.

소설은 서술화자의 일부 회상을 제외하고는 대체로 사건이 일어난 순
서대로 진행되는 구조를 갖고 있습니다. 조르바는 또한 자신의 삶에 관한
많은 이야기와 우화를 들려주지만, 이것들은 모두 이어지는 이야기의 사건
을 위한 기능을 합니다. 일부 예외가 있지만 대체로 대부분의 장에서 각
장은 새로운 하루의 에피소드를 다루고 있습니다. 소설은 단일 플롯을 가
지고 있다고 보아도 무방할 정도로 하위 플롯의 기능과 역할은 미미합니
다. 따라서 소설이 다루고 있는 주요 내용은 주인공 서술 화자의 적극적인

영상시대의 문화코드: 삶, 문학 그리고 영화

삶의 추구이자 조르바를 통한 삶의 교훈입니다.

이 같은 삶의 추구와 교훈은 크레타 섬에서 벌이는 광산 일과 목재 운반 케이블 설치 작업을 비롯한 다양한 에피소드를 통해 드러나지만, 대체로 이들 에피소드 자체는 소설이 표방하는 주된 논점이 아닙니다. 그보다는 소설 속에서 (이를테면 열정의 인간 조르바와 정신적 인간인 작중화자처럼) 다양한 개성적 인물 사이의 관계와 대조를 통해 작가가 뚜렷이 드러내는 주제 의식이 무엇인지 파악하는 것이 중요하다 하겠습니다.

소설의 형식: 주요 작중인물과 인물화의 기법

카잔차키스는 종종 현학적인 목적으로 인물들을 창조한 가운데, 주요 등장인물을 이상적인 사람의 유형으로 나타내게 합니다. 그래서 작중화자, 스타브리다키라 불리는 그의 친구 그리고 조르바는 각각 신을 위해 사는 사람, 인류, 그리고 보통사람을 대표합니다. 자신의 등장인물들을 철학적 원리의 예증으로 삼는 경향 때문에 종종 작품 속 인물들은 덜 발달되었거나 뭔가 부족한 사람들처럼 보이기도 합니다. 본 소설에서도 주요 인물이 아닌 부차적 인물들도 마찬가지입니다. 이와 반대로 주연급 인물들은 너무나도 뛰어난 인물들인데, 소설의 중심축을 이루고 있는 조르바와 주인공 서술화자가 그 예입니다. 심지어 카잔차키스가 실감나게 그려내고 있는 두 사람의 대화는 때로는 철학 논쟁을 방불케 합니다.

작품 속 "나"는 주인공 서술화자로서 작품 내에서 이름이 알려져 있지 않습니다. 주인공 화자는 그의 친구들로부터 책을 너무 가까이 한다는 이유로 줄곧 비난을 받습니다. 그의 가장 가까운 친구인 스타브리다키가 조국 그리스를 위해 전쟁에 참가하려 할 때에 화자는 자신만의 적극적인 운명을 개척하려고 결심합니다. 그는 크레타 섬의 갈탄 광산을 임대하고, 때 마침 카페에서 만난 조르바를 광부들의 감독관으로 고용합니다. 그는 조르 바의 열정적이고 본능적인 삶의 태도에 매료되어 그의 일거수일투족을 경이로운 시선으로 관찰한 후 그가 일깨워준 삶의 교훈을 기꺼이 받아들입니다. 주인공 화자는 붓다의 삶과 가르침에 관한 글의 집필에 열중하는데, 이것은 신성에 관한 명상의 하나로 시작하지만, 곧 "공허"라고 불리는 것에 대한 화자의 강력하지만 원치 않는 충동을 일신하는 한 가지 방법이 됩니다. 그가 마침내 글을 완성했을 때 화자는 자신이 추상적인 관념을 떨쳐버렸다고 믿지만 부활절 일요일 자신이 하룻밤 사랑을 나누던 과부가 무참히 살해당하고 나자 곧 원래의 모습으로 후퇴하고 맙니다.

주인공 화자의 가장 친한 친구였던 스타브리다키는 소설의 마지막 장에 가서야 드디어 독자들을 위해 그 실명이 밝혀집니다. 조르바가 자신을 위해 산다면 스타브리다키는 조국 그리스와 그리스 동포를 위해 기꺼이 목숨을 바칠 수 있습니다. 실제로 그는 전쟁터로 나가 싸워 승리를 거두지만 결국 폐렴에 걸려 사망하게 됩니다. 조르바가 자신을 위해 사는데 비해 스타브리다키는 인류를 위해 삽니다. 결국 둘 다 자신들의 삶에 합당한 죽음을 맞이합니다. 반면 작품 속에서 주인공 화자는 두 사람이 가진 특성을 흡수할 잠재력을 가진 인물입니다. 이를 통해 그는 결코 지성의 힘만으로는 도달할 수 없는 존재의 상태로 스스로를 끌어올릴 수 있게 되는 것입니다.

알렉시스 조르바는 노동과 전쟁 그리고 연애에 이르기까지 평생 인간이 경험할 수 있는 온갖 종류의 일에 관여하면서 마치 오늘이 삶의 마지막인 것처럼 열심히 하루하루를 살아가는 야생마 혹은 야생인 같은 인물이라 할 수 있습니다. 조르바는 자신을 표현할 적당한 어휘를 찾지 못하면

영상시대의 문화코드: 삶, 문학 그리고 영화

춤으로 이야기를 하거나 산투르라 불리는 악기를 연주합니다. 그는 공공연한 무신론자이긴 하지만 신의 본성에 대해 많은 통찰을 보여주는 가운데 신은 어떤 한계가 없는 사람과 같으며 그래서 어떤 죄악도 용서할 수 있다고 믿습니다. 때마침 카페에서 조르바는 주인공 화자를 만나 그를 위해 헌신적으로 일을 하게 됩니다. 조르바는 사람들을 꿰뚫어 보는 탁월한 능력을 가지고 있어 주인공 화자를 경탄케 합니다. 조르바와 주인공 화자는 일종의 공생관계를 유지합니다. 조르바는 일종의 고백자의 형태로서 주인공 서술화자에 의지하는 반면, 서술화자는 조르바의 자유정신에 감탄하고 열정적인 삶을 살기를 열망합니다. 질그릇 만드는 데 방해된다고 도끼로 자신의 새끼손가락을 과감히 잘라버릴 수 있는 사나이, 하느님은 자비로워도, 여자의 유혹을 거절한 사내는 절대로 용서하지 않는다고 주장하는 호쾌하고 농탕한 사나이 조르바는, 열정적 삶을 갈망했던 니코스 카잔차키스에게는 구원의 오아시스였다 할 수 있습니다.

문학과 삶 그리고 자유의지

소설은 1930년대 어느 비가 내리는 가을 아침 새벽녘 그리스 항구도시 피레에프스의 한 카페에서 시작합니다. 소설의 일인칭 화자인 주인공은 그리스 출신의 젊은 지식인입니다. 책벌레이기도 한 주인공 화자는 농부들과 노동자들의 세계 속에 들어가 살아보기 위해, 스스로 적극적인 삶을 살 수 있다는 것을 증명해 보이기 위해 크레타 섬의 폐쇄된 갈탄 광산을 임대해서 석탄을 캐 돈을 벌 결심을 합니다.

주인공은 크레타 섬으로 자신을 데려다 줄 배를 카페에서 기다리면서 친구 스타브리다키를 추억합니다. 그는 외국 침략으로부터 조국 그리스를 지키고 위험에 처한 해외 동포들을 구하기 위해 떠났기 때문입니다. 절친한 친구 사이인 두 사람은 서로 죽음의 위기를 맞거든 상대에게 생각을 집중해 각자 어디에 있든 서로에게 그 위험을 알릴 것을 약속했습니다.

그가 카페에서 단테의 신곡을 주머니에서 꺼내 읽으려는 순간 누군가의 시선을 의식하게 되고, 그때 키가 크고 몸이 가늘고 냉소적이면서도 불길같이 강렬한 시선을 가진 60대 노인을 만나게 됩니다. 다름 아닌 그리스인 조르바입니다. 우연도 이런 우연이 없지만 어쨌든 조르바는 단박에 그에게로 와서 일자리를 청합니다. 조르바는 자신의 이름이 알렉시스 조르바이며 요리사이자 광부이고 그리고 무엇보다 산투르라는 악기를 연주할 줄 안다고 소개합니다. 소설 화자는 조르바의 야성적이고 도발적인 태도와 거침없는 의견 표출에 단박에 매혹되고 그를 광산 인부들을 관리하는 감독관으로 고용하기로 맘먹습니다.

조르바가 내뱉는 다양한 말은 소설의 분위기를 압도합니다. 두 사람은 다양한 주제의 대화를 나눕니다. 이를테면, 조르바는 자유에 대해서 말하기를 자유란 남자다움과 동급이라고 말하는데, 심지어 그는 도자기 만드는 데 거치적거린다는 이유로 자기 손으로 직접 손가락을 잘랐다고 서슴없이 말합니다. 이 말을 듣고 화자가 금욕주의 실천에 방해된다는 이유로 자신의 성기를 절단한 기독교 성인 이야기를 꺼내자 조르바는 성性이야말로 천국으로 들어가는 열쇠라고 말하면서 좀 더 철학적이고 금욕주의적인 화자의 말을 논박합니다.

크레타에 도착하게 되자 두 사람은 아나그노스티와 카페주인 콘도마놀리오의 호의를 뿌리치고 조르바의 제안에 따라 과부인 오르탕스 부인네 여인숙으로 숙소를 정합니다. 이들이 머물게 되는 오르탕스 부인의 호텔은 서로 붙은 몇 채의 목욕탕을 개조한 것입니다. 주인공은 다음날 일요일 아침 일찍 동이 트기 전에 섬을 둘러봅니다. 크레타 섬의 풍광은 화자에게 "잘 다듬은 산문, 단정한 어순, 절도 있는 표현, 군더더기 수식을 피한 강력하고도 절제된 산문"을 연상시키고 화자는 단테의 시편을 읽습니다. 식사를 하기 위해 호텔로 돌아오는 길에 화자와 조르바는 오르탕스 부인을 식탁에 초대하고 전직 카바레 가수로서의 삶, 특히 전쟁 시절 영국, 프랑스, 이탈리아, 러시아 출신 장군들과 나눴던 사랑과 애환에 관해 듣습니다. 이 장면에서 작가 카잔차키스는 두 사람이 머무는 크레타 섬의 역사적 배경을 독자들에게 소개하면서 전쟁이 섬의 문화와 풍경을 어떻게 변모시켰는지 오르탕스 부인의 예를 통해 보여줍니다. 조르바는 오르탕스 부인을 그리스 독립전쟁의 여걸 이름을 따서 부불리나라고 부르면서 산투르를 연주하며 그녀를 유혹합니다. 결국 그날 밤 조르바와 오르탕스 부인과 사랑을 나누며 시간을 보내는데 성공합니다.

조르바는 화자에게 세상사는 법에 대해 다양한 훈수를 들려줍니다. 두 사람의 우정이 지속되는 동안, 조르바는 자신이 살아왔던 다양한 삶의 이야기를 들려주며 신에 대한 자신만의 독특한 생각을 피력합니다. 조르바가 생각하는 신은 자신과 똑같은 난봉꾼입니다. 조르바는 마치 자신은 절대로 죽지 않을 것처럼 세상을 살아가는 한 노인의 이야기를 들려주면서 조르바 자신은 하루를 인생의 마지막처럼 여기고 산다고 말을 합니다. 물론 두 사람은 두 가지 삶 가운데 어느 것이 더 좋은지에 대해서는 결론을 내리지는 않습니다.

드디어 광산의 문은 열리고 광산 일이 시작됩니다. 사회주의 이상을 가지고 있는 화자는 노동자들을 계도하려고 하지만, 조르바는 그에게 그들과 거리를 둘 것을 경고합니다: "인간이란 짐승이에요. [⋯] 이 짐승을 사납게 대하면, 당신을 존경하고 두려워해요. 친절하게 대하면 눈이라도 뽑아갈 거요." 조르바 자신은 일에 열중합니다. 무슨 일을 하든 어떤 순간이든 그 일에 몰두하는 것은 그의 전반적인 특징입니다. 조르바는 오랜 시간 일하고 일하는 동안에는 어떤 방해도 받고 싶지 않습니다. 화자와 조르바는 종교에서 삶에 이르기까지, 각자의 과거에 대해서 그리고 어떻게 지금에 이르게 되었는지, 다양한 주제를 가지고 자주 긴 대화를 갖습니다. 그리고 화자는 책이나 글에서는 평생 깨닫지 못할 인간성에 관해 많은 것을 조르바를 통해 알게 됩니다.

조르바와 화자는 광산 갱도 하나가 무너져 내리는 첫 참사를 겪게 됩니다. 광부들은 가까스로 목숨을 건지게 됩니다. 가까스로 목숨을 건졌다는 경험은 화자로 하여금 과부를 유혹하려는 열망을 커지게 하지만 그의 마음속에서 그녀는 여전히 그를 고문하기 위해 보내진 유혹의 여신이라는 추상적인 존재입니다. 부활절 일요일 결국 바다 여자 술 노동이라는 조르바의 말을 되풀이하여 중얼거리면서 그는 마을로 혼자 내려가 과부를 만나 유혹하는데 성공합니다. 과부와 사랑을 나눔으로써 화자는 육체의 세계로 돌아올 수 있고 추상적인 관념을 벗어나게 되는데, 이 과정에서 화자는 자신의 육체가 정신과 독립하여 움직였다고 기술하면서 육체 또한 영혼임을 생전 처음 깨달았다고 말합니다. 화자 자신이 쓰고 있던 붓다의 원고가 완성되어 있던 시점은 바로 이 순간입니다. 화자는 자신의 원고를 자신의 서명과 끈을 찾아 묶는 것으로 마무리하면서 붓다에 대한 그의 예배는 완성하는데, 소설 자체는 그의 해체된 정신의 상징적 재현이라는 점에서 이 장면은 외부의 물리 세계와 화자의 재통합을 나타내주는 대목이기도 합니다.

광산 사고에도 불구하고, 조르바는 부자가 되려는 또 다른 계획을 가지고 있습니다. 이윤이 많이 남는 목재 수출 확대를 위해 수도원으로부터

영상시대의 문화코드: 삶, 문학 그리고 영화

허가권을 얻은 뒤에 인근 산 정상에서 항구까지 케이블 고가선로를 설치하는 것입니다. 선로작업을 하느라 갈 수 없는 조르바를 대신해서 주인공 화자는 아픈 오르탕스 부인을 병문안 한 뒤 부활절 축제에 합세하지만 곧 축제는 난장판이 되고 맙니다. 과부가 교회에 들어왔기 때문인데, 마을 사람들은 이 마을 청년이 자살한 원인이 그녀 때문이라고 비난하는 것입니다. 화자는 마을 사람들이 그녀를 살해하려는 것을 막으려고 애써보지만 역부족입니다. 때마침 도착한 조르바도 그녀를 구하려고 사투를 벌임에도 결국 그녀의 죽음을 막지는 못합니다. 조르바와 화자는 숙소로 돌아와서 세상의 불공평에 대해 불만을 터뜨립니다. 이 대목에서 조르바는 처음으로 세 살 박이 어린 나이로 죽은 자신의 아들 디미트리에 관해 처음 털어놓으면서 자신의 감정을 있는 그대로 드러냅니다. 다음 날 밤 화자는 그 사건을 추상적인 것으로 재구성하여 조르바를 위안할 참으로 다시 입 밖으로 꺼내지만 조르바는 결코 그 끔찍한 현실의 사건을 잊지 못합니다. 이런 그의 모습에 화자는 조르바가 슬플 때 눈물이 뺨을 흐르고 기쁠 때 기뻐할 줄 아는 피가 덥고 뼈가 단단한 사나이라고 생각하며 스스로를 부끄러워합니다. 화자는 자신의 본성을 받아들이기 시작하면서 정신과 육체의 통합이 가능하다는 것을 깨닫습니다.

두 사람이 과부를 잃은 슬픔에 젖어 있는 사이 오르탕스 부인은 병이 들어 죽어 갑니다. 그 전에 화자가 병문안 갔을 때 그는 조르바를 대신해서 오르탕스 부인에게 청혼합니다. 조르바도 그녀와 결혼에 동의하지만 결국 오르탕스 부인은 예식도 올리기 전에 죽고 맙니다.

두 사람은 다시 바닷가로 돌아가고 조르바는 화자에게 사람들은 왜 죽는지에 관해 본질적이고 영적인 문제에 관해 진지하게 질문을 던지며 대답을 기대합니다. 이 질문에 대한 대답이 책에 있을 법하기 때문이지요.

제3장 문학과 인생 그리고 삶의 자유의지: 니코스 카잔차키스의 『그리스인 조르바』

하지만 화자가 모른다고 말하면서 결정적인 대답을 하지 못하자 조르바는 실망합니다. 조르바는 스스로의 삶과 존재와 관련하여 모든 걸 통찰하고 있더라도 타인의 삶과 존재에 대해서 그러지 못한다면 그 경우에 책이 무슨 소용이 있냐고 반문합니다.

조르바가 죽음에 대한 질문을 던짐으로써 화자는 죽음의 의미에 대한 자신만의 정의를 내리게 하는데 그것은 "인간이 성취할 수 있는 최상의 것은 지식도 미덕도 선도 승리도 아닌 보다 위대하고 보다 영웅적이며 보다 절망적인 것, 즉 신성한 경외감"이라는 것을 느끼게 합니다. 화자는 그것을 설명하려고 애를 써봅니다. 화자는 우리의 몸도 마음도 공포로 떠는 그 순간에 시작되는 것이 시라고 말하고 싶었지만 시라는 말 대신 그 순간 위험이 시작된다고 말해버리고 맙니다. 화자는 조르바에게 자신의 생각을 적절히 말하지는 못했지만 뭔가 내부적 변화를 스스로 경험하게 됩니다. 이것은 육체와 정신 사이의 최후 교섭이라고 간주할만한 것으로서 소설이 육체와 정신에 관한 주제를 다룸에 가장 근접한 대목이라 하겠습니다.

산 정상에서 해안까지 철탑과 케이블 고가선을 설치하여 목재를 케이블에 매달아 바다로 내려 보내려는 일도 결국에는 철탑과 목재 모두 내려 보내는 과정에서 모두 무너지고 산산조각 나 버립니다. 그 바람에 모든 것이 실패로 끝나 재정적 파탄에 이르게 되지만 두 사람의 우정은 변치 않습니다.

마침내 화자는 조르바에게 춤을 가르쳐달라고 부탁하게 되고 조르바는 화자에게 춤을 가르쳐 줍니다. 두 사람은 해변에서 덩실덩실 춤을 춥니다. 이 상면은 주인공이 소르바에게서 어떤 자유롭고 열성석인 삶을 배우는 것을 보여줌으로써, 붓다처럼 화자는 모든 것을 잃지만 행복을 발견함을 상징적으로 나타내주고 있습니다. 다시 말해 그는 무의 추구를 통해 열반

영상시대의 문화코드: 삶, 문학 그리고 영화

의 경지에 도달하려는 것이 아니라, 오히려 사람들의 무리 속에서 기쁨을 찾게 되고 이때 (세속적인) 성공과 소유는 불필요한 장식일 뿐임을 잘 보여줍니다.

사고 장면은 소설 속에서 가장 코믹한 장면 가운데 하나이지만 한 가지 직시할 필요가 있는 함축적 의미는 사람은 각자의 주어진 능력에 있어서 최선을 다해야 하지만, 최선을 다한 뒤의 결과는 걱정과 불안의 문제가 아니라 한발 짝 뒤로 물러선 위치에서의 관조의 문제여야 한다는 것입니다. 그리고 동료애가 가장 중요하다는 점을 깨달을 때, 유일하게 남은 걱정거리는 다름 아닌 죽음을 통한 관계의 단절입니다. 작품 안에서 주목할 점은 주인공 화자의 친구인 스타브리다키는 죽는 순간까지도 작품 속에서 언급되지 않는다는 점입니다. 이것은 주인공 화자의 두려움이 현실화되는 것의 전조가 되고 있습니다.

마지막 장에서 화자와 조르바는 헤어지고, 화자는 본토로 돌아온 후 자신의 가장 친했던 친구였던 스타브리다키가 전장에서 승리를 거두었지만 나중에 폐렴으로 죽었다는 전보를 받게 됩니다. 세월이 흘러 화자는 조르바로부터 엽서를 이따금씩 받게 됩니다. 조르바는 그의 옛 보스에게 "멋진 녹암"을 보러 독일로 오라고 초청하지만 화자는 거절합니다. "육체와 정신을 지켜줄 빵 한 덩어리가 없어 사람들이 쓰러져 가고 있는 판국에" 고작 푸른 암석 덩어리를 보러 수 천리를 달려갈 수는 없기 때문입니다. 화자는 그의 친구뿐만 아니라 조르바의 꿈도 꾸게 됩니다. 화자는 조르바가 곧 죽을 거라고 예상합니다. 이런 예상은 곧 들어맞습니다. 결국 본성의 외침에 따라 한 치의 표리부동함도 없이 존재 그 자체로 자유인이었던 조르바는 자신이 가장 아끼는 행복의 상징이던 악기 산투르를 화자에게 유산으로 남기고 당당하게 죽음을 맞이합니다.

제3장 문학과 인생 그리고 삶의 자유의지: 니코스 카잔차키스의 『그리스인 조르바』

사회적 책임과 개인의 불안: 사회역사적 맥락

어떤 면에서 본 작품은 장르의 측면에서 성장소설 혹은 발전소설을 많이 닮았습니다. 냉혹한 20세기의 세계에 대한 감수성이 예민한 한 젊은 청년의 자각 과정을 그린 소설이라는 것입니다. 따라서 작중 화자가 조르바를 만난 뒤 각양각색의 사건을 통해 얻게 되는 일련의 삶의 경험과 각종 깨달음은 두 사람의 관계를 일종의 선생과 학생의 관계에 빗대어 조망할 수 있게 합니다. 금욕주의 연구에 전념해온 작중화자는 자신을 둘러싼 세계 속에서 삶의 진정한 가치를 조르바를 통해 알게 됩니다. 무엇보다도 조르바로부터 그는 자기신뢰self-reliance와 자기인식self-knowledge의 중요성을 깨닫습니다.

카잔차키스는 작중화자의 성장을 돕기 위해 몇몇 작중인물들로 하여금 특정한 기능을 수행하게 합니다. 예를 들어 오르탕스 부인은 크레타 섬 자체를 연상케 하는 아이러니한 인물입니다. 크레타 섬과 마찬가지로 오르탕스 부인은—젊은 시절 그녀를 유혹한 4명의 제독이 대표하는—세계열강의 각축장을 상징합니다. 마을의 과부는 남성을 유혹하고 광기를 자극하는 관능의 상징입니다. 그녀가 부지불식간에 다수의 마을 사람들에게 관능의 마술을 부린 혐의로 분노한 마을 사람들의 손에 죽임을 당하는 장면은 비이성적인 세상의 방식을 함축적으로 보여주는 것이라 할 수 있겠습니다.

하지만 대체로 카잔차키스는 소설 속에서 사회적 관심보다 철학적 문제에 더 관심을 쏟고 있는 것처럼 보입니다. 그럼에도 불구하고 소설 속에서 카잔차키스는 동시대 상황에 대해 몇 가지 문제를 제시하고 있습니다. 그 가운데 가장 의미심장한 것은 작중화자와 조르바의 이야기가 딛고 서 있는 역사적 정치적 배경입니다. 두 사람이 크레타 섬의 도피주의적 여정

이라 간주할 만한 일에 개입하고 있는 동안, 작중화자의 친구 스타브리다
키는 대학살의 위험에 처한 발칸반도의 그리스인들을 도우러 전쟁에 참전
합니다. 절친한 친구가 전쟁터로 떠나는 순간에 작중화자가 느끼는 감정은
복합적인 것입니다. 그것은 어떤 점에서 불안에 가깝습니다. 그것은 친구
와 헤어지게 된 마당에 느끼는 불안일 수도 있지만, 한편으로 그것은 여러
모로 인간은 사회적 책임이 있음에도 자신이 그것을 회피한 데서 기인된
불안일 수 있습니다.

또한 어떤 면에서 카잔차키스는 기성종교를 비판하고 있습니다. 조르
바와 작중화자가 산 정상에서 바닷가까지 케이블 선로를 설치하여 목재를
운반하기 위해서는 허가권을 가진 수도원과 반드시 계약을 해야 합니다.
소설은 영적인 문제보다 세속적인 문제에 더 많은 관심을 가진 수도원의
수도승들을 약간은 해학적 필치로 어리석은 물질주의자로 그려내고 있습
니다. 마을 사람들이 겨우 생계를 꾸려나가는 반면 상대적으로 이들은 안
락한 삶을 누리고 있기 때문입니다.

작중화자는 신비한 사상에 심취한 사람이지만, 작품 속에서 자주 신을
거론하고 있지는 않습니다. 조르바에게 신이란 자신과 같은 사람입니다.
조르바는 게다가 신과 악마는 같은 사람이라고 말하기까지 합니다. 조르바
는 작중화자에게 신이 있는지 없는지 솔직하게 묻습니다. 주목할 것은 조
르바는 작중화자에게 신이 있음을 믿고 있는지에 관해서 묻는 것이 아니
라, 실제로 신이 있는지를 묻는다는 점입니다. 조르바는 화자의 대답에 만
족하지 못하지만 이것은 조르바가 전통적인 기독교의 신성을 믿지 않는
것처럼 보임에도 불구하고 어쨌든 그가 가장 잘 아는 기독교적 용어를 통
해 신의 본성을 형상화하고 있음을 보여주는 대목이라 할 수 있습니다.

작중화자가 좀 더 적극적인 삶을 살겠다고 결심할 때 조르바는 열정적

삶의 모델로 그의 삶 안으로 들어옵니다. 작중화자에게 조르바는 믿을 수 없을 만큼 지혜로운 인물로 받아들여지게 되는데 그것은 주인공 화자가 책을 통해 지혜를 얻는데 비해 조르바는 그것을 온갖 종류의 삶의 경험을 통해 체득해왔기 때문입니다. 그는 낮에는 일터에 나가 하루 종일 일에 열중하고 밤에는 사랑에 열중합니다. 그에게는 이것이 남자가 하는 일인 것입니다. 작중화자가 조르바를 롤 모델로 삼는 만큼 조르바 또한 작중화자의 말에 귀를 기울입니다. 조르바는 일찍이 사람은 자신의 본성을 바꿀 수 없으며, 따라서 조르바와 화자와 같은 사람들은 스스로 찾을 수 없는 것을 상대로부터 배워야 함을 간파하고 있습니다. 한 가지 중요한 차이점은 작중화자가 조르바처럼 되려고 더욱 더 노력하는 반면 조르바는 절대로 작중화자와 같은 사람이 되기를 원치 않는다는 점입니다. 여러분이라면 누구 편입니까?

마지막으로 영혼과 육체라는 이원론적 주제가 남았습니다. 소설 전반에 걸쳐 카잔차키스는 자신의 이야기를 철학적 이슈를 극화하는 수단으로 사용하고 있습니다. 그의 인물들은 공개적으로 실존적 곤경을 탐색합니다. 의미 없는 우주를 직면한 인간은 스스로 목적을 창조하거나 그렇지 않으면 아무런 목적 없이 떠돌다 아무런 의미 없는 죽음을 맞이하든지 둘 중 하나를 선택해야 합니다. 소설에서 카잔차키스는 이 같은 상황을 주로 이야기 속 인물들의 일련의 대조를 통해 관찰합니다.

조르바는 작중화자를 "두목"이라 부르는데, 사실 작중화자는 불교 연구를 통해 잔혹한 세상을 탈출하고 싶어 하는 금욕주의자입니다. 그는 카페에서 보기 드문 우연의 일지를 통해 화통하면서도 세속적인 성격의 알렉시스 조르바와 알게 됩니다. 카잔차키스는 두 사람이 맞닥뜨리는 거의 모든 위기 상황과 대화를 통해 영혼과 육체, 참여와 비참여 등을 비롯한 다

영상시대의 문화코드: 삶, 문학 그리고 영화

양한 대립적 논쟁거리와 주제를 토론하게 합니다.

좀 더 고전적으로 말하자면 소설은 아폴론적 세계관과 디오니소스적 세계관의 대립으로 읽을 수 있습니다. 작중화자가 이성적인 반면, 조르바는 충동적이라 할 수 있습니다. 카잔차키스는 디오니소스적 원리를 공개적으로 옹호하지 않지만, 인간이 완벽한 휴머니티의 경지에 도달하기 위해 금욕주의만으로는 충분하지 않다는 점을 소설을 통해 강력하게 제시하고 있는 것 같습니다. 다시 말해 진짜 인간이 되기 위해서는 사람의 정신뿐만 아니라 육체도 포용해야 하는 것이기 때문입니다. 결국 삶이란 그것을 어떻게 받아들이느냐에 달렸을 뿐이라는 끔찍한 진실을 우리가 존엄성을 가지고 직면해야 한다면 이 두 가지를 잘 통제해야 함을 소설은 독자들에게 말하고 있다 하겠습니다.

『그리스인 조르바』의 주인공은 실존 인물이라고 합니다. 카잔차키스는 호쾌한 자유인을 상징하는 조르바를 통해 궁극적으로 인간이란 무엇이며 인류가 피를 흘리고 생명을 희생하면서까지 싸워야 했던 자유와 행복이 무엇인지에 관한 참된 해답을 그의 작품 속에서 제시합니다. 어찌 보면 대책 없이 본성에 충실한 농탕하고 거칠 것 없는 사나이를 형상화하면서 카잔차키스는 이미 서구 문명의 입장에서 만들어낸 자유란 개념을 소설을 통해 말하고자 합니다. 궁극적으로 작가는 진정한 인간의 해방과 자유의 행복이 무엇인지 보통의 그리스 사람 "조르바"를 통해 보여주면서, 두 번의 세계대전을 거치면서 인류가 잃어버린 젊음과 자유에 대한 희망과 용기를 일깨워 주려고 했습니다. 그의 묘비에는 다음과 같은 글이 쓰여 있다고 합니다: "나는 아무것도 바라지 않는다. 나는 아무것도 두려워하지 않는다. 나는 자유다."

제3장 문학과 인생 그리고 삶의 자유의지: 니코스 카잔차키스의 『그리스인 조르바』

문학과 삶 그리고 리얼리즘

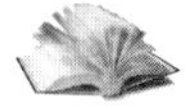

작가의 탄생

예술의 핵심은 작가와 독자 혹은 관객과의 소통입니다. 작가는 자신의 작품에 대한 독창적인 창조자라 할 수 있습니다. 저자의 작품은 하나의 창작물로서 저자의 개성이 어떠한 형태로든지 저작물에 표현되어 있는 것을 의미합니다. 작품이 지니고 있는 예술적 가치의 핵심은 작가에 의한 작품의 예술적 완성도에 달려 있겠지만 사실 핵심은 작품과 독자 관객 사이의 예술적 소통의 가능성과 그 수준에 달려 있습니다. 즉 예술가의 의도가 작품 속에 잘 살아나서 작품을 감상하는 사람에게 감동을 주는 것이 이른바 명작의 탄생과정이며 그것은 예술의 사회적 상호작용의 일환입니다. 물론 예술적 난해성은 존재합니다. 저자와 독자 사이의 미적 거리는 당연한 것이며, 예술가의 소외는 가끔은 의도된 것이기도 합니다. 특히 독자 관객들의 예술적 감상 예술적 경험은 자신의 삶의 체험과 지식을 바탕으로 이루어지는 것이므로, 간혹 작가의 예술적 의도가 반영된 작품의 예술적 상징

제4장 문학과 삶 그리고 리얼리즘

혹은 상상을 따라잡지 못하는 소통의 불일치가 발생할 수도 있는 것입니다.

문학은 현실생활에 쓰이는 일상 언어를 매체로 하여 그 표현의 영역을 확대합니다. 그 과정에서 근대 문학의 탄생과 확산은 어디까지나 책에 기초한 것이라 말할 수 있습니다. 문학이란 그 출발이 인쇄된 서적의 개념이었습니다. 작가는 자신의 이름이 인쇄된 책 덕분에 작가로서 정체성을 객관화시킬 수 있고 이 세상에 실체로서 존재할 수 있습니다. 문학의 대중화, 혹은 작가의 탄생은 책으로부터 촉발된 것이지요.[12] 문학이 사회 문화의 중추 장르로 자리 잡게 된 것은 근본적으로 개인의 각성과 시민 사회의 자각에 기인한 것이기도 하지만, 인쇄 출판의 발달로 인한 책의 대중화와 저널리즘의 성장이 큰 역할을 한 것은 사실입니다. 그러므로 책의 대중화는 사회 문화적 맥락에서 문학예술의 새로운 가치 지평을 넓혔다는 점에는 이의를 달 수 없다 하겠습니다. 책의 대중화는 인간 의식이 개인주의를 지향하는데 크게 봉사해왔고 인간이 개인적 주체를 자각하는데 크게 일조했습니다. 특히 그 중에서도 자아는 조화롭게 완결된 전체의 일부라는 중세적 세계관에서 벗어나 세계의 중심으로 작용하게 된 것은 크나큰 공헌이라 말할 수 있습니다. 비로소 나를 중심으로 일정한 시점과 거리 두기를 통해서 대상을 바라보는 근대적 사유가 시작된 것입니다. 그러므로 사유 대상으로서 너와 일정한 시점과 거리를 둔 채 생각하는 개인으로서 나는 근대적 사유의 산물이라 하겠습니다.

---

[12] 류신, 『다성의 시학』, 창비, 2002, 66쪽.

영상시대의 문화코드: 삶, 문학 그리고 영화

리얼리티란 무엇인가?

출판 대중화가 이루어진 후, 문학의 창작과 읽기가 소비를 위한 산업화된 상품으로 본격 진입한 후, 저자는 자신의 작품을 둘러싼 독창적 창조자로서의 그 권위와 지위의 흔적은 최근까지도 특권적이고 구체적인 것으로 간주되어 왔습니다. 그런데 한번 생각해보도록 하겠습니다. 삶의 현실에 대한 작가의 의식과 태도에 대해서 말입니다. 혹은 최소한 작품 속 현실에 대한 독자들의 반응도 한 번 생각할 필요가 있을 것 같습니다. 혹은 작품 속 현실과 실제 현실의 일상 사이의 괴리 혹은 유사성에 대해서도 한번쯤 의문을 품을 필요가 있을 것 같습니다. 우리는 한 편의 소설 작품이나 영화를 감상할 때 그것이 얼마나 사실적인지 혹은 그것이 실제의 삶과 얼마나 동일한지에 대해 별다른 의문을 가지지 않습니다. 사실 우리는 한 편의 영화를 감상할 때 그것이 현실이 아닌 영화라는 사실을 이미 마음속에 전제로 깔고 영화 속 박진감을 즐기는지도 모릅니다.

이런 점에서 문학작품이나 영화의 사실성(혹은 리얼리티)에 대해 이것이 뜻하는 바가 무엇인지 한번 살펴볼 필요가 있을 것 같습니다. 리얼리티의 사전적 의미는 경험이나 사유 등에 의해 파악된 관념적 표상 이전의 혹은 그와는 독립해 존재하는 사물 표상을 뜻합니다. 그러므로 지각에 의해 얻은 표상에 대응하는 실재성이라 할 수 있습니다. 들뢰즈는 "결국은 동일한 신체가 감각을 주고 다시 그 감각을 받는다. 이 신체는 동시에 대상이고 주체이다"라고 말하면서 감각이 존재의 토대임을 설명한 적이 있지요. 감각은 경험의 충일성과 존재적 일체감을 제공하는 것입니다. 감각을 통해 "나"는 주체인 동시에 대상이며, 이 같은 존재적 일체성은 자신이 감각하는 타자와 세계에 대해서도 그대로 발휘됩니다.[13] 즉 주체로서 나는 현실 그

제4장 문학과 삶 그리고 리얼리즘

자체가 아니라 나의 감각을 통해 받아들이고 인식한 세계를 객관적인 현실로 인식하게 됩니다. 그런데, 객관적 세계로서의 외적 현실은 실제로 존재하지만 사실 그것은 나의 감각을 통해 들어온 주관적인 현실입니다. 예술과 세계 사이의 반영의 관계를 설정해볼 때, 정신의 눈을 통해 의식에 주어진 리얼리티가 있다면, 반대로 감각을 통해 몸에 주어진 리얼리티를 생각해 볼 수 있는 것입니다.[14]

모든 예술 작품은 필연적으로, 그것이 어떤 시점을 견지하든, 독자/관객이 그것을 의식하든 그렇지 않든 간에, 화자로서 작가의 눈과 목소리를 통해 독자/관객에게 전달될 수밖에 없습니다. 때로는 삶의 구현으로서 예술의 문제는 리얼리티의 문제가 됩니다. 그러므로 각자 그 방식이 어떠하든 최상의 리얼리즘을 작품 속에 구현하는 것은 모든 예술가들의 이상적인 꿈이라 말할 수 있습니다.

허구의 서사를 근간으로 하는 소설의 입장에서는 독자/관객에게 서술 목소리의 신뢰를 담보하는 한 가지 길은 저자를 대신할 페르소나를 내세우거나 마스크를 쓰는 것입니다. 한 가지 쉬우면서도 가장 보편적인 방법으로서, 흔히 액자라 불리는 틀을 사용하는 것입니다. 사실 이것은 가장 오래된 소설 양식이기도 하지만 영화에서도 쉽게 찾아볼 수 있는 인기 있는 방법입니다. 영국 최초의 근대 소설 가운데 하나이자 최초의 고딕 소설인 메리 셸리의 『프랑켄슈타인』은 가장 대표적인 액자 소설입니다. 레오나르도 디카프리오가 주연을 맡은 바즈 루만 감독의 〈로미오와 줄리엣〉도 사실은 액자형식의 셰익스피어 영화입니다. 최근 가장 뜨거운 인기를 끌고 있는 SF영화들도 대체로 주인공 회상이라는 액자 틀을 갖추고 있습니다.

---

13 김수이, 『서정은 진화한다』 창비, 2006, 85쪽.
14 진중권, 「미학에서 감각론으로」, 『창작과 비평』 (2002 여름호), 341쪽.

영상시대의 문화코드: 삶, 문학 그리고 영화

제임스 카메론 감독의 〈아바타〉가 그 대표적인 한 예입니다.

액자 소설의 양식은 한국 소설에서도 쉽게 찾아볼 수 있습니다. 예를 들어 남도의 소리를 다룬 이청준의 『선학동 나그네』를 들여다보겠습니다. 소설 속에서 이를테면 선학동에서 학이 날아오르는 것이 눈먼 누이의 한이 애간장을 끊을 듯한 판소리로 승화되었음을 상징하게 하기 위한 것입니다. 이것은 소설 속의 이야기 전개에 있어서 객관적 어조를 유지하게 하려는 의도인 것이지요. 다시 말해 이것은 액자 혹은 저자를 대신할 서술화자를 내세워 작품 속에서 전개되는 이야기의 신빙성을 독자에게 호소하기 위한 것입니다. 말하자면 액자 양식은 (작가가 들려주는 어떤 믿기 어려운 이야기 혹은 비극적인 이야기의) 서술의 객관성 혹은 보편성을 담보하려는 매우 쉬운 방법인 것이지요.

박완서의 『겨울 나들이』도 마찬가지입니다. 이 짧은 이야기는 6.25 동란으로 인한 분단을 먼 시공간적 배경으로 하고 있는 (부분적인) 액자 소설입니다. 일인칭 시점으로 시작되는 소설 속의 주인공 "나"는 (세 번째 개인전을 준비하고 있는) 남편이 (딸의 초상화를 그리면서) 북에 두고 온 아내의 모습을 찾고 있다는 생각에 배신감을 느껴 혼자 겨울 여행을 떠나 홀로 여관을 전전하며 서러움에 빠지지만 우연히 들른 호숫가 여인숙에서 여주인의 슬픈 과거사를 듣고 난 뒤 자신의 삶에 대한 위로를 받고 다시 서울로 돌아온다는 이야기입니다. 소설은 주인공 "나"의 시선을 빌려 여인숙 여주인으로 대표되는 소시민의 (전쟁으로 인한) 삶의 파괴적 비극을 들려줍니다.

통상 민족의 동질성과 조국에 대한 사랑을 다루고 있다고 알려진 김동리의 『붉은 산』은 이 점과 관련한 좋은 실습의 예입니다. 소설은 의사 노릇을 하는 관찰자/화자의 눈과 귀를 통해 만주의 한 조그만 촌에서 벌어지

제4장 문학과 삶 그리고 리얼리즘

는 사건을 보고 듣고 기록한 전형적인 액자 소설의 틀을 갖고 있습니다. 화자는 소설 속의 등장인물 정익호가 삵이란 별명으로 불리게 된 연유가 독하고 교활한 성격에다 몸놀림도 민첩하기 때문이라고 말하면서, 쥐 같은 얼굴, 날카로운 이빨, 바룩한 코에 긴 코털 등의 외양 묘사를 통해 그의 생 김새를 묘사합니다. 이것은 그의 얼굴 생김이 어디로 보든 남에게 미움을 사고 근접지 못할 놈이라는 느낌을 독자에게 전달하기 위한 것입니다. 그 에 대한 인물 (및 성격) 묘사와 사건의 변화는 모두 화자의 시선을 통해 처 리되므로 당연히 작품의 리얼리티와 관련한 신뢰의 책임은 화자의 몫으로 남고 화자의 신뢰성은 서술의 문제로 귀결됩니다.

화자의 신뢰성이 서술의 문제로 남는다는 것은 현실에 대한 화자의 시 선과 직결되는 문제이기도 합니다. 사실 이것은 이념의 문제이기도 합니 다. 바꿔 말하자면 예술에 있어서 리얼리티의 신뢰성은 어떤 경우든 논쟁 적일 수 있음을 암시하는 것입니다. 예를 들어 한국의 작가 가운데 가장 토속적이고 해학적인 소설을 쓴 작가로 알려진 김유정을 생각해보겠습니 다. 그의 작품은 소작농, 노동자, 여급 등의 하층민을 통해 1930년대 일제 강점기의 현실을 토속적이고 해학적으로 묘사하고 있다고 알려져 있습니 다.

그런데 해학성과 토속성은 당대 식민지 공간의 궁핍한 삶의 일상을 묘 사한 그의 소설의 리얼리티를 어떻게 휘감고 있을까요? 『만무방』을 예로 들어보겠습니다. 성실한 농사꾼이 아무리 열심히 농사를 지어도 적자를 면 치 못하고 빚쟁이가 되는 것은 삶의 아이러니이기도 합니다. 하지만 열심 히 농사를 지어도 빚쟁이가 될 수밖에 없는 한 농사꾼이 자신의 논에서 벼 를 훔칠 수밖에 없는 삶의 현실은 더더욱 아이러니가 아닐 수 없습니다. 그의 소설의 해학성과 토속성은 (혹은 『만무방』과 같은 그의 소설이 갖고 있는 수준 높은 아이러니는) 독자/관객에게 극적 감동을 자극함으로써 소설이 묘사하고 있는 삶의 현실의 대한 신뢰성을 오히려 예술적으로 높이는 극적 효과를 발휘합니다. 이것은 예술이 갖는 극적 힘입니다. 예술가는 현실의 삶의 리얼리티를 직시하지만, 삶의 일상의 한 단면이 아이러니와 같은 문학이 갖는 극적 예술 장치를 통해 작품 속에 관류하도록 하고 있기 때문입니다.

예술가는 다양한 상황 설정을 통해 구체적인 삶의 리얼리티를 작품 속에 부여합니다. 그것은 존재의 삶일 수도 있고, 동시대 일상의 삶일 수도 있고, 역사 속의 삶일 수도 있습니다. 이를테면 황석영이 『무기의 그늘』에서 보여주는 암시장이라는 독특한 상황 설정은 베트남 전쟁을 안팎의 시각에서 냉정하게 조망할 수 있게 해주는 구체적 리얼리티를 부여하는 핵심적 요소입니다. 소설 속에서 암시장은 무엇보다 전쟁이라는 사업의 전모를 소설 초고의 제목처럼 난장으로 펼쳐 보이는 역할을 합니다.[15]

또한 리얼리티는 나와 너 사이의 관계와 거리는 응시와 부름 그리고 때로는 관조를 통해 가늠되기도 합니다. 앞서 살펴본 것처럼 김춘수의 「꽃」은 이와 같은 나와 너의 존재의 본질에 대한 시적 물음입니다. 심지어 김용택은 「강 끝의 노래」에서 "바람에 나부끼는 강 건너 갈대들이/왜 드디어 그대를 부르는/눈부신 손짓이 되어/그대를 일으켜 세우는지" 보기 위해 "섬진강 끝/하동에" 가보라고 노래합니다. "나무와 나무 사이/넓거나 좁은 간격이 있다는 걸/생각하지 못했다"고 노래하는 안도현의 「간격」은 나무를 통해 사람과 사람 사이의 소통의 관계와 거리를 관찰하고 있습니다. 그것이 소통의 관계인 이유는 결국 사람과 사람 사이의 거리는 결국 대화적 거

---

15 임홍배, 「베트남 전쟁과 제국의 정치」, 『황석영 문학의 세계』, 최원식, 임홍배 공편, 창비, 2003, 70쪽.

리이기 때문입니다.

김광섭은 「저녁에」라는 시에서 별을 통해 너와 나의 만남은 영원할 수 없는 찰나의 사건임을 관조합니다. "이렇게 정다운/너 하나 나 하나"의 만남과 대화는 순간이고 이런 이유로 모든 만남의 순간은 되돌려 이룰 수 없는 시간입니다.

> 이렇게 정다운
> 너 하나 나 하나는
> 어디서 무엇이 되어
> 다시 만나랴

"나도 꽃이 될 수 있을까"라고 묻는 이성선의 「사랑하는 별 하나」에서, 시인이 "외로울 때 부르면 다가오는 별 하나를 갖고 싶다"고 노래하는 시적 의식은 일종의 부름의 욕망에 다름 아닙니다.

> 가슴에 사랑하는 별 하나를 갖고 싶다.
> 외로울 때 부르면 다가오는
> 별 하나를 갖고 싶다.
> 마음 어둔 밤 깊을수록
> 우러러 쳐다보면
> 반짝이는 그 맑은 눈빛으로 나를 씻어
> 길을 비추어 주는
> 그런 사람 하나 갖고 싶다.

응시와 호명은 결국은 정치적 욕망입니다. 욕망은 쉽게 기억의 뿌리를 내립니다. 기억은 역사적이고 통시적인 성질을 가집니다. 기억의 욕망은 기쁨이지만 망각의 욕망은 아픔인 것입니다. 쉽게 잊혀지지 않기 때문이겠지요. 최영미의 「선운사에서」는 삶의 거리와 응시에 관한 시입니다. 물론 그것은 기억과 관련한 것이기도 합니다. 삶의 의미는 기억이기 때문입니다. 그것이 헤어짐의 아픔이라면 더욱 더 그렇습니다. 부름은 기호적 행위에 다름 아닙니다. 그러므로 나와 너는 부름을 통해 의미 있는 존재로 호명됩니다. 부름을 받는 것은 무엇이 되는 것입니다. 그것은 어딘가에 있음에서 무엇으로 되는 것으로의 변환입니다. 부름을 통해 기억 속에 남고 싶다는 욕망은 이념적인 것이자 역사적인 것입니다. 그러므로 문학의 본질은 다름 아닌 바로 이것의 일깨움을 넘어선 환기라 할 수 있습니다.

문학은 의식 저 너머 기억 속에 침잠해 있는 나와 너의 기억을 다시 되살려 불러내는 일종의 제의입니다. 인간의 기억은 의식의 공간 속에 켜켜이 쌓아 올린 삶의 침적이자 삶의 역사입니다. 그래서 문학은 역사적 삶의 기억이 됩니다. 백석의 시 「여승」은 이 점을 잘 보여줍니다.

섶벌같이 나아간 지아비 기다려 십 년이 갔다
지아비는 돌아오지 않고
어린 딸은 도라지 꽃이 좋아 돌무덤으로 갔다

시인은 남편과 어린 딸을 잃은 채 비구니가 될 수밖에 없던 한 여인의 비극적 인생을 통해 일제 강점기 수탈로 뿌리 뽑혀진 가족의 삶과 이산의 문제를 그리고 있습니다. 신동엽의 「산에 언덕에」라는 시는 또 어떻습니까?

그리운 그의 노래 다시 들을 수 없어도

맑은 그 숨결
들에 숲 속에 살아갈지어이

시인이 보고 싶은 "그리운 그의 얼굴"이 누구이고 그가 듣고 싶은 "그리운 그의 노래"가 어떤 것인지 분명하지 않아도 시가 발표된 역사적 맥락을 통해 볼 때, 시인의 기억은 그가 60년에 일어난 4.19의 역사적 상황에서 최후의 삶을 맞이한 "그리운 얼굴"을 가슴 아프게 추억하고 있음을 보여준다 하겠습니다.

리얼리티의 재현과 구로자와 아키라의 〈라쇼몬〉

영화 〈라쇼몬〉羅生門은 진실로 리얼리티의 문제를 생각하게 하는 작품입니다. 영화는 아쿠타카와 류노스케의 단편소설 「라쇼몬」과 「숲 속에서」를 각색했습니다. 영화는 내전으로 피폐해진 12세기 헤이안 시대를 배경으로 하고 있습니다. 「라쇼몬」에서는 비가 그치기를 기다리는 사람들의 이야기를 가져왔고, 「숲 속에서」는 강도, 강간, 살인에 관한 사람들의 증언을 가져왔습니다.

영화의 대략의 줄거리는 이렇습니다. 숲 속에서 한 무사가 살해되고 그의 아내가 산적으로부터 강간당하는 사건이 발생합니다. 비를 피하기 위해 다 쓰려져가는 라쇼몬에 들어온 승려와 나무꾼 그리고 한 평민이 그 사건을 회상합니다. 법정에서 무사의 아내, 살인 강간 혐의로 잡혀온 산적, 무당을 통해 증언하는 무사의 혼령, 그리고 목격자 나무꾼이 증언합니다. 서로 다른 그들의 증언은 자신들의 시각을 반영할 뿐입니다. 그러므로 영화는 진짜 살인자는 누구인가라는 의문에서 출발하지만 영화가 끝날 무렵에도 진실은 쉽게 밝혀지지 않습니다.

영화의 이야기 구조는 여느 보통의 평범한 할리우드 영화처럼 플롯을 위한 전형적인 액자의 틀을 활용하고 있습니다. 영화는 겉 이야기인 프레임 스토리와 이 속에 삽입된 6개의 에피소드로 구성되어 있고, 영화의 전개는 형식상 프레임 화자와 프레임 속에 삽입된 이야기의 화자에 의해 진행됩니다.

이를테면 영화에서 다 쓰러져가는 황폐한 라쇼몬은 영화의 시작이자 끝입니다. 영화가 시작되면 비가 억수처럼 쏟아지는 가운데 승려와 나무꾼이 비를 피하기 위해 라쇼몬으로 옵니다. 이윽고 평민이 비를 피해 들어오면서 두 사람이 그에게 이야기를 시작합니다. 비가 그치면서 평민은 떠나고 영화는 라쇼몬의 문을 비추면서 끝납니다. 하지만 여기서 라쇼몬은 영화를 시작하고 끝내는 단순한 액자의 역할만 수행할 뿐이고 이야기 내의 사건은 해결되지 않습니다. 영화의 결말부분에서 영화가 끝났음을 알게 되는 것은 오히려 비가 그쳤다는 사실 때문입니다. 각각의 에피소드의 결말은 해결되지 않은 채 종결되고 각각의 에피소드의 이야기꾼들도 제각기 흩어지면서, 오히려 새로운 스토리 요소가 막판에 들어옵니다. 라쇼몬 옆에서 버려진 아기가 발견되는 것입니다. 영화가 끝날 무렵에 평민은 아기의 옷을 훔치고, 승려는 아기를 안아 달래고 나무꾼은 아기를 자신의 아이와 같이 기르기 위해 집으로 데리고 갑니다. 바로 이 점 때문에 인간에 대한 일말의 희망을 제시하기 위한 것으로 비춰지게 되면서 인간에 대한 휴머니즘적 탐구라는 감독의 보편적인 주제의식을 잘 드러내는 장면이라고 여겨지기도 합니다.[16]

영화는 현재에서 서술되는 프레임 스토리와 프레임 속에 삽입된 과거

---

16 『세계영화 100』, 안병섭, 한겨레신문사, 99쪽.

제4장 문학과 삶 그리고 리얼리즘

의 회상(플래시백)이 교차되면서 전체 스토리가 구성됩니다. 삽입된 스토리는 프레임 스토리에서 세 명의 인물 중 나무꾼과 승려의 플래시백으로 서술되며 삽입된 스토리도 산적 여자 남편의 플래시백을 통해 이야기됩니다. 즉, 관객에게 전달되는 각각의 이야기는 화자의 주관적 관점에 의존하는 플래시백의 구조로 되어 있습니다. 이 같은 플래시백은 동일 사건에 대한 다양한 인물들의 생각을 표현하는 마인드스크린입니다. 그러므로『라쇼몬』은 리얼리티의 주관적 속성과 진실의 상대성을 잘 드러내주면서 눈에 보이는 리얼리티의 진실과 믿음 그리고 인간의 이기심에 대해 궁극적인 물음을 던지면서 리얼리티의 본질을 생각하게 만드는 영화라 할 수 있습니다.

영상시대의 문화코드: 삶, 문학 그리고 영화

제5장

문학과 사회

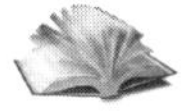

개인과 사회

인간이 사회적 동물인 것처럼, 문학예술은 사회적 산물입니다. 영화도 마찬가지입니다. 개인이 사회를 떼어놓고 생각할 수 없는 것처럼 사회적 맥락을 떼어놓고 예술을 생각하기란 불가능에 가깝습니다. 그것은 본질적인 구조입니다. 예술은 사회의 안정과 변화에 관해 그 어떤 민감한 변화라도 놓치지 않고 반영합니다. 그러므로 예술가의 최대 관심사는 다름 아닌 사회라 할 수 있습니다. 예술의 행위 주체는 개인이지만 사회는 예술의 탐구 대상인 것입니다. 물론 이 경우에서도 그 대상은 개인일 수밖에 없습니다. 그 어떤 몰개성의 순간에서도 예술의 주체/객체는 인간입니다. 문학은 사회의 산물이며 바로 이 점 때문에 사회적 관점에서 문학을 바라봐야 하는 이유가 되는 것입니다.

문학은 사회 속의 인간을 이해하기 위한 예술적 행위입니다. 설령 어떤 작품이 온전히 인간이 배제된 자연을 다루거나 소재로 하고 있더라도

그 같은 예술적 시도는 예술가 혹은 시대적 이념과 생각을 반영한 사회적/
철학적/예술적 산물로 이해할 수 있는 것입니다. 한 편의 예술 작품은 경
제, 가족관계, 기후, 풍경, 태도, 도덕, 인종, 사회계급, 정치, 종교, 전쟁, 환
경 등 사회의 다양한 측면을 반영하기 때문입니다. 때문에 유종호는 "문학
이 불가피하게 이데올로기와 얽혀 있으며 특정 계층의 이해관계에 봉사한
다고 주장하는 것은 언뜻 보아 매우 거칠고 투박한 생각을 반영하는 것으
로 보일지 모른다. […] 문학이 사회 속에서 실용적, 실제적 기능과 역할을
가지고 있었고 특정 계층의 이해관계에 봉사하였다는 것은 엄연한 역사적
사실로 드러난다"라고 말했던 것입니다.

　일제강점기와 전쟁을 비롯하여 근대화 과정에서 급격한 사회 변동을
경험한 한국 사회를 감안해볼 때 한국 소설이 주로 다루어 온 주제 가운데
하나인 가족과 가부장의 문제를 예로 들어볼 필요가 있습니다. 산업화 도
시화의 과정 속에서 가족제의 붕괴와 변화는 가장의 권위 하락과 맞물려
현격한 사회변동을 보여주는 가장 대표적인 지표였으며 소설가들이 자주
다루는 테마이거나 소재였습니다. 이문열의 『영웅시대』(1985)만 하더라도
소설은 일제강점기와 한국전쟁을 거치면서 주인공의 어머니와 아내의 삶
을 통해 당시의 상황 속에서 여성의 역할이 어떠했는지 보여주면서 남자
가 현실적으로 집에 없어도 상징적 권위로 존재하는 것으로 그리고 있습
니다. 영화로도 만들어진 바 있는 김정현의 소설 『아버지』(1997)는 한정수라
는 중년 아버지가 췌장암에 걸린다는 설정을 통해 아버지의 고독과 가족
의 화해를 다루고 있습니다. 소설은 가족 내에서 위상의 위기를 겪으면서
점점 사회 문제화되어가고 있는 아버지의 존재를 부각함으로써 당대의 사
회적 흐름과 문제적 현상을 소설로 다루고 있습니다.

　당대의 시대상과 세태를 알기 위해 굳이 소설책을 읽을 수고를 할 필

영상시대의 문화코드: 삶, 문학 그리고 영화

요가 없습니다. 가까운 예로 이문열의 소설을 각색한 장길수 감독의 〈추락하는 것에는 날개가 있다〉라든지 혹은 최인호 소설을 각색한 배창호 감독의 〈깊고 푸른 밤〉을 보면, 영화는 60-70년대 젊은이들이 가진 미국에 대한 선망이 얼마나 간절했는지 여지없이 보여줍니다. 외국 영화들도 마찬가지입니다. 영국의 E. M. 포스터의 소설을 각색한 제임스 아이보리 감독의 〈하워즈 엔드〉는 빅토리아 시대에 몰락해 가는 상류층 노처녀들의 생활을 세밀하게 그리고 있습니다.

하일지의 『경마장 가는 길』은 지식인의 허상을 드러내는 측면에서 가히 충격적입니다. 소설은 프랑스 유학을 마치고 돌아온 R이 주인공입니다. 소설은 주인공 R이 김포 공항에 도착한 날부터 고국 땅에서 시달리는 처음 사 개월 반 동안의 기록입니다. 자신이 프랑스에 있을 때 동거한 여자와의 재회, 자신의 가족과 그 여자 가족과의 관계, 그리고 실력 있는 학자를 알아주지 않는 대학 풍토를 중심으로 이야기를 풀어갑니다. 그는 자신을 알아주지 않는 잘나지도 않은 고국이 못내 원망스럽습니다. 그에게 고국은 자신의 진가를 알아주지 못하는 야만의 땅이고, 반면 그의 배움의 고향인 프랑스는 정신적 자유가 보장된 시간과 문학과 그리고 마음의 평화를 되찾을 수 있는 곳입니다. 그는 다시 프랑스로 돌아갈 수밖에 없다는 판단을 내리고, 다시 프랑스로 돌아가는 비용을 마련하기 위해 J에게 피해 보상과 논문 써준 값을 요구합니다. 하지만 그것이 여의치 않자 절에 들어가 자신들의 이야기를 소설로 써서 그 돈을 마련한다는 것이 소설의 주된 내용입니다.

모든 작품이 시대의 현실 혹은 사회 현실을 정확히 반영하고 있고 또한 일정 부분 사회에 영향을 미치고 있다고 말하는 것은 사실상 불가능합니다. 하지만 예술 작품은 이념과 규범 그리고 취향과 가치의 산물입니다.

특히 예술 작품과 다양한 당대의 문제적 사회현상과 이념과의 영향 관계
는 불가분의 관계에 있다 말할 수 있겠습니다. 이 문제를 이문열과 황석영
의 소설을 통해 일부 논의해보겠습니다.

이문열의 『우리들의 일그러진 영웅』

이문열은 대중성과 문학성을 겸비한 작가입니다. 본 소설은 한병태가
어린 시절 서울에서 시골로 전학을 하게 되어 그곳 생활에 적응하면서 체
험하는 여러 사건에 대한 기억과 성인이 된 현재의 자신의 모습을 현재 관
점에서 회상하고 서술하고 있는 전형적인 일인칭 액자 소설입니다. 소설은
1987년 『세계의 문학』 여름호에 실렸으며 이듬해 이상문학상을 수상하기
도 했습니다. 일인칭 액자 (프레임) 소설인 본 소설과 마찬가지로, 그의 소
설은 대체로 액자 소설 혹은 회상 구조가 많습니다. 이것은 소설의 객관성
을 담보함으로써 설득력을 얻게 하는 힘이 되고 있습니다. 그러므로 소설
이 갖고 있는 가장 큰 서술적 특징은 과거의 경험자아가 초점화자이지만
서술은 현재의 서술자아가 이끌고 있는 전형적인 회상 형식의 일인칭 액
자 소설입니다.

소설은 이미 성년이 된 화자에 의한 유년시절의 회상이라는 액자를 사
용하고 있습니다. 이것은 현재의 입장과 관련하여 전달된 체험, 결국 현재
를 설명하는 한 방식입니다. 이것은 여과된 시각 혹은 좀 더 부정적으로
말하자면 타락된 시각인 것입니다. 왜냐하면 한 번 걸러지기 때문이지요.
일인칭 서술은 서술화자가 소설 세계 안에 존재한다는 점에서 여타 다른
서술 상황과 본질적으로 구분됩니다. 일인칭 서술의 존재론적 동기는 보통
자신의 기쁨, 슬픔, 기분 등과 같은 실제 체험과 밀접하게 연결된 존재론적

영상시대의 문화코드: 삶, 문학 그리고 영화

근거에서 출발합니다.[17] 그러므로 어떤 점에서 소설의 프레임 화자는 주인공의 어린 시절의 경험자아의 순수한 마음이 상황에 의해 어떻게 굴절되고 정의와 자유에 대한 의식이 어떻게 마비되어 가는가에 대한 과정을 그려내고 있는 것입니다. 이를 위해 소설은 권력에 대한 개인의 심리와 욕구를 비판하고자 성인이 된 서술자의 주관적 심리서술을 토대로 한 일인칭 시점을 견지 합니다.

소설의 프레임화자는 어린 시절 자신의 경험에 대해 비판적 서술을 병행하는 가운데, 어린 시절 자유에 대한 의지를 버리고 굴종을 택하게 된 자신의 경험이 여전히 세상에 대한 정의나 합리적 인식을 무뎌지게 했다고 회상합니다. 그러면서 성인이 된 현재의 자신에 대해서도 심리적 거리를 유지하면서 비판적 서술을 가합니다.

대체로 그의 소설은 자전적 성장소설의 형태를 띠고 있습니다. 낭만에서 출발하여 현실에의 접속을 추구한다든지, 다시 말해 낭만을 지향한다든지 혹은 낭만성을 극복하면서 현실과의 접속을 추구하기도 합니다. 그러면서 역사적 상황에서 그 사회를 이끌어가는 권력집단의 속성과 병폐를 알레고리적 기법을 차용하여 비판하고 있습니다. 액자 구성이나 회고적 구성은 작가의 어떤 복고적 취향이나 예술지상주의의 작가의식과 관련 있다기보다 사실 그의 소설은 어떤 한국의 정치적 사건이 시대적 배경을 이루면서 이야기 전개가 이루어지는 경우가 많습니다. 이런 점에 기인해서 비평가들은 그의 소설이 군사독재정권에 대한 일종의 비판적 알레고리를 지니고 있다고 평하기도 합니다. 하지만 알레고리 자체는 일종의 시적 마스크라는 점에서 보수적이고 전통적인 예술적 틀이라 할 수 있습니다. 작가는 마스크 혹은 액자라는 틀 뒤에 숨어 있기 때문이지요. 대체로 작품의 주제

---

17 슈탄젤, 『소설의 이론』, 탑출판사, 1994, 145쪽.

의식은 어떤 허무주의적 세계관에 뿌리를 두고 있는 것 같습니다.

이문열에 대한 비판은 그의 보수 반동적 태도나 이데올로기적 혐오에 집중되는 편인데, 평자들은 이것이 그의 내면에 상처로 자리 잡고 있는 아버지의 월북과 연좌제의 족쇄를 감내해야 했던 고통과 관련이 있다고 말합니다.[18] 보통 이런 점을 토대로 해서 많은 비평가들이 그의 작품의 태도 혹은 이념적 성향이 낭만적이고 허무주의적이라고 평하기도 합니다. 하지만 그의 소설은 독재와 권력체제에 대해 약간은 조심스럽게 적응하면서 자기만의 고유한 인식을 구축해온 것으로 보입니다. 실제로 이문열은 "내 문학의 중요한 관심사는 자유의 반대편에 있는 억압"이라고 말한 바 있는데, 억압과 폭력 그리고 자유는 그의 문학을 가로지르는 핵심어였던 것 같습니다.[19]

작품의 제목은 우리들의 일그러진 영웅이지만, 작품 안에서 정작 일그러진 것은 영웅이 아니라 바로 "우리들 자신"이라 할 수 있습니다. 소설은 불합리와 부조리 속에서 혼란스럽고 왜곡될 수밖에 없는 민중의 삶을 그려내고 있습니다. 즉, 소설은 사회와 세계를 학교 교실로 축소하여 소년들의 세계를 통해 의미 있게 구현해내고 있습니다. 다시 말해 교실을 무대로 하여 자유와 폭력, 합리와 불합리의 대결구도를 통해 한국사회의 정치적 현실을 배경으로 하고 있기 때문입니다.

그렇다면 과연 한국 사회를 초등학교 교실을 빌려 어떻게 우의적으로 형상화한 것일까요? 영웅의 관점에서 볼 때, 엄석대는 한 학급이라는 집단 속에서 벌어지는 문제를 물리적인 힘을 빌려 해결하려 합니다. 하지만, 이로 인해 문제가 발생하고 타인들이 수긍하지 못하는 비극직 영웅의 결말

---

18 한수영, 「분단과 전쟁이 낳은 비극적 역사의 아들들」 『역사비평』 46 (1999) 참조.
19 이문열, 「이우는 세월의 바람소리를 들으며」 『이문열 문학 앨범』, 웅진출판, 1994, 168쪽.

영상시대의 문화코드: 삶, 문학 그리고 영화

을 맞게 됩니다. 엄석대는 자신이 처한 상황, 즉 자신만의 영역을 제대로 파악한 후 권력을 휘두른 영웅이지만, 사실 영웅이 필요 없는 타락한 시대의 왜곡되고 패배한 영웅상을 나타내고 있다 할 수 있습니다.

소설은 자유당 정권말기 한 작은 읍의 초등학교 교실을 배경으로 설정하고 있습니다. 시골 교실이라는 공간적 배경은 폐쇄적이고 보수적인 공간입니다. 소설은 현실의 사회집단과 정치상황을 우의적으로 표현하고 있는 것입니다. 이것은 힘의 논리에 의해 정권이 교체되고 또 그러한 정치현실에 반응하는 국민들의 두 가지 양상, 즉 굴종과 대항의 반복이 점철되던 과거 정치사를 두고 볼 때, 암울한 시대적 사안을 직접화법으로 드러내어 설명하기보다 우리 사회가 안고 있는 권력의 속성 및 병폐들을 교실이라는 알레고리 장치를 통해 간접화법의 틀 속에서 다루고자 한 것으로 보입니다.

혹자는 소설의 시대 배경을 자유당 정권말기라고 주장하지만 실은 어느 시대에서나 벌어질 수 있는 일을 우화적으로 표현하고 있는 것 같습니다. 실제로 교실을 사회로, 교사나 힘센 학생을 권력집단으로, 학생들을 민중으로 바꾸면 곧 하나의 사회비판소설이 됩니다. 그러나 작품 속에서 시대적 배경인 이승만 정권과 엄석대 사이의 유사점은 많은 것 같습니다. 둘 다 절대적 위치에 오르기 위해 주변 상황을 조작하고 그 위치를 유지하기 위해 온갖 만행을 저지릅니다. 이승만이 4.19 혁명으로 인해 권좌에서 물러나고, 이에 비해 엄석대는 새로운 담임교사에 의해 이제까지 저지른 온갖 비행의 대가로 처벌을 받은 다음, 스스로 학교를 나가버립니다. 그러나 작품의 배경이 이승만 정권말기든 아니든, 작품이 갖고 있는 우화적 특성은 이미 보편성을 담보하고 있기 때문에 그것이 교실이라는 상황은 사회의 어떤 권력 관계를 상징하고 있다 하겠습니다.

소설은 굴절된 영웅의 몰락을 그리고 있습니다. 엄석대는 새로운 담임 교사에 의해 모든 것을 빼앗겨버린 상실감에서 학교에 머물지 못하고 뛰쳐나갑니다. 프레임화자인 병태의 눈에 비친 엄석대는 어린 시절 기억 속에 남아있던 영웅의 모습이 아니라 범죄자로 전락한 비극적 영웅의 모습입니다. 소설은 성인이 된 화자가 유년시절을 회상하는 소설 형태이지만 서사 속의 사건을 전달하고 의미화하는 것은 성인이 된 서술자아임을 잊어서는 안 됩니다. 성년자아의 해석과 평가를 통해 서술함으로써 유년시절의 학급과 사회적 권력관계를 우화적으로 연결하고 있기 때문입니다. 소설의 이 같은 점 때문에 소설이 일각에서 (일인칭 프레임 화자인 한병태를 통해) 현실권력과 변화에 대한 두려움으로 대세에 굴복하고 현실에 순응하고, 더욱이 시대적 열망인 민주화 열기에 대한 경직성을 고발하고 반민중적인 성격을 노골화한 작품으로 비춰진 것은 이런 태생적인 이유가 있는 것 같습니다.

사실 소설 속에서 어른이 된 현재의 일인칭 화자의 서술 의식을 통해 묘사되는 회상 내용 가운데 가장 큰 논란거리는 엄석대와 한병태의 모습보다도 엄석대의 독재에 가까운 힘에 휘둘리고 그러한 상황에 순응하는 다수의 반 아이들입니다. 소설이 정치적 역사적 알레고리라는 것을 감안해서 해석해본다면 이들은 독재자의 말 한마디에 꼼짝 못하고 당하고 마는 나약한 민중의 모습이라는 것을 부인하지 못할 것입니다. 소설 속에서 이들은 자신의 이익에 부합하거나 큰 피해가 없다면 엄석대의 포악하고 무자비한 행동과 불법적인 폭력을 인정하고 이를 방조하기까지 합니다. 이문열은 이와 같이 자신의 이익에 부합한다면 불법적인 권력에도 이를 방조하거나 빌붙는 군중심리가 엄석대와 같은 폭력적인 독재 권력을 낳는다고 진단하는 가운데, 이들 비열한 군중에 대해 냉소를 보내면서 사회적 정의와 인간적 배신의 문제를 모호하게 일인칭 프레임 화자의 감상주의적 개인사적 체험으로 치환합니다. 아래 인용문은 6학년이 되어 새로운 선생님이 온 뒤 절대적인 권력을 누리던 엄석대가 몰락한 뒤의 일입니다.

오기는 그 날 내 앞까지의 아이들이 석대를 고발하는 태도 때문에 생긴 것이었다. 석대의 나쁜 짓을 까발리고 들춰내는 데 가장 열성적이고 공격적인 아이들은 대개 두 부류였다. 하나는 간절히 석대의 총애를 받기를 원했으나 이런저런 까닭으로 끝내는 실패한 부류였고, 다른 하나는 그 날 아침까지도 석대 곁에 붙어 그 숱한 나쁜 짓에 그의 손발 노릇을 하던 부류였다. 한 인간이 회개하는 데 꼭 긴 시간이 필요한 것은 아니며, 백정도 칼을 버리면 부처가 될 수 있다고도 하지만, 나는 아무래도 느닷없는 그들의 정의감이 미덥지 않았다. 나는 지금도 갑작스런 개종자改宗者나 극적인 전향 인사轉向人士는 믿지 못하고 있다. 특히 그들이 남 앞에 나서서 설쳐 대면 댈수록, 내가 굳이 석대를 고발하려 들면 꺼리가 전혀 없는 것은 아니었지만, 그 날 끝내 입을 다문 것은 아마도 그런 아이들에 대한 반발로 오기가 생긴 때문이었다. 내 눈에는 그 애들이 석대가 쓰러진 걸 보고서야 덤벼들어 등을 밟아 대는 교활하고도 비열한 변절자로밖에 비쳐지지 않았다. […]
그런데 부끄럽지만, 여기서 한 가지 밝혀 두고 싶은 것은 그 무효표 2표의 내역이다. 한 표는 틀림없이 석대 자신의 것이었고 다른 한 표는 바로 내 것이었다. 그러나 그걸 곧 여러 혁명에서 보이는 반동反動과 동질로 볼 수는 없는 것이, 나는 이미 무너져 내린 석대의 질서에 연연해하거나 그 힘에 향수를 품고 그런 것은 아니었다. 그때는 이미 담임선생님이 은연중에 불 지핀 그 혁명의 열기가 내게도 서서히 번져와, 나도 새로 건설될 우리 반에 다른 아이들 못지않은 기대를 가지게 되었다.
하지만 막상 그 우리 반을 이끌 지도자를 선택해야 될 순간이 되자 나는 갑자기 난감해졌다. 공부에서건 싸움에서건 또 다른 재능에서건 남보다 나은 아이치고 석대가 받을 비난에서 자유로울 수 있는 아이는 아무도 없었다. 오히려 대리시험으로 석대가 그전 담임선생님의 믿음과 총애를 훔치는 걸 돕거나 석대의 보이지 않는 손발이 되어 그의 불의不義한 질서가 가차 없이 우리 반을 위압하게 만들어 준 것은 바로 그들이었다. 내가 혼자서 그렇게 힘겹게 석대에게 저항하고 있을 때 가장 나를 괴롭게 한 것도 그들이었고, 갑작스런 반전으로 내가 석대의 가장 가까운 측근이 되었을 때 가장 많이 부러워하거나 시기한 것도 그들이었다.

그렇다고 6학년이면서도 아직 구구九九단도 제대로 외지 못하는 돌대가리나 싸움도 하기 전에 눈물부터 보여 앞줄의 꼬맹이들에게까지 업신여김을 당하는 허풍선이를 급장으로 세울 수도 없었다. 그 아침까지도 석대가 보장해 주는 특전에 만족해 있던 나 자신을 내세울 수는 더욱 없고 그래서 정직하게 던진 표가 무효를 가장한 기권표였다. 변혁을 선뜻 낙관하지 못하는 내 불행한 허무주의는 어쩌면 그때부터 싹튼 것이나 아닌지 모르겠다. [···]

어른들 식으로 표현하자면, 한쪽은 너무도 민주의 대의에 충실해 우왕좌왕하는 다수와 함께 우왕좌왕했고, 또 한 쪽은 석대 식의 권위주의를 청산하지 못해 은근히 작은 석대를 꿈꾸었다.

위 인용문은 석대가 물러난 뒤에도 교실의 상황이 그리 나아지지 못하고 혼란스럽고 그리 민주적이지 못하다는 점을 말하면서 석대가 힘이 있을 때에는 그들의 손발이 되었다가 석대가 쓰러지고 난 뒤에는 그의 등을 밟아대는 반 아이들을 교활하고 비열한 변절자로 묘사하고 있습니다. 급우들이 앞 다투어 석대의 잘못을 고발하는 것과는 달리 병태는 석대의 잘못을 말해보라는 선생님의 말에 대해 자기는 전학 온지 얼마 되지 않아 잘 모른다고 말하면서 그들을 교활하고 비열한 변절자로 규정하는 것입니다.

이것은 자의든 타의든 어떤 절대 권력에 저항하지 못하고 조금이라도 협력했다면 절대로 그 권력에 대해 비판해선 안 된다는 논리와 같습니다. 예를 들어, 일제 강점기에 일제에 조금이라도 협력했거나 혹은 박정희 독재 시대에 살았던 대다수 민중은 그 체제나 권력에 대해 비판하면 안 되는 것입니다. 이것은 대중 혹은 민중에 대한 멸시를 담아 낸 것일까요? 이 같은 논리는 한편으로는 권력에 기대려는 개인의 안일함이 독재를 양산한다는 소시민 근성 비판에 초점을 둔 것 같습니다.[20]

대중에 대한 냉소주의적 시각은 사실상 "허무주의"로 귀결되면서 한편으로는 현실순응적 욕망을 드러내고 또 한편으로는 그것을 비판하려는 이중적 갈등에서 벗어나지 못한 채 자기한계와 아집에 갇혀버린 소시민적 지식인의 자기 환멸을 그려내고 있는 것입니다. 군중, 나아가 노동자를 비롯한 민중에 대한 이문열의 시각이 어떤 것이냐에 대해서는 다소 논란의 소지가 있겠지만 소설 속의 6학년 교실은 4.19를 우화적으로 묘사하고 있는데, 사실상의 독재자인 엄석대를 몰아내는 주체를 새로 부임해온 젊은 선생으로 설정해놓은 것은 4.19와 같은 민주화 쟁취는 권력에 아부하고 자기 이익의 추종에 우선하는 내부의 군중세력이 아닌 건강하고 젊은 외부의 민주세력에 의해 어쩌면 타의적으로 주어지는 것으로 본 것이나 다름없는 것입니다.

소설은 학급 내에서 자행되고 있는 엄석대라는 독재적 권력에 저항하고자 하는 병태의 의지가 서서히 현실에 굴복하고 그러한 생활에 안주하려는 모습을 그려내고 있습니다. 한편으로는 엄석대의 몰락에 실망하는 한 병태의 자기연민과 환멸감을 드러내면서 끝을 맺고 있습니다. 그런데 여기서 본 소설이 처음 등장한 시기가 87년 6월 항쟁을 전후로 하는 때임을 주

---

[20] 황영미, 「일인칭 소설의 영화화」, 『문학과 영상』 2-1 (2001), 67쪽.

목할 필요가 있습니다. 다시 말해 소설이 발표된 시기의 정치적 사회적 맥락과 연계하여 소설을 이해하자면, 소설 말미에 프레임화자의 현실에 대한 감상적 회오는 표면적으로는 반독재 반민주화 운동에 함께할 수 없다는 자승자박적 세상에 대한 환멸(성)이 깃들어 있기 때문입니다.[21] 이런 점에서 소설은 동시대의 전두환 정권에 대한 정치적 우화로서 작품이 갖는 의미를 확장할 수도 있을 것 같습니다.

이문열의 『필론의 돼지』

『필론의 돼지』는 1980년에 발표된 우의적 형식으로 된 이문열의 단편소설입니다. 소설 배경은 제대 하는 군인들이 타고 있는 군용 열차 안이며 소설은 열차 안에서 벌어지는 사건에 대한 3인칭 주인공 화자의 관찰과 심리의 기록을 토대로 하고 있습니다. 공교롭게도 1980년은 광주 민주화 운동이 일어났던 해이기도 합니다.

주인공은 3년간의 군역을 마치고 고향으로 돌아가기 위해 군용 열차를 탑니다. 그는 군대 생활을 끔찍하게 생각해서 가능하면 군용열차를 피하려 했지만 "지나치게 홍청홍청 제대 기분을 낸 탓으로" 어쩔 수 없이 군용열차를 타게 됩니다. 그는 열차 안에서 홍동덕이라는 훈련소 동기를 만납니다. 그는 홍 똥덩이라는 별명을 지녔던 훈련소 동기를 관찰하고는 군대라는 곳이 "학력도 속여가며 입대한" "순박한 농부"를 "얼치기 건달"로 바꿔놓는 곳이라고 말하면서, 군생활은 "형태나 방식이 다를 뿐" 어디나 힘들고 지불해야 할 고통의 몫은 동일하다고 말을 합니다. 그리고는 군생활을 어

떤 인간적 모멸 같은 것으로 회상합니다. 그런데 그의 이런 의식은 일종의 패배주의에 맞닿아 있는 것 같습니다. 세상이 다 그렇고 그런 것이며 어찌 할 도리가 없다는 의식입니다.

이윽고 검은 각반을 두른 현역병들이 나타나면서 사건이 본격적으로 전개됩니다. 이들은 제대병사들에게 공포 분위기를 조성하면서 금품을 갈 취합니다. 제대군인들이 탄 귀향열차에 각반을 찬 병사들이 술에 취한 채 난입합니다. 이들 가운데 한 병사가 어설픈 어조로 노래를 부른 다음 노래 를 들었으니 돈을 내어놓으라고 협박을 하면서 돈을 갈취합니다. 화자는 3 년간의 군 생활을 끝내고 집으로 돌아가면서 이제는 모든 불합리와 폭력 으로부터 벗어났다고 생각하고 있었기 때문에 그들의 횡포에 대해 분노하 지만, 어떤 행동도 취하지 못한 채 모멸감을 느낄 뿐입니다. 그와 마찬가 지로 대부분의 제대병사들도 생각만 할 뿐 행동으로 옮기지는 않습니다. 그는 홍동덕의 불평에 대해서도 혐오를 드러냅니다. 그렇지만 과연 인간은 불합리한 폭력에 저항할 수 없는 나약한 존재인가라는 질문을 던지며 괴 로워하는 것이 그가 하는 행동의 전부입니다. 소설 마지막까지 그는 움직 이지 않고 사태를 관망하고 절망할 뿐입니다.

소설 속에는 이들 검은 각반의 횡포에 저항하는 두 사람이 등장합니다. 먼저 해병대 출신으로 백골 섬에 있었다고 하는 제대병사 하나가 돈을 내 기를 거부하면서 저항합니다. 소설 화자는 그를 영웅의 출현이라고 말합니 다. 그러나 그는 땅개와 놀지 말고 우리와 같이 놀자는 그들의 회유에 응 했다가 어딘가로 끌려가서 초주검이 되도록 맞고 돌아옵니다. 두 번째 제 대병사의 저항은 제법 다른 병사들의 반응을 불러일으킵니다. 계속되는 집 단 구타에도 불구하고 깡마른 제대병사는 원칙을 주장하며 법의 심판을 외치지만 그의 외침은 무참히 짓밟히고 맙니다. 그의 저항은 열차 안을 술

렁이게 하고 이런 식으로 계속 당하던 차에 한 목소리가 아직도 강제징수를 당하지 않은 쪽에서 납니다. "야, 이 답답한 친구들아. 삼 년간 당한 것도 분한데 끝나는 오늘까지 당하고만 있을 거여?" 이 말이 끝나기 무섭게 백 명이 다섯 명에게 당하고 있다는 사실을 새삼스럽게 확인하게 되고 집단으로 행동에 나서면서 폭력에 대한 폭력의 되갚음이 시작됩니다. 이 대목에서 그가 느낀 심정은 다음과 같습니다. 즉, "약간은 후련해 하면서도, 여전히 전권戰圈 밖에서 그 소동을 지켜보던 그는 왠지 이번에는 허전한 마음이 되어 그런 검은 각반들의 탈주를 바라보았다"는 것입니다. 그러면서 그 자신도 방관자였음에도 불구하고 곁에 있던 홍동덕을 보고는 졸린 돼지를 연상합니다.

싸움은 계속 이어지는데, 특히 조직 폭력배 출신인 듯 한 사람의 영웅적인 저항은 많은 제대병사들에게 자극을 주게 됩니다. 그 병사는 웃통을 벗고 각반들의 위협에도 불구하고 정중한 사과를 요구합니다. 각반들은 유리 조각으로 그의 가슴에 커다란 상처를 내지만 오히려 이 끔찍한 광경은 관망하고 있던 제대병사들의 분노를 자극해 마침내 검은 각반들은 이들에 둘러싸여 결국은 제대병사들의 집단 폭력 앞에 초주검 상태로 내몰리고 맙니다. 주인공은 이 와중을 "망연히" 지켜보며 그 광경을 "잔인한 린치"라고 표현하면서 저 양 같이 순한 병사들 어디에서 그런 "광포함과 잔혹성"이 숨어 있었는지 생각합니다.

순한 양처럼 당하고만 있던 제대병들 어디에 그런 광포함과 잔혹성이 숨겨져 있었던 것일까. 제대병들은 검은 각반이 일어나면 주먹으로 치고 쓰러지면 짓밟았다. 개중에 어떤 친구는 담뱃불로 지지기까지 했다. 그럴 때마다 검은 각반은 숨넘어가는 비명을 질렀다. 둔중한 신음과 함

영상시대의 문화코드: 삶, 문학 그리고 영화

께 그런 찢어지는 듯 한 비명이 객차 안 곳곳에서 들리는 것으로 보아
네 명의 운명도 그 검은 각반과 별반 다르지 않은 것 같았다.
"고만 합시다. 진정들 해요."
누군가가 이성을 회복한 듯 동료 제대병들을 만류하려 들었다. 그러나
곧 여럿이 흥분하고 성난 목소리가 그런 호소를 삼켜 버렸다.
"당신은 속도 없어? 당한 게 분하지도 않아?"
"이런 악종들은 아예 씨를 말려야 해."
제대병들은 이미 제정신이 아니었다. 살기등등한 그들을 보며 그는 문
득 섬뜩한 상상에 빠졌다. 만약 이 검은 각반들이 죽는다면?
만약 이들을 진실로 죽여야 할 대의大義가 있다면, 그에게도 동료 제대병
들과 함께 살인죄를 나눌 양심과 용기는 있었다. 그러나 이미 그곳을 지
배하는 것은 눈먼 증오와 격앙된 감정이 있을 뿐, 대의는 없었다.
그렇다면 내가 할 일은 그는 잠시 생각에 잠겼다. 우선 어떻게든 이들을
말려야 한다는 생각이 들었다. 그러나 그런 시도가 무참히 묵살당하는
것을 바로 눈앞에서 보지 않았던가. 동료들이 부상당하고 있을 때 그들
을 분기시키지 못했던 것처럼, 이제 불필요하게 난폭하고 잔인해진 것
또한 만류할 능력은 그에게 없었다.

여기서 이문열이 화자를 통해 전달하고자 하는 의미는 명확합니다. 즉, "이
미 그곳을 지배하는 것은 눈먼 증오와 격앙된 감정이 있을 뿐, 대의는 없
었다"는 것입니다. 그는 자신이 해야 할 일이 이 잔인한 폭력을 "만류"하는
것임을 알지만 그런 시도가 "무참히 묵살" 당할 것을 알고 있기 때문에 실
행으로 옮기지 않는다고 말합니다. 그 대신 그는 "대의 없는 이 소동의 와
중"을 벗어나는 선택을 합니다. 그가 다음 객차에 옮겨 탈 무렵, 헌병이 호
각 소리와 함께 도착하는데, 그는 "법과 진리의 도착"은 언제나 늦는다고
말합니다. 그런데, 그가 혐오하는 홍동덕이 그의 좌석 뒤에 자리 잡고 앉

제5장 문학과 사회

아 있고 둘은 소주를 나누어 마십니다. 그러나 화자는 끝까지 홍동덕과 자신을 구분 짓습니다. 왜냐면 "졸음으로 거물거리는 홍과는 달리" 자신은 "논 팔고 밭 팔아" 대학에까지 보내준 고향의 늙은 부모 덕택에 '필론의 돼지' 일화를 상기할 수 있기 때문입니다. 그러면서 화자는 풍랑을 맞은 배 안에서 우왕좌왕할 때, 현자인 필론은 돼지를 보면서 흉내를 낸다는 이야기를 떠올리면서 필론과 자신을 동일시합니다.

이 소설은 이문열이 『우리들의 일그러진 영웅』에서도 표현한 것처럼 대중은 너무도 대의에 충실해 우왕좌왕할 수밖에 없고 결국 독재자를 옹호할 수밖에 없다는 식의 대중에 대한 멸시와 이른바 "변혁을 선뜻 낙관하지 못하는 허무주의"를 여전히 떠올리게 합니다. 이러한 점 때문에 한재연은 『필론의 돼지』에 나타난 이러한 이문열의 문학 세계를 일종의 "실천하지 않는 지식인의 반성 없는 자기고백"이라고 말한 점은 많은 것을 시사합니다.

이 짧은 소설을 보면 이문열은 불합리한 폭력에 무참히 짓밟히는 자들에게서도 멀찌감치 떨어져 나와 있고, 저항하는 자에게서도 떨어져 있고, 심지어 피해버리는 사람에게도 떨어져 나와 있다. 한마디로 그는 방관자인 것이다. 아무런 행동도 하지 않으면서도 배운 '지식'으로 사태를 방관하면서도 양심을 잃지 않는 것으로 화자를 묘사하고 있다. 그러면서 돼지 흉내를 낼 수밖에 없는 자신 또한 견디지 못해 술을 마신다. 이문열이 지금으로부터 22년 전에 쓴 소설의 의식에서 조금이라도 벗어난 증거는 현재 아무 것도 없다. 그는 철저하게 '미래에의 폐쇄와 전망의 결여' 상태에 살고 있다. 그런 상태에서 그는 지금의 '질서'에 순응할 수밖에 없다. 지금의 '질서'를 공고히 하여 '풍랑'을 맞이하지 않는 것, 설혹 '풍랑'이 온다 해도 흔들림 없이 방관자의 자세를 유지하는 것, 그것이

영상시대의 문화코드: 삶, 문학 그리고 영화

이문열의 세계관이라면 무리한 지적일까? 똑같은 순응을 보이면서도 자신은 배운 '지식인'이기 때문에 다르다는 것은 받아들이기 힘든 진술이다. 이 소설은 실천하지 않는 지식인의 반성 없는 자기 고백에 다름 아니다.[22]

황석영의 『오래된 정원』

황석영(1943~)은 한국의 대표적인 리얼리스트입니다. 사실 그는 삶 자체가 한 편의 드라마틱한 소설인 실천 문학가라 할 수 있습니다. 김치수에 따르면, 그의 문학은 단순히 사람답게 사는 삶에 대한 작가의 꿈뿐만 아니라 자신의 존재의 근거를 말할 수 있는 심층적 자아에 대한 질문을 담고 있습니다. 뿐만 아니라 이미 존재하고 있는 삶의 사실적 재현에 집중하고 있으며 앞으로 존재해야 할 삶의 상상적 비전을 제시하기도 합니다.[23]

그는 1962년 단편 『입석부근』이 『사상계』 신인문학상에 당선되어 문단에 나왔고, 1970년에는 《조선일보》 신춘 문예에 단편 『탑』이 당선 됩니다. 1970년대에는 『객지』(1971), 『낙타누깔』, 『한씨연대기』(1972), 『돼지꿈』, 『섬섬옥수』, 『삼포가는 길』(1973) 등을 발표했고, 80년대 이후 대하소설 『장길산』(1984), 장편소설 『무기의 그늘』(1988), 그리고 2000년대 들어서 『오래된 정원』(2000), 『손님』(2001), 『심청』(2003), 그리고 『바리데기』(2007) 등 많은 문제작을 발표했는데, 대체로 그의 소설은 그 동안 한국 리얼리즘 소설의 중요한 자리를 차지해 왔다는 평을 들어왔습니다.[24]

---

[22] 한재연, 「이문열 혹은 필론의 돼지: 실천하지 않는 지식인의 반성 없는 자기 고백」, 『오마이뉴스』(2002년 5월 20일).
[23] 김치수, 「이념과 사랑 ─황석영의 『오래된 정원』」, 『문학과 사회』 16-4 (2003), 1755쪽.
[24] 성민엽, 「이데올로기 너머의 화해와 그 원리」, 『창작과 비평』(2001년 겨울호), 246쪽.

그는 해방 전 만주에서 태어나 평양에서 자랐고 부모의 직장 문제 때문에 남으로 내려와 서울에서 공부했다는 매우 남다른 성장 과정을 갖고 있습니다. 이 때문에 그는 해방 공간과 냉전 그리고 6.25를 경험했고, 이후 그는 유신 독재와 신 군부 독재 시대를 거치면서 민주화 운동과 언론 자유 운동 대열에 참여하였습니다. 그는 1980년 광주 학살의 기록을 담은『죽음을 넘어, 시대의 어둠을 넘어』를 발표하는 등 신군부가 자행한 광주 학살의 진실을 세상에 알리는 치열한 싸움을 했습니다. 황석영 자신의 말을 빌리자면, 그는 광주항쟁과 6월 항쟁을 겪은 후 전 세계적인 문화 운동 조직을 위해 건너간 베를린에서 열린 제3세계 문화제를 통해 비로소 북한을 또 하나의 "자아"로 발견하게 되었다고 합니다.[25]

1989년에는 통일 운동의 일환으로 북한을 방문한 이후 망명과 투옥을 겪게 됩니다. 그는 1993년 귀국한 뒤 7년형을 선고받고 이후 5년간 감옥 생활을 해야 했습니다. 남과 북의 통일운동조직을 위해 북한 방문 이후 도피에 가까운 그의 망명은 아이러니하게도 베를린 장벽의 붕괴로 상징되는 사회주의가 붕괴되고 자본주의 세계질서가 재편되는 과정을 눈으로 직접 목도하고 실감하는 계기가 되었습니다. 이는 동시에 이후『오래된 정원』이 탄생하게 되는 전초가 되고 있습니다.『오래된 정원』은 바로 작가가 1998년 5년간 복역을 끝낸 뒤 세상에 발표한 첫 작품입니다. 그의 말대로 하면『장길산』과『무기의 그늘』이후 거의 15년 만에 나온 작품인 셈입니다.

황석영은 2000년대 들어 발표한『오래된 정원』,『손님』,『심청』등에서 이전의 소설들과는 달리 불연속적 서사화와 교차서술의 다성적 구조를 선보이며 이야기 방식의 변화를 보여주고 있는데, 말하자면 리얼리즘의 외연을 확대함으로써 리얼리즘의 자장 안에 낭만성을 포섭하려는 시도를 하고

---

25 황석영,「삶과 글쓰기」『진보평론』8 (2001년 6월), 188쪽.

영상시대의 문화코드: 삶, 문학 그리고 영화

있다는 것입니다.[26] 『오래된 정원』의 소설의 대략적인 줄거리는 다음과 같습니다. 편의상 이미 정리된 내용을 일부 빌려왔습니다.

광주항쟁 이후 간첩단사건으로 "엮어져" 무기징역을 선고 받은 70년대 운동권 오현우는 18년을 복역하고 20세기의 마지막 해에 출소한다. 누이 집으로 돌아온 오현우는 연인 한윤희의 사망소식을 듣는다. 현우는 윤희와 같이 도피생활을 했던 '갈뫼'를 찾아가며, 그곳에서 윤희가 남겨놓은 편지묶음을 발견한다. 이 편지는 담장 "밖"에서 살아가는 윤희가 담장 "안"의 현우에게 자신의 삶을 전하는 기록물 형식을 취한다. 오현우는 편지들을 통해 죽은 윤희와 대화를 나눈다. 이 "대화'를 통해 현우는 자신과 윤희가 헤어진 것이 아니라 "안" 과 "밖"에서 같이 살고 있었다는 사실을 확인하며, 그녀와 대화를 나누면서 망각되었던 자신의 투쟁적인 삶에 대한 기억을 되찾는다. 미술교사였던 한윤희는 오현우가 체포된 후 그와의 딸을 낳게 되며 학교를 사직한다. 서울에서 미술학원을 차린 윤희는 80년대의 운동권인 송영태와 최미경을 만나게 된다. 윤희는 이들과의 교류를 통해 80년대의 이데올로기 투쟁을 체험한다. 그후 유학을 떠난 독일에서는 녹색주의자인 이희수와 사랑을 나눈다. 그러나 이희수는 자동차 사고로 사망하며, 송영태는 시베리아 횡단여행에서 북한으로 암시되는 곳으로 사라진다. 유학에서 돌아온 윤희는 지방대학의 교수로 임용되나 곧 암으로 사망한다. 한윤희와 편지대화를 마친 오현우는 딸을 만나기 위해 '갈뫼'를 나선다.[27]

소설은 특이하게도 브레히트의 시로 시작해서 브레히트의 시로 마지막을 끝맺고 있는 일종의 액자 소설의 형식을 띠고 있습니다. 이 시들은 브레히

---

26 유예원, 「황석영 전쟁 소설의 기억 양상 연구」, 이화여대 석사논문, 2009, 8쪽.
27 이승진, 「황석영의 『오래된 정원』에 핀 브레히트의 장미」, 『브레히트와 현대연극』 11 (2003), 176쪽.

트가 말년에 쓴 몇 편의 서정시들로서, 앞의 시는 어떤 "거기에 이미 기대하지도 않게 피어난 장미"로서의 삶의 세계를 노래하고 있고, 소설 끝에 붙인 시구는 현실세계와 유리된 행복의 허망함을 노래한 시라고 밝혔습니다. 황석영은 "장미"의 시에서 자신이 겪었던 북에서의 깊은 갈등을 함축하고 있으며, 뒤의 시는 자신이 두 차례나 상실한 "가족"에 대한 의미를 담고 있다고 밝힌 바 있습니다.

소설은 대체로 오현우와 한윤희의 일인칭 서술에 의존하고 있고, 한윤희의 기록은 오현우에게 보내는 편지형식을 갖추고 있습니다. 작가는 18년의 오랜 수형 생활을 마치고 출감한 오현우의 시점으로 출발하여 현재와 과거의 기억을 넘나드는 흐름 속에서 단속적으로 한윤희의 기록을 끼워 넣는 방식을 취하고 있습니다. 예를 들면 이런 식입니다. "나는 다시 한윤희와 대화를 나눌 생각이 났다. 노트를 펼쳤다. 그네는 스케치북에 그랬듯이 단상을 적어놓기도 했고 나를 앞에다 두고 이야기하듯 편지투로 써놓았다."(상 112쪽) 이와 같은 구성을 통해 윤희가 보내는 편지와 그 편지를 읽는 현우 사이에는 대화가 이루어지며, 소설은 이러한 대화구조에 의존해 진행되고 있는데, 편지가 매개하는 윤희와의 대화를 통해 오현우는 잃어버린 18년의 시간의 간극을 메우며 다시 세상으로 돌아오는 셈입니다.[28]

말하자면 소설은 그가 세상과 단절된 채 감옥 "안"에 있을 때 세상 "밖"에서 일어났던 일들에 대해 다시 눈뜨게 되고 이를 통해 자신의 정체성을 회복하게 되는 치유 과정인 것입니다. 그는 한윤희를 통해 세상과 소통하게 되고 비로소 세상의 현실에 진입하게 됩니다.

---

[28] 오생근, 「『오래된 정원』과 시간을 이기는 사랑의 힘」, 『황석영 문학의 세계』, 최원식 임홍배 편, 창비, 2003, 83쪽.

영상시대의 문화코드: 삶, 문학 그리고 영화

갈뫼에 와서 한윤희의 숨결과 접하면서 나는 상대방을 얻게 되었다. 상
대를 통해서 나는 여기 구체적으로 존재한다. 독방에 쳐박혀 있던 것은
오현우가 아닌 천사백사십사번으로서, 악조건 속에서 살아남을 생명력
을 유지하기 위해서는 과거의 생각과 행동을 사람의 존엄성으로 고수해
야 한다는 자의식만 있었다. 나는 이제 상대를 통하여 세속의 길로 돌아
오는 중이다. (하 112쪽)

황석영은 베를린 망명시절 작곡가 윤이상 선생 댁에서 처음으로 본 소설
의 틀을 구상했다고 합니다. 그가 선생의 집에서 그가 작곡한 관현악 조곡
『뤄양』(낙양)을 들으며 인상 깊게 관조한 것은 전쟁의 폭력과 굶주림과 억
압의 공포가 없던 태고적 평화였던 것 같습니다. 이윽고 베를린 장벽이 무
너지고 동구 사회주의가 몰락하는 것을 직접 목격하면서, 그는 냉전과 분
단의 시대의 아픔을 직접 겪은 세대의 사명감으로 시대의 이행과 과정을
삶을 통하여 기록해야겠다는 생각을 했다고 합니다.

소설의 제목에 대해서 황석영은 이것이 유토피아에 대한 일종의 패러
독스라고 말했습니다. 즉, 사회주의가 붕괴되고 미국을 중심으로 한 세계
화의 불확실한 재편성 과정이라는 쓰디 쓴 환멸에 직면한 상황에 대한 패
러독스라고 부연하면서, 치열했던 망명과 투옥의 과정에서 몸소 겪은 남한
사회의 욕망의 명멸 과정을 지켜본 냉철하고 객관적인 보고서가 다름 아
닌『오래된 정원』이라는 것입니다.[29] 제목이 갖는 의미는 그 동안 평자들
사이에 의견이 분분했습니다.

황석영은 제목의 의미에 대하여 오현우가 도피 중에 한윤희와 함께 숨
어 지내던 갈뫼를 의미하는 것이 아니라 세기말과 새로운 천 년이 시작되

---

[29] 황석영, 「삶과 글쓰기」 『진보평론』 8 (2001 여름), 189쪽.

는 세기 초의 초입에 사람들이 꿈꿀 수 있는 어떤 관념적인 공간을 뜻한다
고 말했습니다. 그에 따르면, 갈뫼는 오히려 피난처에 지나지 않으며 오현
우는 소중하면서도 치욕스러운 피난처에서 세상 밖으로 나가 근 18년 동
안 돌아오지 못하게 되는 것입니다. 그렇다면 한윤희는 어떤 의미일까요?
황석영은 그녀가 오래된 정원을 찾는 과정에서 사람들이 잃어버린 귀중한
그 무엇인데, 그것은 다름 아닌 문명으로서의 모성으로서, 그것은 여성성
을 뜻하는 것이 아니라 화해, 조화, 상생, 자애와 같은 삶의 아름다움이라
는 것입니다. 결국 그는 사회적 삶의 의미에 방점을 찍은 것입니다.

영상시대의 문화코드: 삶, 문학 그리고 영화

산업사회와 리얼리즘

조세희의 『난장이가 쏘아올린 작은 공』

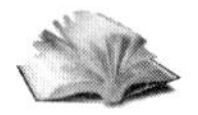

조세희의 『난장이가 쏘아올린 작은 공』은 급격한 고도 산업화가 진행되고 있던 1970년대의 사회 현실을 배경으로 한 대표적인 리얼리즘 소설입니다. 소설은 급격히 산업화가 진행되고 있던 70년대 자본주의 도시공간의 모순을 집약적으로 형상화 하면서, 한국 자본주의 사회의 필연적인 문제이자 시대의 이념으로서 노동의 문제와 고단한 노동자들의 삶을 투영합니다. 소설은 도시의 자본화에 따른 일상생활의 억압 이데올로기를 도시빈민의 주거와 환경, 노동문제를 중심으로 드러내면서 노동현실의 비극적 측면들, 즉 도시 빈민의 문제와 노동자의 삶을 다중 시선의 액자 형 구조로 된 연작 소설이라는 독특한 형식을 빌려 투영해내고 있습니다. 이 때문에 소설은 리얼리즘에서 출발하여 탈리얼리즘 형식으로 노동자의 삶에 대한 끈덕지고 섬세한 분석을 통해 실천 윤리 이상의 성찰로서 시대적 삶에 대한 비판서가 되고 있습니다.

소설은 액자 구성의 다중 시점과 복수 초점화, 그리고 중층적 구성 방식이라는 파격적인 형식을 선보이고 있습니다. 이에 따라 연작형식으로 된 소설의 틀은 문장과 플롯에 구현된 시간적 인과관계와 공간적 필연성을 해체함으로써 이전 리얼리즘과 뚜렷이 구별되는 모더니즘적 양식이 다분한 매우 독특한 환상적 리얼리즘을 보여주고 있습니다. 소설 자체의 다양한 상징기법과 환상적 요소가 보여주는 모더니즘적 특성은 어려운 현실에 대응하는 일종의 전복적 요소로서 작용하면서, 사회현실을 다루고 있는 다른 어느 소설보다 비상한 주목을 받았습니다.

70년대는 양적 팽창의 경제정책을 모토로 한 고도 산업화시대였습니다. 70년대의 한국은 파시즘적 사회체제, 자본주의 착취구조, 국가 주도의 언론통제로 대표되던 시대였습니다. 소설은 70년대의 현실상을 정면으로 맞서면서 70년대 한국자본주의 이면, 자본주의 도시의 어두운 풍경을 그려내고 있습니다. 실제로 작가 조세희는 정치와 경제 모두에서 탄압이 가해진 이 시대를 파괴와 거짓 희망, 모멸, 폭압의 시대로 규정하면서, 비상계엄과 긴급조치가 멋대로 내려지고, 그래서 누가 작은 소리로 자유와 민주주의라는 말만해도 잡혀가 무서운 고문을 받고 감옥에 갇히는 유신헌법이 존재했던 이 시대가 바로 자신에게 소설을 쓰게 만들었다고 말한 바 있습니다.[30]

이 당시는 국가주도의 경제개발을 통해 자본주의적 착취구조가 사회적으로 광범위하게 확산되는 시대였습니다. 개인의 일상적 삶을 파괴하고 피지배계층, 특히 무산계급의 노동자들은 정치와 경제 양 측면에서 억압을 당하는 이중의 질곡에 시달렸던 것이지요. 결국『난장이가 쏘아올린 작은 공』은 이러한 시대적 배경의 산물로서 산업화 공업화를 통한 고도성장을 지향하던 한국 사회의 어두운 단면, 특히 무허가 판자촌 철거라는 사건을

---

30 조세희, 「파괴와 거짓희망, 모멸의 시대」『문학과 사회』(1996, 가을), 1368-1369 쪽.

통해 국가 권력에 의한 빈민노동계층의 소외 문제를 다루면서, 노동현실의 문제를 낱낱이 파헤치고 있습니다.

소설은 「뫼비우스의 띠」에서 「에필로그」에 이르기까지 모두 12편의 단편으로 이루어져 있습니다. 소설은 연작형식을 통해 자본과 국가 권력이 어떻게 개인의 일상을 파괴하고 가정을 해체하는지, 그리고 이로 인해 주변화되는 빈민계층의 소외와 고통을 환상적 리얼리즘을 통해 그려내고 있습니다.

환상적 리얼리즘 소설로서 본 작품이 전략적으로 채택하고 있는 대표적인 미적 수사 장치는 우화와 상징입니다. 난장이네는 비록 무허가지만 방죽가에 자신들의 집을 짓고 삽니다. 난장이뿐만 아니라 앉은뱅이와 꼽추 등과 같은 신체 불구를 통해 상징적으로 표상하고자 한 것은 고도성장만을 추구하던 70년대 한국 사회 경제의 생산 분배 구조에서 철저하게 억압받고 소외 받는 삶을 살아가는 산업화 이전의 소외된 빈민 노동 계층입니다. 이들은 중심에서 내쫓기고 사회의 완강한 억압에 짓눌려 밑바닥 삶에서 신음하는 소외 인간의 표상입니다.[31]

그러므로 난장이는 조롱과 멸시를 받는 육체불구 그 이상의 의미를 넘어섭니다. 권력과 자본의 억압에 의해 왜소해진 혹은 주변화된 인간을 표상하고 있는 것입니다. 물론 앉은뱅이와 꼽추 역시 마찬가지입니다. 그런 난장이네가 살고 있는 집은 그 자체가 본 소설이 우회적으로 말하고자 하는 우화적 인물이자 상징적 공간입니다. 우화와 상징 기법은 본 소설이 갖고 있는 주요 특징 가운데 하나입니다. 특히, 예술적 수사 장치로서 우화는 파편화된 근대사회가 안고 있는 현실적 문제를 극복하고 치유하고 문제시된 사회적 공간내부의 구조적 총체성을 파악하기 위한 인식론적 자리

---

[31] 김병익, 「난장이, 혹은 소외집단의 언어」『상황과 상상력』, 문학과지성사, 1979, 65쪽.

제6장 산업사회와 리얼리즘: 조세희의 『난장이가 쏘아올린 작은 공』

매김의 한 방법이라는 것입니다. 그러므로 빈민 노동자라는 사실적 인물을 비사실적이고 환상적인 우화적 전형으로서 난장이로 전환하여 형상화한 것은 왜곡되고 파편화된 세계를 전복하기 위해 작가적 고뇌와 현실 사회 비판이 타협한 일종의 미적 전략인 셈입니다.

　난장이네가 살던 집은 주택개량촉진법에 관한 임시조치법에 따라 철거됩니다. 결국 그 상실감은 난장이의 죽음으로 귀결되고 맙니다. 소설에서 난장이네가 살고 있는 행복동의 집은 난장이가 평생 일해 지은 집입니다. 그러나 그들이 살고 있는 행복동이나 은강의 집은 현실의 질곡을 상징하는 삶의 본질적 측면을 담고 있습니다. 집은 철거반원들에 의해 순식간에 허물어져버립니다. 5백 년에 걸쳐 지은 집이라고 비유할 정도로 평생 동안의 땀이 서린 집이지만, 철거반원에 의해 순식간에 형체도 없이 사라진 것입니다.

> 헐릴 저희 집 같은 걸 새로 지으려면 백삼십만 원은 있어야 됩니다. 저희 아버지가 평생을 일해 지은 집예요. 우린 그걸 이십이만 원과 바꾸어야 될 입장예요. 거기서 전세 주었던 돈 십오만 원을 제하고 나면 칠만 원이 남습니다. (「난장이가 쏘아올린 작은 공」 114)

> 지금 선생이 무슨 일을 지휘했는지 아십니까? 편의상 오백 년이라고 하겠습니다. 천 년도 더 될 수 있지만, 방금 선생은 오백 년이 걸려 지은 집을 헐어버렸습니다. 오 년이 아니라 오백 년입니다. (「난장이가 쏘아올린 작은 공」 124)

여기서 5백 년이라는 표현은 아마도 그만큼 난장이 가족들이 오랜 기간 힘들게 장만한 집이 철거반에 의해 순식간에 허물어진 것을 상징한 표현입

영상시대의 문화코드: 삶, 문학 그리고 영화

니다. 집이 철거되던 날 『일 만년 후의 세계』라는 책을 빌려주며 난장이를 위로하던 지섭이 난장이네 집이 헐리는 것에 항의하다 철거반원에게 폭행을 당하며 끌려 나가자 난장이는 달에서 가장 가까운 굴뚝에 올라가 종이 비행기를 날리며 떨어져 죽습니다(「난장이가 쏘아올린 작은 공」 104).

집은 가장 원초적이고 기본적인 삶의 공간입니다. 집은 혈연의 삶이 시작되는 공간이자 인간관계의 삶이 시작되는 공간입니다. 인간의 삶의 근간은 땅이므로 땅을 토대로 살고 있는 집은 곧 가장 이상적인 동시에 현실적인 삶의 토대이자 뿌리라 할 수 있습니다. 살던 집이 없어진다는 것은 곧 뿌리의 상실을 의미합니다. 이 같은 상실로 인한 극한의 절망은 「뫼비우스의 띠」에서도 잘 나타나 있습니다.

사람들이 꼽추네 집을 무너뜨렸다. 쇠망치를 든 사나이들이 한쪽 벽을 부수고 뒤로 물러서자 지붕이 거짓말처럼 내려앉았다. 그들은 더 이상 꼽추네 집에 손을 대지 않았고, 미루나무 옆 털여뀌풀 위에 앉아 있던 꼽추는 일어서면서 하늘만 쳐다보았다. 그의 부인은 네 아이와 함께 종자로 남겨두었던 옥수수를 마당가에서 땄다. 쇠망치를 든 사나이들은 다음 집으로 건너가기 전에 꼽추네 식구들을 말없이 바라보았다. 아무도 덤벼들지 않았고, 아무도 울지 않았다. 이것이 그들에게 무서움을 주었다. (「뫼비우스의 띠」 16)

결국 앉은뱅이와 꼽추가 자신들의 아파트 입주권을 헐값에 사들여 되파는 방법으로 폭리를 취하는 부동산 업자를 살해하게 됩니다. 이러한 극단적 폭력의 되갚음은 삶의 기반이 무너지고 이에 따라 생존기반의 상실로 인한 삶의 허탈감과 절망감을 드러낸 것으로서 이 같은 사회의 구조적 모순을 야기한 국가적 권력에 대한 분노의 복수심을 표현한 것입니다.[32]

사실 내 집에 대한 강박에 가까운 집념의 기저에는 가족주의 이념이 도사리고 있습니다. 근대사회는 노동 산출을 극대화하기 위한 하나의 일환으로 가족주의 이념을 고안해 냈는지도 모릅니다. 현대사회에서도 그 누구도 가족의 이름 앞에서는 모든 것을 기꺼이 희생하는 어린 양이 되고 맙니다. 그러므로 가족주의 이념 체계 내에서 노동자는 자본의 요구를 기꺼이 자신의 욕망으로 치환하게 되는 것입니다. 노동자는 노동을 통해서 가족을 부양하고 사람답게 살 수 있다고 믿습니다. 하지만 그는 평생 노동의 굴레를 벗어날 수는 없습니다. 그것이 내 집 마련의 경우라면 더욱 그러할 것입니다. 대출을 이용하여 주택을 분양 받는다면 그 빚을 갚기 위해서라도 더욱 열심히 노동을 해야 할 것입니다. 우리는 이런 사례를 이미 『세일즈맨의 죽음』을 통해 잘 알고 있습니다.

난장이는 가족의 삶을 책임기기 위해 평생 힘들게 일을 하며 삶의 터전을 마련했지만 이마저도 철거당하게 되는 상황에 처한 것입니다. 난장이의 집은 70년대 사회구조적 문제를 압축적으로 보여주고 있는 사적 공간이라 할 수 있습니다. 소설이 재현하고 있는 것은 이러한 비극적 현실입니다. 그의 죽음이 말하고 있는 것은 단순히 집의 상실이라든가 자본주의 사회의 부적응성이 아니라 자본 권력의 희생양으로서 노동계층이 담지하고 있는 비극성입니다. 지섭이 오백년 걸려 지은 집이라고 말한 것처럼 그야말로 땀과 눈물의 대가로 마련한 삶의 터전이었던 것입니다. 그러나 집과 가정에 대한 난장이의 소박한 꿈은 자본과 결탁한 국가 권력에 의해 무참히 깨져 버린 것입니다. 그의 죽음이 표현한 것은 다름 아닌 바로 이것입니다.

---

32 강상대, 「일탈적 불구와 집의 사회학: 조세희론」, 『우리 소설의 일탈과 지향』, 강상대, 청동거울, 2000, 147쪽.

영상시대의 문화코드: 삶, 문학 그리고 영화

그건 우릴 위해서 지은 게 아녜요.

영호가 말했다.

돈이 많이 있어야 되잖아요?

영희는 마당가 팬지꽃 앞에 서 있었다.

우린 못 떠나. 갈 곳이 없어. 그렇지 큰오빠?

어떤 놈이든 집을 헐러 오는 놈은 그냥 놔두지 않을 테야.

영호가 말했다.

그만 둬.

내가 말했다.

그들 옆엔 법이 있다.

[…]

얼마에 파셨어요?

십칠만 원 받았어요.

그럼 시에서 주겠다는 이주 보조금보다 얼마 더 받은 셈이죠?

이만 원 더 받았어요. 영희네도 어차피 아파트로 못갈 거 아녜요?

무슨 돈이 있다구!

분양 아파트는 오십팔만 원이구 임대 아파트는 삼십 만원이래요.

다 어느 쪽으로 가든 매달 만 오천 원씩 내야 된대요.

그래 입주권을 다들 팔고 있나요?

영희네도 서두르세요. (「난장이가 쏘아올린 작은 공」 88-89)

위에서처럼 철거민들에게는 재개발 아파트 입주자격이 주어집니다. 하지만 철거 대가로 정부로부터 받은 돈은 새로 지을 아파트에 입주할 수 있는 정도가 못 되는 형편없는 액수에 불과합니다. 결국 아파트는 철거민들에게는 입주해 살기에는 너무 비용이 많이 들기 때문에 철거민들은 시에서 주는 이주보조금보다 겨우 2만원을 더 받고 대부분 입주권을 팔고 맙니다.

결국 재개발은 돈이 있는 중산층에게로 돌아갈 수밖에 없고 재개발은 이들 하층 원주민을 위한 게 아님을 반증합니다.

도시 재개발은 행복동 사람들의 삶을 뿌리 채 뽑아버립니다. 재개발 사업의 가장 큰 문제는 도시 빈민의 기본적인 지역공동체의 파괴에 있는 것으로 드러나게 됩니다. 하버마스가 국가기구의 행정적인 하위체계가 거대해지고 복잡해지면서 일상생활을 침식하는 양상을 국가에 의한 "생활 세계의 식민화"라고 정의한 것처럼, 이 같은 빈민가의 재개발은 원래 그곳에 있었던 노동 빈민은 배제된 채 자본의 공간으로 변모하게 됩니다. 빈민가의 재개발은 들뢰즈와 가타리의 용어를 빌려 말하자면 자본과 권력을 가진 자를 위한 재영토화인 것입니다. 빈민굴과 같은 도시 공간의 경우 무질서와 빈곤, 불결함과 부패 그리고 환락을 방지한다는 명목으로 재개발되면서 최종적으로 가진 자의 거주지로 바뀌는 것입니다.

아파트에 입주해 살 수 없는 철거민들은 다시 한 번 도시 변두리로 쫓겨나게 됩니다. 물론 그곳 역시 차후 도시 재개발이란 이름으로 또 다시 철거될 것이 자명한 사실입니다. 뿌리 뽑힘은 또 다른 뿌리 뽑힘을 야기하고 도시 빈민촌에 대한 철거의 악순환은 앞으로도 계속될 것이기 때문입니다. 집이 철거당하고 아버지가 죽은 후 영호네는 공장지대인 은강의 변두리로 이사를 하게 됩니다. 그러므로 자본주의의 악이 가장 극명히 드러나는 곳이 도시라고 한다면 난장이 가족이 이사를 간 은강이 바로 그러한 곳입니다. 은강은 공장들이 집중적으로 밀집된 신흥공업지대로서 농촌 해체 과정에서 많은 농촌 지역 출신 노동자들이 "빈곤"(188)을 이기지 못해 새로운 일자리를 찾아 이곳으로 흘러들어옵니다. 도시 노동자의 비극적 삶의 원인은 자본주의적 생산양식이지만, 사실상 은강과 같은 도시 공간은 이미 배태된 자본주의적 패악을 더욱 공고히 함으로써 자본주의적 모순의

영상시대의 문화코드: 삶, 문학 그리고 영화

본질적인 속성을 여과 없이 드러내 보여줍니다.

더욱 큰 문제는 난장이의 비극은 단순히 난장이의 죽음에서 끝나는 것이 아니라 그것이 자식 세대의 비극적 삶으로 내리 반복된다는 점입니다. 조세희는 난장이 가족이 겪는 비극적인 빈곤의 속성을 뫼비우스의 띠라는 수학적 개념을 통해 상징적으로 보여주고 있습니다. 이것은 도형, 점, 선, 면의 항구적 비정향적 속성에 대한 수학적 개념어로서, 결국 구성원간의 상관성을 통해 두 세계 사이에 존재하는 대립관계를 허물고자 하는 노력은 결국 실패할 수밖에 없다는 점을 담기 위한 것입니다. 뫼비우스 띠의 비정향성은 이를테면 가해자와 피해자의 구분이 안 되고, 세계와 주인공들이 서로 대립되어 상반된 선택을 통해 타락하고 있는 모습을 보여주는데, 말하자면 굴뚝 청소부나 앉은뱅이와 꼽추 그리고 부동산업자는 똑같은 사람들로서 갖는 상호의존의 속성에도 불구하고 서로 격리되고 소외된 채 소통 부재의 상태로 있다는 것이고 작가는 이것을 뫼비우스의 띠로 상징적으로 표현하고 있는 것입니다.

은강이라는 자본주의 도시공간은 철저히 자본가의 이윤 극대화를 위해서만 존재합니다. 은강에서 노동자들의 비참한 생활은 다름 아닌 자본가들의 자본 축적의 어두운 그림자일 뿐이며 권력과 자본가들의 굳건한 유착에 의해 비롯된 것입니다. 그러므로 이곳 노동자들의 삶이나 후생복지 문제는 전혀 고려 대상이 아닙니다. 그래서 공장의 유독가스와 폐수를 비롯한 은강의 환경은 애초에 난장이 가족들이 악취로 고통 받던 행복동보다 더 열악하고 그리고 심지어 200년 전의 영국의 그것과 조금도 다를 바 없음을 시사합니다.

그런데 우리 네 식구가 살기 위해 온 은강시는 머릿속 이상사회와 너무

제6장 산업사회와 리얼리즘: 조세희의 『난장이가 쏘아올린 작은 공』

나 달랐다. 우리는 참고 살았다. 쾌적한 생활환경을 찾아 은강에 온 것
이 아니다. 공장 주변의 생물체가 서서히 죽어가는 것을 나는 목격하고
는 했다. 은강 공작창과 합성 고무 공장 앞을 지날 때 나는 땅만 보고
걸었다. 공장을 끼고 흐르는 작은 내를 건널 때는 숨을 쉬지 않았다. 시
커먼 폐수·폐유가 그냥 흘렀다. 노동자들은 아침 일찍 공장으로 걸어
들어갔다. 저녁 때 노동자들은 터벅터벅 걸어 나왔다. 그들은 잠을 쫓기
위해 잠 안 오는 약을 먹고 일했다. 영국의 상태는 아주 끔찍했었던 모
양이다. 로드함 공장에서는 어린 공원들이 정신을 차리게 하기 위해 채
찍질을 했다는 기록을 나는 읽었다 [⋯] 이들 노동자와 가족들이 공장
주변에 빈민굴을 형성하고 살았다. 노동자들은 싸고 독한 술을 마셨다.
죽어서 천국 간다는 복음만이 그들에게 위안을 주었다. 참혹한 생활에
서 빠져 나오기 위해 아편을 쓰는 사람도 있었다. 공장주인과 그의 가족
들은 상점이 깨끗한 거리, 깨끗한 저택에서 살았다. 그들은 좋은 옷을
입고 맛있는 음식을 먹었다. 교외에 그들의 별장이 있었다. 신부는 그들
을 위해 기도했다. 더 참을 수 없게 된 영국의 노동자들은 공장을 습격
했다. (「잘못은 신에게도 있다」 214-215)

실제로 19세기 영국의 소설가 찰스 디킨즈가 이미 1850년대에 도시 문
제를 자신의 소설 속에서 다룬 바 있지만, 초기 산업 사회의 실상을 다룬
리얼리즘 소설의 주요 특징은 노동자와 자본가 사이의 갈등과 대립 그리
고 현실 묘사였습니다. 디킨즈가『어려운 시절』에서 묘사한 19세기 영국
산업 사회의 참혹한 실상은 그 자체가 거울 반사적입니다. 작가는 19세기
산업혁명기 영국 사회가 겪었던 참혹한 사회 현실의 문제를 1970년대 한
국 사회의 문제로 투영하고 있습니다. 은강 사람들은 자신들의 생명의 목
을 죄는 공해의 원인을 알지만 속수무책입니다. 거대한 자본가와 관료제의
유착구조 앞에 노동자들은 무기력하기만 합니다. 은강에는 공장뿐만 아니

영상시대의 문화코드: 삶, 문학 그리고 영화

라 경영주와 그 경영주를 관리하는 관료기구들이 있지만, 이들은 노동자들의 편이 아닙니다. 오로지 여기에는 산업과 자본만이 존재하며 사람은 없습니다. 법과 제도 그리고 권력 기관의 존재 이유는 자본의 성장과 축적을 위한 것이었으며, 국가 권력을 등에 업은 자본가들의 자본축적을 위한 부정부패, 임금 착취, 열악한 노동 환경, 노동 운동 억압은 비일비재한 것입니다. 여기서 노동자는 자본 축적을 위한 도구로만 존재할 뿐입니다. 그들은 철저히 노동자를 배제한 채 자본의 축적에 일조할 뿐입니다.

그러나 우리 시대의 특징 그대로 자기 책임을 다하는 사람은 많지 않다. 어떻게 보면 은강은 버려진 도시이다. 교육청·시청·경찰서·세무서·법원·검찰청·항만관리청·세관·상공회의소·문화원·교도소·교회·공장·노동조합 등이 그곳에 있다. 노동자들이 공장에서 하는 일은 쉽게 알 수 있지만 기관이나 단체, 또는 집회소 사람들이 하는 일은 그렇게 간단하게 이해할 수 없다. (「기계도시」 184-185)

은강에서 바람 이상 중요한 것은 있을 수 없다. 은강 사람들은 뒤늦게 그것을 알았다. […]
그런데 오월 어느 날 밤, 은강 사람들은 바람이 갑자기 방향을 바꾸었다는 사실을 알았다. 바람은 바다로 안 불고, 내륙으로도 안 불고, 공장지대의 상공에 머물렀다가 곧바로 주거지를 향해 불었다. 막 잠이 들려던 어린아이들이 바람이 방향을 바꾼 사실을 제일 먼저 알았다. 어른들은 아이들이 갑자기 호흡장애를 일으키는 것을 보았다. (「기계도시」 185-186)

아홉시에서 자정까지, 세 시간에 지나지 않았지만 은강 사람들은 큰 공포 앞에 맨몸으로 노출된 자신들을 알고 몸서리쳤다. 짧은 시간에 은강 사람들은 여러 가지 불안을 경험했다. 아무도 정확히 말하지 못했지만,

제6장 산업사회와 리얼리즘: 조세희의 『난장이가 쏘아올린 작은 공』

그들은 은강 역사에 전례가 없는 생물학적 악조건 속에서 자기들이 살아
간다는 것을 깨달았다. 다음날 그들은 문제를 해결해 보겠다고 생각했
다. 그러나 이내 큰 벽에 부딪혀 그들은 맥없이 물러서고 말았다. 은강을
움직이는 사람들은 서울에 있었다. 윤호는 아버지가 무서운 일을 하고
있다는 것을 늘 생각했다. 수많은 공장, 그 공장을 움직이는 경영인들,
그리고 그 경영인들을 움직일 수 있는 사람은 서울에 있었다. (「기계도
시」 187)

아버지는 멀어진 집을 힐끔 보았다.
"난 죽기로 결심했다."
아주 낮게 아버지는 말했다.
"장남이기 때문에 너에게만 이야기하는 거다. 난 죽기로 결심했어."
"왜요?" […]
"너희 삼남매하구 너희 엄마 때문이야. 그리구 저 집 때문이다." […]
"아버지가 돌아가신다고 해결될 일이 있어요?"
"너희들 짐이 되기가 싫어." (「클라인씨의 병」 250-251)

물론 노동의 성과로 이루게 되는 자본의 축적은 노동자의 몫이 아닌 자본
가의 몫입니다. 밤낮으로 쉬지 않고 일을 해야 하는 노동자들의 열악한 노
동 착취와 소외는 노동과 자본의 분리를 위한 것이고 이것은 결국 노동의
재생산을 담보하기 위한 것이자 노동 생산성의 극대화를 위한 것입니다.
이를테면, 낮에는 잠 오는 약을 먹고 밤에는 잠 안 오는 약을 먹어가며 일
을 하여 수십 년을 저축한 끝에 겨우 집 한 채를 마련할 수 있어야 노동의
재생산을 담보할 수 있는 것입니다. 그러므로 「클라인씨의 병」에서처럼 집
은 목숨과도 바꿀 수 있는 그런 것입니다. 행복동 사람들처럼 재개발로 인
해 아파트가 주어져도 비용 때문에 그곳에 살 수 없는 사람들이 많을수록

영상시대의 문화코드: 삶, 문학 그리고 영화

노동의 재생산은 쉬워지는 것입니다.

난장이는 70년대의 사회적 모순을 우화적으로 형상화한 인물입니다. 이런 계급적 조건의 인물을 작가는 난장이라는 신체적 불구성에 빗대어 상징적으로 형상화한 것입니다. 물론 소설에는 난장이가 상징하는 못 가진 자와 반대로 거인으로 상징되는 가진 자의 대립 구도로 설정되어 있는데, 난장이의 저편에는 또 다른 상대적인 불구성을 내포하고 있는 거인, 즉 자본가와 권력이 놓입니다.[33] 사회경제적 조건 면에서 난장이가 사회 중심부에서 주변부로 밀려나 상대적 빈곤과 박탈감으로 고통 받는 소외계층을 상징한다면 거인은 이와 반대로 사회 중심부에서 권력의 비호를 받는 지배계층입니다. 그러므로 거인과 난장이의 상징성은 권력의 유무, 중심부와 주변부, 풍요와 빈곤의 대립 구도 속에서 계급과 계층 간의 단절과 배타성 그리고 그 비정향적 특성을 표현하고 있습니다.

이 같은 특성의 상징과 우화적 설정 전략은 소설 공간에 대해서도 마찬가지입니다. 이를테면 난장이의 비정상적인 육체는 그들이 몸담고 있는 세계가 불구와 불모의 땅이자 사랑도 화해도 없는 죽은 땅이며, 아무리 일을 해도 돌아오는 대가는 육체적인 고통과 생존에 허덕이는 저임금, 열악한 작업환경과 공해 그리고 환경 파괴뿐임을 웅변합니다. 그러므로 그들이 살던 집의 철거는 당시 사회의 주요 현안 문제였던 소외 받는 노동 빈민의 삶의 터전의 뿌리 뽑힘과 그 고통의 질곡을 상징적으로 보여주고 있습니다.

또한 소설은 난장이네와 전혀 다른 가진 자의 삶의 터전을 때로는 도식적이고 대비적으로 비추는 가운데, 그들이 딛고 서있는 땅이 계층 간의 공간적 단절을 야기하고 부정 축재하는 사람이 오히려 기세등등하게 되는

---

[33] 우찬제, 「대립의 초극미, 그 카오스모스의 시학」, 조세희, 『난장이가 쏘아올린 작은 공』, 이성의 힘, 2000, 341쪽.

제6장 산업사회와 리얼리즘: 조세희의 『난장이가 쏘아올린 작은 공』

모순되고 부조리한 공간의 환유가 되고 있음을 고발하고 있습니다.[34] 특히, 다양한 출처 자료들의 실험적인 삽입이라든지 서로 다른 장면들의 중첩 그리고 다채로운 문체를 연작형식이라는 독특한 소설형식의 프레임 속에서 난장이뿐만 아니라 다양한 인물 군상들을 내세워 70년대를 짊어진 소외되고 억압받는 노동자 계층과 도시 빈민의 문제들을 다루고 있습니다. 이들 문제는 구세대와 신세대, 자연과 문명, 과거와 현재, 개인과 집단, 노동과 자본, 현실과 비현실 등과 같은 때로는 도식적이고 대립적인 구도 속에서 때로는 우화적이고 때로는 상징적인 전형적인 인물들을 통해 다뤄집니다.

작가는 고도 성장기 산업사회 도시 공간 내에서 철저하게 소외된 삶을 살 수밖에 없는 존재들의 다양한 목소리들을 다양한 화법과 화자들을 통해 소설 속에 담아내고 있습니다. 이런 점에서 소설은 산업 노동 현실에 대한 본격적인 진단을 내린 작품으로서 70년대의 거대한 산업화의 흐름 속에서 고난에 찬 삶을 산 가난한 사람들에 대한 탁월한 증언이 되고 있습니다.

---

34 김정숙, 「텍스트 새롭게 읽기: 대립적 세계관에서 생태학적 세계관으로」 『문예시학』 9.1 (1998), 25쪽.

영상시대의 문화코드: 삶, 문학 그리고 영화

제7장

영상시대의 문학과 영화

현대는 디지털 기술이 주도하는 뉴미디어 시대입니다. 광범위하게 보급된 텔레비전과 비디오 그리고 케이블 방송은 말할 것도 없거니와 너무나도 일상적인 매체가 되어 버린 컴퓨터와 인터넷 그리고 스마트폰 같은 디지털 휴대기기는 지식과 정보를 지배하는 강력한 매체로 부상하여 개인의 일상과 대중문화 전반에 미치는 영향은 단순히 말로 표현할 수 없을 정도라고 할 수 있습니다. 문자매체를 대체한 영상 매체는 현대의 새로운 문화 패러다임으로 자리매김하면서 절대 다수의 영화들이 이제는 가정에서 인터넷을 통해 간단히 주문형 비디오의 형태로 혹은 휴대전화를 이용해 언제든 감상할 수 있는 상황이 연출되고 있습니다. 이것은 영화를 보는 방식에도 많은 영향을 미쳐 이제 영화를 보는 것은 매우 개인적이고 일상적인 경험이 되었으며 관객은 영화의 태도와 스타일에 대해 과거의 수동적인 관계에서 보다 적극적인 참여자의 관계로 나아갈 수 있게 되었습니다. 이에 따라 문학을 비롯한 예술 장르는 영상을 매개로 대중문화 속으로 더욱 더 유입되고 고급문화와 대중문화 혹은 순수예술과 대중예술의 경계가 더욱 더 모호하게 되면서 영역간 상호 교류와 통섭을 통해 장르의 급속한 해체와 확산을 낳게 되었습니다.

일찍이 러시아의 영화감독 안드레이 타르코프스키가 말한 것처럼, 종합예술로서 영화가 희곡, 산문, 연기, 미술, 음악 등등 인접 예술 분야와의 상호 교류에 바탕을 두고 있다는 점이 오히려 영화예술을 난데없는 절충적 혼돈에 빠지게 할 우려가 없지 않다 하더라도, 현대의 그 어떤 분야나 영역 혹은 매체도 독자적으로 존재할 수 없으며 모든 개별 영역은 서로 긴밀한 상호연관을 맺고 있다 말할 수 있습니다.[35] 근대에 접어들어 인쇄술의 발달이 문학의 대중화에 크게 기여했듯이, 영상 매체의 발달 역시 문학의 위기를 초래한 것이 아니라 오히려 문학의 영역을 확장하고 새롭게 문학적 상상을 자극하고 생명력을 불어 넣는 계기가 됨으로써, 문학과 영상 매체의 결합은 영상매체 세대의 현실 인식 방향에 대처하는 새로운 패러다임인 것입니다.

뉴미디어 시대에 독자적 영역과 분야는 의미가 없으며 이것은 문학을 비롯한 예술도 예외가 아닙니다. 모든 것은 서로 긴밀한 연관을 맺고 있으며, 특히 그것이 영상매체일 경우에는 더욱 그러합니다. 근대 문학은 대중매체의 발달과 그 괘를 같이 했다 말할 수 있습니다. 근대에 접어들어 인쇄술 발달이 문학의 대중화에 크게 기여한 것에서 이 점을 잘 알 수 있습니다.

사실 많은 사람들은 영화를 비롯한 영상 매체 발달이 문학의 위기를 초래해 왔다고 생각합니다. 하지만 문학은 오히려 처음부터 영화의 발달에 커다란 밑거름이 되어 왔으며, 특히 영화는 문학의 영역을 확장하고 새롭

---

35 안드레이 타르코프스키, 『봉인된 시간』, 분도출판사, 1991, 80쪽.

영상시대의 문화코드: 삶, 문학 그리고 영화

게 문학적 상상력을 자극하고 생명력을 불어넣는 계기가 되어왔다 말할 수 있습니다. 문학과 영화의 통섭적 결합은 오늘날 디지털 세대의 현실 인식 방향에 대처하는 패러다임 역할을 할 수 있을 것입니다.

문학과 영화의 접목과 상호영향은 영화의 탄생 이후 계속되어온 현상입니다. 유명한 프랑스의 시인 장 콕토는 사실 시인이기 이전에 영화제작자이기도 합니다. 그는 〈시인의 피〉(1930), 〈미녀와 야수〉(1946), 그리고 〈오르페우스〉(1950) 등의 아방가르드 영화를 만들었습니다. 그는 〈시인의 피〉에서 "영화와 함께, 죽음이 살해되고, 문학이 살해되는 가운데, 시는 올바른 생명을 얻게 되었다. 시 영화가 어떤 것일 수 있을지 상상해보라"고 말하면서 영화를 문학 전통의 일부로 간주한 적이 있습니다.[36] 영화 〈2001: 스페이스 오디세이〉의 각본으로 유명해진 아더 클라크는 영화가 엄청난 성공을 거두자 아예 같은 이름의 소설까지 세상에 내놓았습니다.

요하임 페히는 1988년에 이미 "오늘날 영화예술의 독자적인 시대는 끝났고 문학 장르인 시나리오의 역사가 시작되었다는 볼라지의 생각은 아주 넓은 의미에서 옳다. 뿐만 아니라 문학의 독자적인 시대 또한 끝났고 이제 문학은 영화처럼 매체문화의 한 구성 요소가 되었다"고 말하면서 "오로지 문학 시장에서만 통용되는 작가는 더 이상 존재하지 않으며, 성공 작가의 문학적 역할을 지탱해지는 것은 매체이고 작가의 현실은 다중매체의 현실 안에 존재하며 또 그 같은 다중매체의 현실을 작품 속에서 다룬다"라고 주장했습니다. 이것은 문학과 매체 사이의 긴밀한 관계를 지적한 대목이라 하겠습니다. 아무리 뛰어난 고전 예술 작품이라 하더라도 그것이 읽히지 않는다면 아무 소용이 없을 것입니다.

---

[36] Timothy Corrigan, Film and Literature, an introduction and reader. Upper Saddle River, NJ: Prentice Hall, 1999, p. 30.

이광수의 소설을 예로 들어 보겠습니다. 그의 소설은『무정』을 비롯하여『흙』,『유정』그리고『꿈』등 많은 작품이 영화로 만들어졌습니다. 특히,『삼국유사』에 나오는 신라 시대의 조신 설화를 바탕으로 한『꿈』은 신상옥 감독이 1955년과 1967년에 두 번에 걸쳐 영화로 만들었고, 1994년에는 배창호 감독이 안성기와 황신혜를 캐스팅하여 영화로 다시 만들었습니다. 신상옥의 영화가 소설 원작의 리얼리티에 충실하여 서사 전달에 치중한 나머지 멜로드라마적이고 계몽적인 주제 의식을 드러낸 반면, 배창호의 영화는 원작에 얽매이지 않고 과감하게 영화적 각색을 거쳐 영상이미지를 연출함으로써 오히려 조신 설화의 원형에 보다 가깝게 다가섰다는 평을 받기에 이릅니다.[37] 그러므로 난해한 소설이라도 문자의 감옥에서 해방되어 영상 매체의 힘을 빌린다면 생생한 이미지와 대사를 통해 훨씬 빠르고 새롭고 훨씬 더 많은 독자와 관객들에게 다가갈 수 있는 것입니다.

문학과 영화의 결합은 일차적으로 영화에 대한 문학의 영향이 무엇인지를 보여주는 것입니다. 서양의 경우를 예로 들어 보겠습니다. 1930년대 이후『위대한 개츠비』로 유명한 피츠제럴드를 비롯하여 딜런 토마스, 제임스 에이지, 알랭 로브그리예, 그리고 영화〈연인〉으로 유명한 마르그리트 뒤라스 등과 같은 많은 작가들이 직접 영화 대본을 썼습니다. 유명한 실존주의 철학자 장 폴 사르트르를 비롯하여 영국의 메타픽션 작가로 잘 알려진 존 파울즈도 예외가 아닙니다. 파울즈는 자신의 소설을 각색한 극작가 해롤드 핀터의『프랑스 중위의 여자』영화 대본 서문에서 소설을 각색한 영화 대본은 원작의 단순한 개작이 아니라 찬란한 영화적 은유를 담아낼 청사진이라고 말했습니다.[38]

---

37 민병기 외,『한국의 영상 문학』, 문예마당, 1998, 96쪽.
38 John Fowles, "Foreword." *The French Lieutenant's Woman: A Screenplay*, by Harold Pinter.

국내의 경우만 하더라도 『무진기행』의 작가 김승옥은 문학과 영화의 영역을 넘나든 대표적인 소설가입니다. 그는 자신의 소설 『무진기행』의 영화 각본을 자신이 직접 썼으며, 이를 계기로 영화와 본격 관계를 맺습니다. 1967년에는 김동인의 『감자』의 각본을 써서 직접 연출까지 했습니다. 이 듬해에는 이어령의 『장군의 수염』의 각본으로 대종상 각본상까지 수상하게 됩니다. 그는 자신의 소설 『야행』, 『도시로 간 처녀』뿐만 아니라 조선작의 『영자의 전성시대』 등 다른 소설가들의 작품도 직접 영화로 각색하는 등 영화에 많은 관심을 가진 소설가였습니다. 〈결혼은 미친 짓이다〉, 〈말죽거리 잔혹사〉, 〈비열한 거리〉, 〈쌍화점〉의 감독 유하는 1996년에 김수영 문학상까지 수상했던 시인이었습니다. 〈박하사탕〉, 〈오아시스〉, 〈밀양〉 그리고 가장 최근에는 〈시〉 등을 만들어 세계적인 거장의 반열에 오른 이창동 감독도 영화와 마찬가지로 세상의 약자 편에서 현실의 아픔을 고민한 여러 작품을 발표해온 소설가 출신입니다. 아직 그의 소설을 읽지 못했다면 그가 1992년에 발표한 소설집 『녹천에는 똥이 많다』의 일독을 권합니다.

그런데 문학과 영화의 관계에 있어서 문제점을 찾아볼 수 없는 것은 아닙니다. 문학작품의 영화 각색은 일차적으로 상업적 흥행의 성공을 염두에 둔 것이기 때문에 상업자본과 결탁한 영상 대중매체를 통해 가볍고 표피적인 가치관의 유행을 조장하는 대중문화를 방기함으로써 그 결과 사색의 부재와 인성의 미성숙, 찰나주의, 이기주의, 고립주의 그리고 물질주의적 가치관의 팽배로 나타날 수 있다는 점과 현란한 시각적 미디어에 매료된 나머지 전통적인 문학매체를 소홀히 할 수 있다는 우려가 바로 그것입니다. 또 하나 지적할 수 있는 것은 문학과 영화는 둘 다 시대정신과 동시

Boston: Little, Brown and Company, 1981, p. xii.

대 문화 현상을 반영하는 문화매체라는 점입니다. 통상적으로 지배적인 위치를 점하고 있는 문화 권력은 가능한 대중 매체를 이용하여 지배 이념의 확산을 시도하고, 이에 따라 문화의 수용은 동시대 지배 권력의 메커니즘을 수반하기 마련입니다. 예를 들어 2차 대전 후인 1948년 영국의 로렌스 올리비에가 만든 〈햄릿〉은 주인공 햄릿의 오이디푸스 콤플렉스를 과도하게 강조하여 원작의 주제를 변형하여 원작에서 찾아볼 수 있는 부패한 사회에서 한 인간이 경험하는 소외와 고독 이행 불가능한 실천 혹은 당혹감 등의 주제는 많은 변화를 겪게 됩니다. 또한 1995년 제작된 나다니엘 호손 원작의 〈주홍글씨〉는 이야기의 결말을 낙관적으로 바꾸는 등 과감하게 각색을 시도하여 원작자가 표현하고자 했던 인간의 억압된 욕망, 속죄 본능, 그리고 사회적 구속 등의 주제에 심각한 변화를 가했습니다.

따라서 문학뿐만 아니라 영화는 당대의 사회 문화적 기록인 동시에 치열한 이념의 각축장으로서 문학과 영화의 결합은 대중의 공감대를 유인 확장코자 기도하는 양 진영의 정치적 의도가 맞아 떨어져 확대 재생산된 결과이기도 한 것입니다. 즉 영화는 지배이념을 반영하기도 하고 이와 반대로 진보적 비판이념에 동조하기도 하면서 동시대 문화형성에 지대한 영향을 행사하는 것입니다. 영화의 이러한 정치성은 영화가 문학과 마찬가지로 당대의 다양한 사회상과 문화적 이념적 갈등과 양상 혹은 지배문화와 피지배 저항 문화의 갈등, 문화와 사회 속에 숨어 있는 어떤 다양하고도 심층적인 의미를 담아내는 매체임을 잘 보여주는 것이라 하겠습니다.

영화와 문학은 둘 다 서사를 통해 삶의 여러 양태를 전달하는 공통점을 갖고 있습니다. 다시 말해 서사는 이야기 전개를 통해 독자/관객의 인식과 상상을 넓혀준다 하겠습니다. 이때 영상매체는 활자매체보다 더욱 효과적으로 인식과 상상을 확장시켜주고 삶과 현실의 대리 경험을 도와줄

영상시대의 문화코드: 삶, 문학 그리고 영화

수 있습니다. 더욱이 문학과 영화는 그 소재와 형식 가꾸기 과정에서 공유하는 점도 있지만 다른 점도 많습니다. 그렇기 때문에 문학과 영화에 거는 기대와, 문학과 영화를 통해 얻게 되는 경험이 다를 수밖에 없을 것입니다. 문학과 영화가 비슷하면서도 다르다는 사실과 문학과 영화가 각각의 특성을 살려가며 매체 넘나들기를 한다는 점을 염두에 둘 때, 두 분야의 비교 분석에 따른 의미 있는 논의와 연구는 가치 있을 것으로 보입니다.

한 가지 사례를 살펴보겠습니다. 1993년 한국에 개봉된 제인 캠피온의 〈피아노〉는 비평과 흥행 모두에서 기대 이상의 성과를 거둔 뒤, 문학과 영상예술이나 영화를 다루는 연구서나 교양서적에 단골메뉴로 등장해온 대표적인 사례입니다. 일례로 평론가 유지나는 이 영화가 여성에 의한 여성의 사랑 이야기를 그려냈고, 정확하게 여성 관객의 영화보기 쾌락을 훌륭하게 달성해낸 영화라고 말했습니다.[39] 그 이유 가운데 하나는 비록 바람난 유부녀에 대한 처형은 현대 영화에서는 찾아볼 수는 없지만, 그럼에도 불구하고 행복을 찾아 나선 그녀에게 축복을 내리는 일은 파격적인 것으로서, 이런 점에서 영화는 여성을 남성의 거울이 아닌 자신의 거울로 비추어보는 각성을 보여주고, 궁극적으로 가짜 남성의 마스크를 벗는 쾌감을 주는 영화라고 주장했습니다.[40]

영화는 국내 개봉 당시 여러 가지 의미로 해석될 수 있는 의미구조 때문에 많은 비평을 불러왔는데, 흔히 이런 애매한 영화가 가질 수밖에 없는 대중과의 의사소통 단절의 위험을 피해간 어느 정도 흥행에도 성공한 영화로 간주되었습니다.[41] 심지어 영화에 출연한 배우들의 빛나는 연기 때문

---

[39] 유지나, 『여성영화산책』, 생각의 나무, 2002, 154쪽.

[40] 앞 책, 158쪽.

[41] 김선아, 「피아노와 올란도: 여성성과 양성성 사이」, 『시네-페미니즘, 대중영화 꼼꼼히 읽기』, 김소영 편, 과학과 사상, 1995, 202쪽.

에 예술의 본격 장르로 당당히 자리 잡아야 할 필연성을 가진 대표적인 영화라는 찬사까지 받았습니다.[42] 실제로 한 언론에 따르면 1993년 개봉된 후 50만 명 이상의 서울 관객을 끌어들인 〈피아노〉의 흥행 성공은 국내 예술 영화의 저변 확산에 크게 기여했다는 평가를 받은 것입니다. 즉, 예전 같으면 홀대를 받았을 〈피아노〉와 같은 예술성 있는 영화들이 할리우드나 홍콩의 폭력·액션·오락물 못지않게 흥행에 성공을 거두면서, 이제 이 같은 현상은 할리우드나 홍콩의 오락물에 식상한 관객의 문화수용 능력과 욕구가 다변화되고 있음을 반영하는 것이자 관객층 자체가 다변화되고 있는 고무적인 현상이라는 것입니다.[43]

물론 처음부터 이 영화에 대한 부정적인 평가가 전혀 없었던 것은 아닙니다. 이를테면 제인 캠피온은 대중성과 예술성 양자에서 높은 평가를 받고 있는 감독으로서 대중성과 예술성의 두 끈을 모두 거머쥔 감독의 아슬아슬한 줄다리기는 유사 페미니즘이라는 비난을 피할 수 없게 만들고 있기도 하다는 것입니다.[44] 심지어 김성곤은 애초에 "〈피아노〉가 과연 어떤 면에서 그렇게도 예술적인지는 알 수가 없다"고 말하면서 그 이유는 "제아무리 예술이라는 당의정으로 코팅을 한다 하더라도 이 영화는 결국 성 불능인 것처럼 보이는 남편을 떠나 보다 건강한 남자의 품으로 옮겨가는 한 여자의 애정편력일 뿐이기 때문"이라고 평했을 정도였습니다.[45] 이것이 애초인 이유는 이후 출판된 그의 다른 영화평론집에서는 이 같은 부정적인 입장을 번복했기 때문입니다. 배창호 감독도 이 영화에 대한 페미니즘적 시각에 유보적인 입장을 보인 것은 흥미롭습니다. 그의 말을 조금

---

42 이왕주, 『철학, 영화를 캐스팅하다(Philosophy + Film)』, 효형출판, 2005, 106쪽.

43 『서울신문』(1994년 1월18일), 14면.

44 김정미, "페미니즘 영화 이론과 여성영화 연구." 경성대 석사논문, 1997, 62쪽.

45 김성곤, 『김성곤교수의 영화에세이』, 열음사, 1994, 300쪽.

영상시대의 문화코드: 삶, 문학 그리고 영화

길게 인용해 보겠습니다.

최근 세계적으로 뛰어난 여성 감독들의 활동이 두드러지고 있다. 그들의 대표격인 인물이 제인 캠피언이란 여성 감독이다. 그녀의 작품 〈피아노〉는 우리나라에서도 상영되어 여성 팬들로부터 큰 호응을 얻었는데, 이 영화 또한 여성의 억압을 다루고 있다. 여성 감독에 의해 여성을 표출하는 이 영화는 마땅히 페미니즘 영화라고 말할 수 있다. 이 영화의 뛰어난 영상적 표현력과 섬세한 심리묘사에도 불구하고 개인적으로는 못마땅한 장면이 몇 있다. 예를 들어 주인공의 남편이 주인공의 불륜을 목격하고 그녀의 손가락을 자르는 잔혹한 장면과 피아노 연주 대가로 거래처럼 이뤄지다가 점점 진하게 전개되는 에로틱한 장면 등이다. 만약 남성 감독들이 불륜의 대가로 남편이 부인의 손가락을 자르는 장면을 묘사했더라면 그것은 분명히 여성에 대한 잔혹한 학대라고 페미니스트들이 강하게 비판할 것이다. 그러나 똑같은 장면을 여성이 연출했으니 그것은 남성에게 잔혹하게 학대 받는 여성의 상황을 극명하게 묘사하려는 목적이었다고 이해되는 것이다. 성적인 장면도 마찬가지이다. 남성 감독이 이 장면을 그대로 연출했다면 성의 도구로써의 여성이 되는 것이나 여성 감독들이 그려냈으니 그것은 여성의 성 심리의 표현이라고 말한다. […] 나는 페미니즘 영화란 단지 여성의 불평등한 지위나 억압 등의 소재만을 다룬 것이 아니라 인간으로서의 여성을 잘 그려냈다면 그것이 바로 진정한 페미니즘 영화라고 생각한다.[46]

이런 입장 때문에 영화평론가 강성률은 〈피아노〉에 나타난 여성의 섬세한 감정과 흐름을 인정하지만 이 영화가 페미니즘의 대표작으로 꼽힐 만큼 페미니즘 입장에 충실한가 하는 것은 의문이라는 점에서 배창호의 이런

---

46 배창호, 『창호야 인나 그만 인나: 배창호 감독의 영화 이야기』, 여백미디어, 2003, 216쪽.

주장은 설득력을 가진다는 입장을 표명했습니다. 그는 만약 이 영화를 남성이 만들었다면 어떻게 평가했을 것인가라고 반문하면서, 여성이 만들었기 때문에 여성의 섬세한 감정이 살아 있고 여성을 주체적으로 그릴 확률이 높다손 치도라도 그렇다고 모든 여성 감독의 영화가 페미니즘영화는 아니라는 것입니다. 비록 여성이라고 하더라도, 관습화된 남성 중심적 영화에 물들지 않은 이들이 별로 없는 상황에서 여성의 주체성을 형식으로까지 승화시키는 영화를 만드는 것은 매우 어려운 작업이기 때문입니다.[47]

김소영도 모든 여성 감독들이 여성이라는 성을 가지고 있다고 해서, 그리고 여성적인 경험을 공유한다고 해서 페미니즘적인 영화를 만드는 것은 아니라고 말하면서 〈피아노〉와 샐리 포터의 〈올란도〉를 비판하고 있습니다. 즉, 〈올란도〉는 백인 중산층을 위한 계급과 인종에 대한 고려가 없는 독백적 페미니즘이라는 비난을 면하기 어려운 영화이며, 〈피아노〉도 침묵의 전략을 통해 가부장제의 폭력을 노출하는 듯이 보이지만 결국 낭만적 사랑이라는 신화 속에 갇혀버린 유사 페미니즘 영화라는 것입니다.[48]

하지만 대체로 이 영화를 바라보는 기본 입장은 〈피아노〉가 여성의 성적 욕망을 예술적으로 승화시킨 영화라는 것입니다.[49] 영화평론가 강한섭은 〈피아노〉가 매우 난해하고 논쟁적인 주제를 다루고 있음에도 불구하고 개봉 당시 관객들의 감성을 자극하고 이들의 전폭적인 지지를 이끌어내는 데 성공한 연유를 다음과 같이 설명합니다.

할리우드의 초대작과 홍콩의 SF검술영화들을 제치고 홍행의 선두를 차지한 〈피아노〉는 홍행의 이변이었다. 〈피아노〉는 시내의 일류 극장에

---

47 강성률, 「페미니즘 비평 방법론을 쇄신하라」, 『씨네21』 443 (2004년3월11일).
48 김소영, 『시네마, 테크노 문화의 푸른 꽃』, 열화당, 1996, 226쪽.
49 김상률, 『차이를 넘어서: 탈식민시대 미국문화읽기』, 숙명여대출판국, 2005, 254쪽.

영상시대의 문화코드: 삶, 문학 그리고 영화

들어가지 못하고 여러 소극장을 묶어 개봉되었기 때문이다. 이러한 불리한 상영조건에도 불구하고 〈피아노〉에 몰려드는 관객들의 대열은 끊이질 않았다. 피아노는 실험적이고 상상력이 뛰어난 작품일 뿐만 아니라 보통 관객의 가슴 속을 헤집고 들어와 끝내 사람의 감정을 뒤흔드는 영화다. 관객의 머리 즉 지성에 호소하기보다는 가슴, 즉 감정선을 자극한다. 〈피아노〉는 한마디로 모험적이고 어려운 주제를 쉽게 이야기하는 재능으로 빛나는 영화다. 피아노에 몰려드는 관객의 열기는 영화를 대중영화와 예술영화로 이분하기 좋아하는 비평가들을 무색하게 만든다. 〈피아노〉는 작가영화인 동시에 가장 대중적인 영화이기 때문이다.[50]

즉 영화가 "실험적이고 상상력이 뛰어난 작품"임에도 불구하고, 관객의 호응을 이끌어낼 수 있었던 이유는 "어려운 주제를 쉽게 이야기하는 재능"에 있으며 "사람의 감정을 뒤흔드는 영화"이기 때문이었다는 것입니다. 결국 영화가 성공할 수 있었던 이유는 영화가 잘 짜인 스토리에 기인했다는 것입니다. 대체로 비평가들은 각색영화가 아닌 창작영화임에도 영화에 드리워진 문학적 영향을 고려하여 〈피아노〉를 바라보려는 경향이 강했습니다. 예를 들어 〈피아노〉는 강한 시적 언어로 여성의 시각을 섬세하게 드러내고 있다는 점에서, 인간의 내면적 성찰을 진지하게 파헤치고 있는 영화라기보다는 서정성이 강한 한편의 시라든지,[51] 에밀리 브론테의 『폭풍의 언덕』으로부터 깊은 영향을 받은 캠피언의 영화는 문학적 계보를 정확하게 자리매김했다는 식입니다.[52] 하지만 〈피아노〉를 『폭풍의 언덕』을 차용하여 변형시킨 뉴질랜드 판 『폭풍의 언덕』 식으로 보는 것은 커다란 무리는

---

[50] 강한섭, 「어려운 주제, 쉽게 꾸민 영화, 〈피아노〉의 이변」, 『월간중앙』 214 (1993년 11월), 635쪽.
[51] 김동훈, 『여간내기의 영화교실 1』, 컬처라인, 2003, 156쪽.
[52] 김상률, 257쪽.

아니라 하더라도 영화를 고전 낭만 소설이 갖고 있는 낭만성과 연결하고 영화의 문학적 뿌리를 강조하는 것은 영화가 갖고 있는 식민주의적 배경을 무시할 뿐만 아니라 영화를 명백히 유럽적인 것으로 전유할 위험을 내포하고 있습니다. 이러한 전유는 식민주의적 상황에서 문화적 가치로 정의되는 영문학 정전이 가지는 특권적 위치를 공고히 할 위험이 있을 수 있기 때문입니다.

그렇지만 영화는 여성성을 상징하는 유동적이고 무의식적인 이미지를 성공적으로 전달하고, 한편으로는 성차별사회에서 겪는 여성의 곤경을 드러내는 가운데, 남성중심이데올로기를 전복시키는 해체주의적 여성영화의 역할을 충실히 실행하고 있다 말할 수 있겠습니다.[53] 박종성의 주장처럼, 침묵과 피아노가 여성의 감수성과 내면적 목소리를 효과적으로 전달할 수 있는 언어가 될 수 있다는 점은 매우 기발한 영화적 착상이라 하겠습니다. 즉 시적 언어와 (여성의) 침묵은 이런 정치적 목표를 달성하는데 과연 효과적인 전략인가 하는 부분은 여전히 의문으로 남지만, 영화는 음악과 영화 그리고 문학을 포함한 예술의 힘을 통해 가부장적 지배 언술의 폭력에 맞선 해체적 영화로서 여성영화의 가치를 잘 드러내고 있기 때문입니다.[54]

지금까지 살펴본 것처럼, 현대 대중문화의 체계 속에서 일정량의 자기 정체를 담보하고 있는 영화와 문학의 영화적 응용을 비추어볼 때 문학과 영화의 동시적 조망과 상호 비교는 동시대의 문화적, 사회적, 역사적, 정치적 문제들을 현대적 시각에서 재해석하고 논의하는 적극적이고 더욱 효과적인 문학과 문화 연구의 한 방법론적 틀이라 하겠습니다. 다시 말해 텍스

---

53 양현미, 「영화 〈피아노〉 다시 읽기: 『폭풍의 언덕』의 변형과 수용」, 『문학과 영상』 1-2 (2000), 106쪽.
54 박종성, 「폭풍의 언덕 II: 〈피아노〉에서 지배언술 허물기」, 『근대영미소설』 7-1 (2000), 78쪽.

트의 상호 확장의 맥락에서 문학과 영화는 연구 대상이기 이전에 읽고 본
다는 감각적 향유의 예술 형식입니다. 그러므로 문학과 영화의 시대적 문
화적 흐름을 조망해보기 이전에 우선 형식과 구조의 측면에서 두 예술 양
식을 살펴보는 것은 둘 사이의 상관관계를 포괄적으로 이해하기 위한 인
식의 토대를 다지는데 도움이 될 것입니다.

서사 구조: 이야기와 플롯

영화는 소설과 드라마의 형식과 기법을 가장 많이 차용하는 예술매체
입니다. 대체로 이들 장르와 매체의 주된 목적은 이야기 전달이기 때문입
니다. 즉 이야기는 영화나 문학작품 모두에 있어서 가장 기본적 요소인 것
입니다. 다시 말해 이야기가 문학이나 영화의 예술적 근간이 되는 이유는
이야기야말로 그것이 사실이건 허구이건 간에 인간 주변에서 벌어지는 사
건이나 다양한 삶과 인간성 혹은 인간 심리에 접근할 수 있는 기본적인 재
료이기 때문입니다. 특히 대중 문학과 고전 할리우드 장르에 속한 영화에
스토리가 없는 경우는 거의 찾아볼 수 없습니다. 하지만 이야기를 담아내
는 서사 구조는 작품마다 다양한 방식을 채택하기도 하는데, 이 서사구조
를 결정하는 것은 사건의 인과적 나열과 배치를 의미하는 플롯뿐만 아니
라 그러한 나열 배치된 작품 속 사건들에 (화자의) 서사시점을 부여하고
모양과 색깔을 덧입히는 서사화의 방식이 되겠습니다.

플롯이란 사건들의 구조를 뜻합니다. 이야기가 여러 사건에 관한 이야
기로서 특히 연대기적 순서에 중점을 둔 일반적인 극적 소재, 다시 말해서
시간적인 사건의 연속이라면, 대체로 인과관계에 중점을 두는 플롯은 이야
기의 주요 사건이나 상황의 개략을 가리키는 말로서 연대기적 순서에 중

점을 두는 이야기에 대립되는 개념입니다. 플롯은 이야기 위에 구조적인 패턴을 포개어 놓는 이야기꾼, 즉 이야기 화자의 방법과 관계가 있습니다. 플롯은 서술의 디자인과 의도라고 말할 수 있는데, 다시 말해 이야기를 형성하고 특정한 방향이나 의미의 의도를 부여하는 것입니다. 플롯의 형식은 매우 다양합니다. 먼저 형식 구조상, 플롯은 단일 플롯과 이중 플롯으로 나눌 수 있는데, 이중 플롯이란 작품 속의 주 플롯main plot에 부차적인 플롯sub-plot이 도입된 것을 일컫습니다. 또한 장르적 관점에서 플롯은 비극, 희극, 로망스, 혹은 풍자와 관련하여 꾸밀 수 있습니다.

플롯이 사건들을 나열하고 배치하는 작업이라면, 그러한 사건들에 시점을 부여함으로써 모양과 색깔을 더하는 것이 서술입니다. 물론 영화의 서술은 서술 초점과 서술자에 따라 달라집니다. 영화 서술의 구조는 대체로 고전적 패러다임, 사실주의적 서사, 형식주의적 서사 가운데 한 가지를 지니고 있습니다. 대부분의 장르 영화는 대체로 공식화된 플롯으로 구성되어 있는 것에서 알 수 있듯이, 할리우드 영화는 관습적으로 연극무대에서 비롯된 고전 패러다임을 따릅니다. 고전적 패러다임이란 주인공과 경쟁자 사이의 극적 갈등에 바탕을 둔 서술 모델입니다. 전통적인 연극 구조를 받아들인 고전 패러다임은 대체로 '평정 - 대립 - 해결'의 서술 구조를 갖습니다. 말하자면 고전적 서사 구조는 원래의 질서를 깨뜨리는 행위로 시작해서 영화의 마지막에 원래의 질서와 균형을 회복하는 것으로 끝납니다. 따라서 영화는 명확, 단순, 우아함, 질서, 경제성, 균형이라는 고전 서사 법칙에 따라 만들어지는 것입니다.[55]

다시 말해 영화는 고전적인 극의 구조를 따릅니다. 이를테면 극의 구조는 인물과 인물, 인물과 사회 혹은 인물과 어떤 세력 사이의 극적 갈등

---

[55] 존 벨튼, 『미국영화/미국문화』, 한신문화사, 2000, 22쪽.

영상시대의 문화코드: 삶, 문학 그리고 영화

과 해결을 기본 바탕으로 합니다. 즉, 기본적인 영화의 극 구조는 극적 갈등을 바탕으로 서사적 인과관계와 병치식 서술구조의 법칙을 적용한 것으로 볼 수 있습니다. 서사적 인과관계란 작중 인물들의 필요와 욕망이 사건과 행위의 원동력을 되는 것을 뜻하며, 병치식 서술구조란 작중인물을 둘러싼 사건들이 주변의 사회적 공적 사건들과 연계하여 함께 얽혀 발전해 나가는 서술구조를 말합니다. 그러므로 이 둘은 작품 내 서사 플롯과 관계된 것입니다.

그러므로 인과관계와 병치식 서술구조 등의 관점에서 영화로 각색된 작품을 살펴볼 경우 문학작품이 영화화되는 과정에서 원작의 서술구조 및 논리의 변화 여부를 염두에 둘 필요가 있습니다. 이밖에 작품의 결말 처리는 작품의 전체적인 의미와 어느 정도 관계가 있으며 만일 영화의 결말이 원작과 다를 경우 그와 같은 결말로 인하여 작품의 의미가 구체적으로 어떻게 변화되고 있는지 살펴볼 필요가 있습니다. 예를 들자면, 프랑스의 소설가 장 지오노가 1953년에 쓴 짧은 소설을 애니메이션 영화로 만든 프레데릭 바크의 〈나무를 심은 사람〉(1987)을 살펴보겠습니다. 영화는 금세기 초 프랑스 프로방스 지방을 무대로 엘제아르 부피에라는 한 인물의 평생에 걸쳐 온갖 역경과 고독을 이겨내며 나무를 심은 숭고하고 위대한 일대기를 다룬 작품입니다.

작품의 줄거리는 비교적 간단합니다. 참으로 보기 드문 인격을 갖춘 엘제아르 부피에라는 사람의 나무를 심고 가꾸려는 끈질긴 노력으로 황폐한 프로방스 지방에 새로운 삼림이 탄생하게 되고 그 결과 수자원이 회복되고 전쟁으로 폐허가 된 마을에는 다시 희망과 행복이 부활하게 된다는 내용을 일인칭 서술 시점으로 전개하고 있습니다. 영화는 원작이 갖고 있는 유장하고 장엄한 서사 언어와 그 속에 담긴 강력한 메시지를 조금도 손

제7장 영상시대의 문학과 영화

상하지 않은 채 일인칭 내레이션의 틀을 유지하면서 강렬한 표현주의 그림의 화폭을 연상시키는 듯 하다가도 어느덧 인상주의 그림을 연상시키고 그러면서도 따뜻하고 서정적이고 목가적인 샤갈의 그림을 보는 듯한 영상미를 통해 원작의 감동을 뛰어 넘어 독자적인 애니메이션 영화의 예술적 경지에 이른 하나의 전형을 보여주고 있습니다.

앞서 말한 것처럼 플롯이란 사건의 서술 가운데에서도 원인과 결과에 토대를 둔 서술을 뜻합니다. 그래서 시간이 흘러가는 순서에 따라 전개되는 사건의 서술인 이야기와 그 개념이 약간 다릅니다. 간단한 예를 들어보겠습니다. "그는 그녀를 죽도록 사랑했다. 그녀가 죽자 그도 죽었다." 인과관계의 흔적은 남아 있지만 이 글은 이야기라 할 수 있습니다. 반대로 "죽도록 사랑한 그녀가 죽자 그리움을 견디지 못해 그도 죽었다." 시간의 흔적은 남아 있지만 앞의 글과 달리 이 글은 플롯이라 할 수 있습니다. 원인과 결과의 관계가 보다 뚜렷하기 때문입니다.

한마디로 말해서 플롯이란 인과관계에 있는 일련의 사건인 것입니다. 그래서 플롯이란 원인과 결과의 논리와 법칙에 입각해 사건을 유기적으로 배열하는 것으로서, 작품 내 갈등을 토대로 서사의 틀을 짜 맞추어 전개함에 있어 매우 중요하다 하겠습니다. 스탠리 큐브릭의 영화 〈2001 스페이스 오딧세이〉를 통해 서사의 인과관계의 법칙을 살펴보겠습니다. 영화에서 선장 데이브 보우먼과 승무원 풀은 우주 탐색선 디스커버리호를 타고 목성을 향해 떠나는 필요와 욕망은 사실은 인류에게 지혜를 가르쳐준 돌기둥의 실체를 밝히기 위한 공적인 목적을 위한 것으로 밝혀집니다. 하지만 도중에 두 사람은 우주선 통제 컴퓨터 할 9000의 반란이 일어나는 갈등을 겪게 됩니다. 풀은 우주선 밖으로 던져지고 선장 보우먼은 가까스로 위기를 벗어나 반란을 진압하면서 갈등을 해소하게 됩니다.

물론 서사 이야기에 의존하지 않거나 혹은 종래의 서사 구조를 의도적으로 파괴하는 경우도 있습니다. 이런 흐름의 문학작품이나 영화는 전통적인 서사구조를 전복하고 해체하는 것이 목적입니다. 최근의 주류 영화를 비롯한 많은 대중 영화들에서도 기존의 전통적인 영화 서사 관행에서 쉽게 볼 수 없는 반전통적이고 전위적인 실험을 간혹 선보이고 있긴 하지만, 영화의 역사를 돌이켜 보자면 사실 과거의 아방가르드 예술 영화 시절부터 종종 찾아볼 수 있었던 전통 아닌 전통이라 할 수 있겠습니다. 이를테면 프랑스의 알랑 로브그리예의 소설과 영화는 그 자체가 인과관계의 법칙과 이야기 결말에 대한 독자와 관객들의 기대감을 뒤집어엎는 작업이라 할 수 있겠습니다.

전통적인 서사화에 있어서도 시대적 취향과 다양한 동시대 문화 수용의 맥락을 고려하여 원작의 서사구조와 인물화와는 판이하거나 현저히 다른 새로운 서사 틀이나 인물유형을 영화에 도입하는 경우도 있을 수 있습니다. 두 가지 사례를 살펴보겠습니다. 먼저 찰스 디킨스의 소설을 각색한 데이비드 린의 〈위대한 유산〉은 대체로 원작 소설의 이야기를 잘 따르고 있고 시점도 원작과 마찬가지로 주인공 핍Pip의 시점을 유지하고 있지만 소설과 달리 영화는 원작의 많은 서술구조를 생략하고 결말 역시 소설과 다르게 처리하고 있습니다. 알폰소 쿠아론의 〈위대한 유산〉도 대략적인 이야기의 구조와 흐름 그리고 틀만 원작에서 빌려왔을 뿐 이야기의 배경과 분위기와 색깔은 원작과 완전히 다릅니다. 영화는 작품의 무대와 플롯 그리고 서사 전개를 대폭 수정하여 멜로드라마적인 요소를 보다 많이 가미하였습니다. 심지어 영화는 주인공의 이름도 핍이 아니라 핀Fin이며, 주인공의 로맨스에 좀 더 이야기의 무게를 두었습니다. 두 영화는 소설 각색에 있어서 이야기 전개와 종결 그리고 서사의 관점에서 원작에 가해지는 변형의 전형적인 일례를 보여주고 있습니다.

서사 주제

주제도 매우 중요한 요소입니다. 어떤 작품을 평할 때 가장 먼저 다루는 부분은 다름 아니라 그 작품이 표현하고자 하는 기본적인 생각이나 사상이기 때문입니다. 주제는 일반적으로 작품이 '말하고자 하는 것'과 관련된 개념이지만, 그렇다고 반드시 도덕적 교훈이나 메시지를 의미하는 것은 아닙니다.

주제를 전달하기 위한 가장 일반적인 수사적 장치 가운데 하나는 모티프입니다. 모티프는 주제의 최소 단위로서 단일 작품 속에 빈번히 나타나는 주요 어구나 고정된 묘사 혹은 이미지의 복합을 보통 중심 테마leitmotif라고도 합니다. 그렇지만 추상적인 주장이나 교리를 가리키는 주제와 모티프를 혼동해서는 안 됩니다. 모티프는 단일한 것일 수도 있고 반복적인 것일 수도 있습니다. 모티프란 영화의 사실적인 조직 속에 포함되어 있으므로 잠재적이거나 드러나지 않는 상징일 수 있습니다. 또한 모티프란 하나의 기법일 수도 있고 특정 대상물일수도 있으며 반복해서 영화 속에 등장하지만 관객이 쉽게 알아챌 수 없는 것일 수도 있습니다.[56]

이를테면 로빈 우드는 60년대 이래 공포 영화를 지배해온 다섯 가지 모티프를 다음과 같은 유형으로 정리하고 있습니다.[57]

---

[56] 루이스 자네티, 『영화의 이해』, 현암사, 1999, 389쪽.
[57] 로빈 우드, 『베트남에서 레이건까지』, 시각과 언어, 1995, 111쪽.

괴물(정신병이나 정신분열증에 걸린 인간)	〈사이코〉, 〈살인범〉
자연의 복수	〈새〉, 〈야수의 날〉
사타니즘	〈엑소시스트〉, 〈오멘〉
끔찍한 아이	〈살아있는 시체들의 밤〉, 〈오멘〉, 〈엑소시스트〉
카니발리즘	〈살아있는 시체들의 밤〉, 〈텍사스 전기톱 대학살〉

    또한 주제는 은유와 직유, 그리고 상징과 같은 다양한 수사적 장치를 통해 전달되기도 합니다. 문학과 영화가 공유하는 가장 본질적인 특징은 언어를 사용한다는 점이며, 언어란 그 표면적 의미뿐만 아니라 함축적 의미를 지니며 이것은 다양한 비유와 수사적 장치를 통해 작품 속에 제시됩니다. 은유나 직유와 같은 비유법이 인간의 감정 상태나 생각을 표현하기 위해 어떤 구체적인 이미지를 활용하는 것이라면, 상징이란 추상적인 의미나 방대한 개념을 설명하기 위해 특정 어휘나 이미지를 사용하는 것을 말합니다. 이를테면 안드레이 타르코프스키의 자전적 영화 〈거울〉에서 아버지가 전쟁 와중에 잠깐 자식들과 만나는 장면에서 타르코프스키가 영화의 주제를 강화하기 위해 인용한 레오나르도 다빈치의 그림 『노간주나무 앞의 젊은 여인의 초상화』는 대표적인 경우입니다. 영화에서 초상화 모티프를 사용한 것에 대해 그의 말을 직접 들어보겠습니다.

> 다빈치의 그림은 항상 두 가지 측면에서 우리에게 깊은 인상을 준다. 예컨대 톨스토이나 요한 세바스찬 바하의 경우와 같이 한 대상을 밖으로부터 지극히 안정된 시각을 통해 관찰하는 놀랄만한 예술가적 자질이 그 하나요, 둘째는 이와 동시에 전혀 반대적인 반응도 가능하다는 사실이다. […] 이 여인은 호감을 주는가 하면 동시에 혐오감을 준다. 이 여

제7장 영상시대의 문학과 영화

인에게는 설명할 수 없는 아름다움이 있는가 하면 사람을 깜짝 놀라게
하는 명백한 악마적 요소가 있다. 낭만적이고 유혹적인 의미에서의 '악
마적'이 전혀 아니고 단순하게 선과 악의 저편에 있는 그런 악마 말이
다. 거의 타락한 듯한 인상과 그래도 어딘가 빼어난 아름다움이 숨어있
는 부정적 징후의 마술이라고나 할까. 작품 〈거울〉에서 우리들은 첫째,
사건에 영원이라는 차원을 부여하기 위하여 이 초상화를 필요로 하였고,
둘째로는 주인공 역할을 맡은 여배우 테레코바 역시 호감과 혐오감을
동시에 줄 수 있는 여자였기 때문에 이 초상화를 영화 속의 여주인공에
대한 반대급부로 사용했었다.[58]

문학작품이 영화로 만들어질 때 원작의 주제는 대체로 유지되는 경향
이 있으나 시대적 정치적 문화적 맥락에 따라 원작의 주제는 간혹 급격한
변화를 겪기도 합니다. 셰익스피어의 『햄릿』을 예로 들어 보겠습니다. 작
품의 주제는 부패한 사회에서 한 인간이 경험하는 소외와 고독, 행동 불가
능, 당혹감 등을 거론할 수 있습니다. 이 같은 주제는 대체로 『햄릿』을 각
색한 여러 영화에서도 큰 변화 없이 제시되고 있습니다. 그러나 간혹 영화
는 원작의 주제를 나름의 이유를 근거로 대폭 바꾸거나 변형을 가하기도
합니다. 로렌스 올리비에가 2차대전 직후 만든 〈햄릿〉이 대표적입니다. 올
리비에는 주인공 햄릿의 오이디푸스 콤플렉스에 초점을 맞추어 영화를 연
출했습니다. 이를테면 그가 아버지 유령과 대화할 때 거의 몸을 곧추세우
지 않는 자세를 취한다든지 특히 성벽에 배치한 거대한 대포의 포신은 마
치 클로디어스의 남근을 암시합니다. 또한 햄릿이 자기 어머니 왕비를 무
자비하게 공격하는 전반부에서 침대에 누운 자세의 왕비에게 덤벼드는 장
면은 흡사 강간을 연상시킵니다. 게다가 영화의 마지막 부분에서 햄릿이

---

58 안드레이 타르코프스키, 『봉인된 시간』, 분도출판사, 1991, 132-133쪽.

영상시대의 문화코드: 삶, 문학 그리고 영화

오필리어에게 대하는 폭력과 에로티시즘이 교차하는 장면 등등, 영화의 많은 장면은 오이디푸스 콤플렉스에 입각하여 주인공 햄릿의 내면에 초점을 맞추고 있습니다.

또한 『로미오와 줄리엣』을 원작으로 한 프랑코 제피렐리의 〈로미오와 줄리엣〉과 바즈 루만의 〈로미오와 줄리엣〉도 흥미롭습니다. 작품의 형식과 서사 연출로 보았을 때 루만의 영화가 현대 미국의 포스트모던 문화를 배경으로 낭만적 사랑 이야기를 미국식 셰익스피어 영화로 재창조한 것에 비해, 제피렐리의 영화는 원작에 충실한 전통적 스타일의 영화로 간주하기 쉽습니다. 사실 작품의 세팅과 세트 미장센을 바꾸는 것은 영화 각색에 있어서 매우 획기적이고 창조적인 작업이기도 합니다. 그러므로 배경은 작품의 구체적인 의미를 전달하기 위한 세심한 계획과 의도 아래 설정됩니다. 제피렐리는 원작의 배경에 충실하여 작품의 공간적 배경을 시대적 성격에 맞게 설정했지만 루만의 영화는 전통적인 작품의 공간적 배경인 르네상스 시대의 베로나를 초현실적이고 포스트모던적인 대도시 풍경으로 바꾸어 놓았습니다. 그러나 제피렐리는 고전적 러브스토리를 토대로 하면서도 오히려 관습적인 인물화를 탈피한 훨씬 능동적이고 담대한 성적 역할의 개성을 작중인물에 부여하여 셰익스피어 영화를 연출함으로써 당대 젊은 관객들의 낭만적 감수성에 호소했다 하겠습니다. 그러므로 영화의 연출도 중요하지만, 서사에 바탕을 툰 등장인물의 인물화는 작품의 성격을 결정하는 데 있어 매우 중요하다 하겠습니다.

서사의 캐릭터

등장인물은 모든 서사의 중심입니다. 등장인물characters이 없는 경우도 간혹 있지만 대부분의 작품 속에는 한 명 이상의 등장인물이 반드시 존재하기 마련입니다. 그러므로 캐릭터 중심의 고전 서사의 패러다임이 주조를 이루는 대중 영화에서 등장인물이 없는 경우는 상상할 수 없는 경우입니다. 가장 기본적인 등장인물의 패턴은 주인공과 악당의 갈등과 대립입니다. 주인공은 영웅적인 행동과 긍정적 사고를 드러내는 중심인물이며 악당은 이에 대립되는 상대 인물로서 보통 사악하고 부정적인 반 주인공입니다. 영화의 고전 서사에서 중심인물은 대체로 명확하고 안정적이고 친숙하고 일관된 심리를 갖춘 인물이 등장하여 주어진 목표를 성취하거나 역경을 극복하고 문제를 해결합니다.[59]

일반적으로 등장인물의 성격과 심리 묘사 그리고 인물구성은 작품이 지향하는 장르적 성격과 방향, 그리고 주제와 시각에 따라 매우 다양합니다. 사실적으로 그려진 인물도 있을 것이고 허구적인 인물일 수도 있을 것입니다. 또한 작품의 주된 행위와 사건에 대해 주도적 인물도 있을 것이고 반대로 수동적인 인물도 있을 것입니다. 경우에 따라서는 인물의 외적 특징만이 강조되거나, 혹은 그 반대로 인물의 내적 생각과 내면의 심리가 섬세하게 부각될 수도 있습니다. 이런 점에서 1930년대 프랑스 시적 리얼리즘 계열 영화들이 통렬한 사회 비판적이고 고발적인 내용은 없지만 기존 영화들과는 달리 소외된 계층의 평민을 심각한 이야기의 주인공으로 설정하여 종래와 다른 인물화를 통해 독특한 서정의 리얼리즘 영화를 보여준 것은 매우 큰 의미를 지닌다 하겠습니다.

작품 스토리내의 구성물로서 등장인물, 즉 캐릭터 구성에는 '말하기'설명, telling와 '보여주기'제시, showing의 두 가지 방법이 있습니다. '말하기'란 작품 속의 권위 있는 화자가 직접 인물의 동기나 기질적 특성을 상세히 설명하거

---

59 존 벨튼, 24쪽.

영상시대의 문화코드: 삶, 문학 그리고 영화

나 평가하기 위해 개입하는 경우로서 이것은 서사의 직접 한정에 해당하는 경우입니다. 한정이란 말은 일반화 혹은 개념화와 비슷한 뜻을 지닌 것입니다. 직접 한정이란 작품 내의 권위 있는 목소리를 통해 제시되는 인물 구성 방법으로 작품 캐릭터를 일반화하기 위한 매우 규범적이고 권위적인 방식입니다.

이에 비해 '보여주기'는 간접 재현으로서 극적 수법에 해당합니다. 간접 재현이란 캐릭터의 어떤 특성에 대해 직접 언급하는 것이 아니라 인물들의 말과 행동을 있는 그대로 제시함으로써 캐릭터를 구성하는 것을 말합니다. 그러므로 작품의 독자나 관객은 객관적이고 비개성적인 극적 제시를 통해 그리고 극화된 캐릭터의 행동, 담화, 환경, 외양을 통해 작중인물의 성격과 기질, 그리고 행동의 배후에 숨겨진 의도를 추측할 수 있을 뿐입니다. 이밖에 캐릭터 구성을 강화하는 또 한 가지 방법은 명칭과 풍경 혹은 인물간의 유사성과 대조성과 관련한 유추가 있습니다. 이를 테면 등장인물이나 어떤 사물 혹은 인물과 인물 사이에 관련된 이름의 형상이나 청각적인 요소와 관련한 어떤 비유 혹은 주요 특질의 암시라든지 우화적이거나 비우화적인 어떤 의미론적 연결을 통해 캐릭터를 구성하는 것입니다. 다만 이것은 비교되는 두 요소 사이의 유사한 측면과 대비적인 측면의 강조를 통해 캐릭터의 성격이나 특성을 제시할 뿐입니다.

물론 문학작품을 영화로 만들 때 등장인물을 영화적으로 표현한다는 것은 많은 어려움이 따릅니다. 문학작품에서는 언어 매체를 통해 독자의 상상 속에 존재하던 등장인물을 영상 언어를 통해 시각적으로 재현해야 하기 때문입니다. 안드레이 타르코프스키에 따르면 영화의 한 쇼트 속에는 극중 인물의 심정이 진실 되게 나타나 있어야 하며, 극중 인물의 심정은 두 가지일 수 없습니다. 감독은 극중 인물의 심정을 분류해내고 배우들은 이를 묘사해 내면 되는 것입니다. 영화배우는 카메라 렌즈 앞에서 그 때 그 때의 극적 분위기에 맞는 연기를 확실하고도 직접적으로 해 내지 않으면 안 됩니다. 연극이 배우의 작업에 있어서 사변적이면서도 분석적인 것이 크게 중요시되면서 극중 인물들 서로간의 영향력, 배우적인 행동과 그 동기의 보편적인 윤곽을 도출해내는 것이 중요한 반면, 영화에서는 장면의 순간적인 상황과 극중 인물들의 심리 상태와 정신 상태가 얼마나 진실하게 표현되는가 하는 것이 문제가 됩니다.[60]

또한 영국의 소설가 그레이엄이 대본을 쓰고 캐롤 리드가 감독을 맡은 〈제3의 사나이〉에서 해리 라임 역을 맡은 오손 웰즈의 연기는 영화사에 길이 남을 명연기 가운데 하나입니다. 앙드레 바쟁의 설명을 들어보겠습니다.

이제까지 그가 연기했던 배역들은 모두 '창조된 성격'의 인물들이었다. 심지어 (시민) 케인조차도 말이다. 그가 가발도 쓰지 않고 분장도 하지 않은 채 해리 라임을 연기했다는 사실은 중요한 의미를 담고 있다. 코트 깃을 세우고 문간에 서 있는 모습을 담은 장면은 그가 그대로 자신의 인생 밖으로 걸어 나가고 있다는 느낌을 주었다. 그러나 무엇보다도 그린이 쓴 대본에서 화젯거리가 되는 것은 주인공의 애매모호한 성격과 전쟁으로 황폐해진 이 세상을 동일시했다는 점이다. 당시의 환멸스러운 낭만주의와 조화를 이루는 잘생긴 악한, 시궁창의 대천사, 선악의 경계 지역을 배회하고 다니는 무법자, 사랑 받을 가치가 있는 괴물, 이렇듯 여러 가지로 불리는 해리 라임/웰즈는 단순히 영화의 일개 등장인물이 아니다.[61]

---

60 안드레이 타르코프스키, 182쪽, 194쪽.
61 앙드레 바쟁, 『오손 웰즈의 영화미학』, 현대미학사, 1996, 148쪽.

영상시대의 문화코드: 삶, 문학 그리고 영화

그러므로 특히 배우의 개성적인 혹은 비개성적인 제스처나 몸동작은 작품의 의미를 살리고 죽이는데 큰 비중을 차지하게 되는 것입니다. 앤 라이스의 소설을 영화로 만든 〈뱀파이어와의 인터뷰〉를 그 예로 들 수 있습니다. 평자들은 톰 크루즈와 키아누 리브스가 주연한 이 영화를 문학작품의 등장인물을 잘못 이해했거나 배우 선정에 완전히 실패한 대표적인 경우라고 말합니다.

박영한의 원작 소설을 영화로 만든 『우묵배미의 사랑』도 소설에서 그려지고 있는 주인공의 이미지에 맞지 않는 배우 캐스팅의 한 사례라 하겠습니다. 특히 원작 소설이 기를 쓰고 살아봐야 뾰족할 것이 없는 서민들의 삶에 초점이 맞추고 있는 반면, 영화는 주 플롯이 배일도와 공례의 사랑임에도 불구하고 엉뚱하게도 배일도와 미스 민의 불륜에 초점을 맞추어 유부남 유부녀의 선정적인 불륜을 도주와 추적의 고전 서사 패러다임의 틀에 담아 끌고 가고 있을 뿐입니다. 주인공 배일도는 땅딸막할 정도로 키가 작고 맷집이 좋으며 다부진 몸집으로 삶의 온갖 풍상을 겪은 인물입니다. 여기에 여자관계도 복잡한데다 과묵함이나 진지함, 책임감과는 거리가 먼 배일도는 단순한 성격에다 불같은 열정을 가진 인물입니다. 영화에서 배일도 역을 맡은 박중훈의 캐스팅은 그가 보여주는 특유의 곱살 맞은 연기로 작품의 유머러스한 측면을 살려내고 있지만 강단이 있으면서도 비굴하고, 나름대로 진실이 있지만 삶에 찌든 배일도를 연기하기에는 부족한 면이 없지 않습니다.[62]

그러므로 문학작품이 영화화되는 경우 등장인물들이 어떤 이유와 기준에 의해 재설정되고 형상화되는지는 많은 연구와 검토가 필요하다 하겠습니다. 등장인물들 가운데 어떤 인물들이 추가되기도 하고 생략되고 변화되

---

[62] 김수이, 「들풀의 사랑」 『소설 구경 영화 읽기』, 문학사 연구회, 청동거울, 1999, 149쪽.

기도 하는 과정에서 작품의 성격이 결정되기 때문입니다. 다시 말해서, 대중 영화에서 이 같은 수정은 캐릭터 중심의 장르적 성격을 보다 뚜렷이 하기 위한 목적이 가장 큰 이유인데, 그것은 장르적 성격의 결정은 작품의 플롯, 주제, 그리고 캐릭터의 성격화의 측면에 가장 많이 의존하기 때문이라 하겠습니다.

서사의 시점

작품의 장르적 성격과 특성과 관련하여 작품 내에서 전개되는 이야기의 사건과 상황은 시점에 따라 달라질 수 있음을 유념해야 합니다. 문학과 시각예술에 있어서 중요한 위치를 차지하는 시점은 말 그대로 이야기되는 혹은 그려지는 상황·사건이 제시될 즈음의 지각·인식상의 위치를 말합니다. 이를테면 나무보다 높은 곳에 위치한 창밖으로 내려다본 나무는 지극히 일상적이고 평범할 수 있지만 나뭇가지 속에 웅크리고 앉은 소녀의 눈을 통해 바라다본 나무는 매우 주관적인 관찰의 대상으로 보일 수 있습니다. 시점은 이와 같이 세계를 바라보고 지각하고 판단하는 눈이자 척도로서 이 경우 세계는 바라보는 자의 지각과 판단의 텍스트가 됩니다.

예술작품에서 시점은 장르별로 약간의 차이가 있습니다. 대체로 시가 매우 사적이고 주관적인 시점을 지니고 연극이 무대 위에서 벌어지는 사건에 대해 비교적 객관적인 시점을 유지하는 반면, 소설은 매우 복합적이고 다양한 시점의 유형이 존재하며 이들 시점들은 상호관련을 맺으며 발전해 갑니다. 영화는 대체로 전지적 시점을 사용하긴 하지만 소설과 마찬가지로 주관적 시점 쇼트(일인칭)와 객관적 쇼트(삼인칭)가 혼용된 다양한 시점들이 존재하며 이들 시점들의 갈등과 대치를 통해 긴장감 있는 드라

영상시대의 문화코드: 삶, 문학 그리고 영화

마가 펼쳐집니다. 그러므로 시가 화자를 통해 일관된 시점을 유지하는 반면, 소설과 영화는 다양하고 정교한 시점을 통해 이야기되는 상황과 사건을 극적으로 전개하는 것입니다.

시점은 대체로 내적 시점과 외적 시점으로 나뉠 수 있고, 일인칭 시점과 삼인칭 시점으로 구분할 수 있습니다. 시점은 또한 묘사와 서술이 주관적이냐, 객관적이냐에 따라서 혹은 중심인물 또는 주변인물에 의해 전개되고 있는가에 따라서도 달라질 수 있을 것이고, 화자가 관찰자의 위치에 있는지 혹은 전지적 위치에 있는지에 따라서도 시점은 달라질 수 있습니다. 그래서 작품은 작중 인물의 생각과 눈을 통해 사건이 전개되고 이해되는 일인칭 시점을 취할 수도 있고 또는 그 반대로 삼인칭 시점을 취할 수도 있습니다. 삼인칭 시점은 사건과 행위를 보고 듣고 인지하고 제시하는 데에 전혀 구애 받음이 없는 삼인칭 전지적 시점을 택하는 경우도 있고, 등장인물들의 내면세계에 동화되지 않은 채 객관적인 제 삼자의 위치를 유지하면서도 주된 한 두 인물에 초점을 맞추는 제한된 삼인칭 시점을 취할 수도 있습니다.

문학의 경우에 시점 유형은 비평가에 따라 매우 다양하나 대체로 다음의 분류는 문학과 영화의 시점 이해에 유용하다 하겠습니다.

시점의 유형 I (클리언스 브룩스)

종류	내적 묘사	외적 묘사
일인칭 서술	일인칭 시점	작자 – 관찰자 시점
	디킨즈의 『위대한 유산』	헤밍웨이의 『흰코끼리 같은 산들』
삼인칭 서술	일인칭 관찰자 시점	전지적 작가 시점
	피츠제럴드의 『위대한 개츠비』	토마스 하디의 『테스』

시점의 유형 II (프리드만)

종류	주요 특징	주요 작품
편집자적 전지	전지적, 개입적 서술화자	하디의 『테스』
중립의 전지	전지적, 비개입적 비개성적 화자	골딩의 『파리대왕』
관찰자로서의 나	상황, 사건의 주변적 관찰자	피츠제럴드의 『위대한 개츠비』
주인공으로서의 나	보고되는 행동 속의 주인공	마크 트웨인의 『톰 소여의 모험』
다원선택적 전지	부정 내적 시점(이종서술화자)	버지니아 울프의 『등대로』
선택적 전지	고정 내적 시점(이종서술화자)	제임스 조이스의 『젊은 예술가의 초상』
극적 양식	외적 시점 수반(이종서술화자)	헨리 제임스의 『사춘기』
카메라의 눈	서술 상황, 사건의 중립기록자)	이셔우드의 『베를린이여 안녕』

　　영화의 시점은 카메라가 피사체를 기록하는 거리와 각도 그리고 태도와 관련된 것이라는 점에서 자연스럽게 전지적 관점과 서술이 주조를 이루는 것이 사실상 불가피한 일입니다. 문학에서는 서술의 일관성을 유지하기 위해 시점간의 구별이 대체로 엄격하게 지켜지는 반면 영화에서는 다양한 영화적 연출과 효과를 위해 일인칭 서술과 전지적 서술의 복잡한 결합을 흔히 볼 수 있습니다. 이를테면 카메라는 한 가지 피사체의 반응에 집중할 수도 있고(클로즈업), 동시에 여러 피사체의 반응을 포착할 수도 있습니다(롱 쇼트). 또한 동시에 서로 다른 시간대와 장소를 연결하거나(병행 편집), 상이한 시간대와 장소를 겹칠 수도 있습니다(디졸브).

　　특히 고전적 영화의 연속성 시스템에서 시점 편집에 관련된 시점 쇼트는 작중인물의 시점에서 포착한 쇼트로서 그의 시각을 반영하면서 그가 본 것을 그대로 보여줍니다.[63] 시점 쇼트는 시선연결eyeline match과 결부하여

---

[63] 존 벨튼, 59쪽.

영상시대의 문화코드: 삶, 문학 그리고 영화

작중인물의 주관적 시각을 반영하여 관객이 인물의 심리를 파악하게 하는
데 중요한 역할을 차지합니다. 이를테면 하일지의 소설을 원작으로 한 장
선우 감독의 『경마장 가는 길』은 지식인 사회의 기만적이고 비열한 대립
의 모습을 카메라의 자유로운 주관적 시점 쇼트로 드러냅니다.[64]

영화는 시점에 따라 그리고 주어진 리얼리티의 상황에 따라 특정 장면
의 의미가 어떻게 달라질 수 있는가를 문학보다 매우 실감나게 제시할 수
있는 장점이 있습니다. 일례로 구로자와 아키라 감독의 〈라쇼몬〉(1951)을
살펴보겠습니다. 이 영화는 일본의 소설가 아쿠다카와 류노스케가 쓴 단편
소설 『라쇼몬』(1915)과 『숲속에서』(1921)를 수정, 각색하여 만든 것입니다. 내
용은 이렇습니다. 숲 속에서 한 무사가 살해되고 그의 아내가 강간당하는
사건이 발생합니다. 이후 절반쯤 쓰러져 가는 라쇼몬에서 승려와 나무꾼,
행인이 그 사건을 회상합니다. 이후 법정에서는 살인과 강간 사건에 대한
증언이 이어집니다. 살인과 강간혐의로 붙잡혀온 산적, 무사의 아내, 무당
을 통해 증언하는 죽은 무사의 혼백, 그리고 목격자인 나무꾼의 증언이 각
기 다른 시점을 통해 관객에게 제시됩니다. 이들의 회상은 일견 공정하고
객관적인 것으로 보이지만 극이 다 끝난 후에도 사건의 진실은 모호하게
남으면서 영화는 리얼리티의 객관성과 진실성이 무엇인지에 대해 끊임없
이 의문을 제기하게 합니다.[65]

미켈란젤로 안토니오니와 빔 벤더스가 공동으로 감독한 영화 〈구름 저
편에〉(1995)에 등장하는 극중 감독이자 등장인물이기도 한 존 말코비치는
서로 다른 네 개의 에피소드로 이루어져 있는 영화의 화자이자 관찰자입
니다. '존재하는 것은 이미지로 표현할 수밖에 없다'는 영화대사처럼 감독

---

[64] 김정룡, 『우리 영화의 미학』, 문학과지성사, 1998, 104쪽.
[65] 토머스 소벅 외, 『영화란 무엇인가?』, 거름, 1998, 129쪽.

의 영화철학을 충실히 반영하는 미켈란젤로 감독의 분신이기도 한 존 말코비치는 상승과 하강을 반복하는 카메라의 유려한 움직임을 통해 관찰자에서 극중 인물로 변모하는 가운데 영화의 시점을 관찰자의 제한적 시점과 객관적 시점을 왕복하게 합니다. 궁극적으로 영화는 주체와 객체 사이를 오가면서 외양과 사물의 이미지를 관찰하는 카메라의 다양한 시점을 보여주고 있는 것입니다.

미국 내 중국인 이민 세대와 후속 세대 간의 갈등을 다룬 중국계 미국인 작가 에이미 탄의 소설을 영화로 만든 웨인 왕 감독의 〈조이럭 클럽〉(1993)도 작중 인물들의 다양한 시점을 반영한 에피소드 형식의 영화입니다. 모진 고생 끝에 미국에 정착한 어머니 세대의 회고담은 세대 간의 갈등을 내포한 현실의 이야기와 부딪히고 뒤섞이면서 모두 16개의 다양한 관점의 에피소드를 이끌어내고 있습니다. 같은 맥락에서 이미지가 세계의 창이고 카메라의 일차적 본질이 이미지의 포착이라면 웨인 왕 감독이 만든 또 다른 영화 〈스모크〉(1994)는 조금 다른 시각을 보여줍니다. 폴 오스터의 소설을 토대로 뉴욕의 일상을 다룬 이 영화는 14년 간 매일 아침 8시에 같은 장소에서 같은 곳을 향해 카메라의 셔터를 누르는 오기를 통해 매일 반복되는 변함없는 일상의 이미지라 하더라도 그것은 결코 똑같을 수 없다는 점을 상기시켜 줍니다.

타르코프스키에 의하면 영상이란 오직 구체적인 것을 묘사할 뿐입니다. 영상은 어떤 대상에 대한 자신의 느낌을 하나의 관찰로 표현해 낼 수 있는 능력을 갖추고 있어야 하지만 그러한 형상이 삶의 진실을 표현하고 있는 요소들을 갖고 있고, 삶의 가장 보잘것없이 평범한 현상 속에도 담겨져 있는 독특하고 유일무이한 일회성을 형상에게 부여해 주는 요소들을 갖고 있을 때만이 형상은 성실성을 확보하게 될 것입니다.[66]

작품에 따라 시점은 다양할 수 있습니다. 하지만 또한 특정 장르나 매체는 그 장르나 매체의 특성으로 인하여 기본적으로 시점을 다루는 방법이 다르다는 사실도 주지할 필요가 있습니다. 시, 소설, 단편 소설과 같은 문학작품은 언어에만 의존하는 언어 매체이며, 연극은 언어와 무대공간을 활용하는 공연예술이며, 영화는 언어와 영상 이미지를 담아내는 영상공간을 적극적으로 사용하는 시청각 매체입니다. 그러므로 영화와 문학작품을 비교할 때 영화의 영상 이미지는 문학작품의 시점을 어떻게 영상 이미지로 연출하는지 많은 연구가 필요하다 하겠습니다.

서사 언어

문학이든 영화이든 작품의 성격을 결정하는 일차적인 핵심 요소는 언어라 할 수 있겠습니다. 언어를 구사하고 전달하는 방법과 형태뿐만 아니라, 시인의 예술적 감정을 표현하는 섬세한 시적 운율의 언어에서부터 일상의 산문에 이르기까지 언어의 내용과 스타일은 실로 복합적인 것이라 할 수 있겠습니다. 예를 들어 셰익스피어 희곡의 시적인 대화체 언어는 그것의 시적 운율과 문장의 구조를 통해 인간의 복잡 미묘하고도 모순된 언어체계라든지 감정과 심리 상태 등을 매우 잘 표현하고 있습니다.

이와 같은 시적 리듬을 비롯한 문학성은 영화에서도 얼마든지 찾아볼 수 있습니다. 시각 언어로서 영상 이미지의 기능도 물론입니다. 이를테면 안드레이 타르코프스키의 자전적 영화 〈거울〉은 제목에서 이미 관조적이고 자아 반영의 분위기를 감지할 수 있습니다. 감독 자신의 어린 시절과 가족 관계에 대한 기억을 비롯해 여러 겹의 삶을 서정적 기법과 영화 곳곳

---

66 안드레이 타르코프스키, 129쪽.

에 삽입되어 있는 시사적이고 정치적인 뉴스 영화 필름의 혼재 속에 탁월한 예술적 감각으로 그려내고 있어 마치 전위적인 아방가르드 시를 읽는 기분이지만 영화의 내면 풍경을 담은 영상은 매우 서정적입니다. 타르코프스키의 영화는 문학 언어이든 영화 언어이든 간에 언어란 표면적인 의미뿐만 아니라 함축적인 의미를 지니며 또한 비유와 수사적 기법을 항상 활용한다는 사실을 일깨워 줍니다. 그러므로 그것이 무엇이 되었든, 서사의 핵심 요소로서 언어는 다양한 언어 전달의 방식과 형태를 통해 작품의 성격과 스타일을 결정하게 됩니다. 서사의 틀 안에서 독자와 관객에게 전달되는 이야기의 매체로서 언어는 영화의 자막에서부터 작중인물의 대화에 이르기까지 언어의 쓰임새와 스타일의 양상은 실로 무궁무진하기 때문입니다.

외연과 내포

표면적인 의미, 즉 외연이란 어휘 혹은 문장이 일차적으로 뜻하는 것을 가리키는 것으로 고정되고 한정된 기존의 사전적 의미를 말하는 것입니다. 이에 비해 함축적인 의미, 즉 내포란 그 특정 낱말이나 문장이 사람들에 의해 계속적으로 사용됨으로써 추가된 사전적 의미를 넘어선 이차적이거나 연상적인 의미를 나타냅니다. 예술언어는 판에 박은 듯이 고정된 의미를 넘어 보다 개성적이고 구체적인 언어를 추구하기 위해 하나의 낱말이나 문장 속에 가능한 많은 뜻을 담으려고 노력합니다. 이와 반대로 독자나 관객 그리고 비평가는 작품 속에 내재된 다양한 맥락을 찾아내려고 하는 것입니다.

게리 마샬의 『귀여운 여인』을 통해 표면적 의미와 함축적 의미를 좀 더 살펴보도록 하겠습니다. 잘 알려진 것처럼 영화는 사업차 일주일 동안 로스앤젤레스에 온 한 대기업 중역이 우연히 만난 그 지역 창녀를 고용하여 단지 사업상 모임에 동행하는 대가로 수천 달러를 지불하고 그 와중에 실제 사랑에 빠진다는 내용입니다. 그래서 영화의 표면적인 의미는 고전적인 신데렐라 이야기를 현란하게 치장하여 가난한 거리의 매춘여성이 고단한 삶으로부터 벗어나 돈 많은 남성에게 구원받는다는 이야기를 담은 동화 같은 로맨틱 코미디입니다.

그런데 영화에서 보여주는 남녀 간의 계약은 남성위주의 사회에서 여성이 처한 위치 이를테면 여성은 "미모와 재능으로 그들을 소유한 남자들의 위상을 높여주는 기능을 하는 매춘부로서 기능하는 사고파는 소모품"이라는 숨은 위치를 드러낸다는 점 때문에 반 페미니즘 영화로 많은 비판을 받기도 합니다.[67] 또한 비록 비현실적인 허구적 로맨스를 믿지는 않지만 빛나는 갑옷을 입은 백마 탄 기사가 와서 자신을 구원해 주리라는 판타지를 여성 스스로가 꿈꾸고 있고 또 현실에서 그것이 실현되기를 바라는 관객들의 내면에 숨은 욕망을 충족시켜주는 영화이기도 합니다.

그러나 주목해야 할 점은 손으로 음식을 집어먹을 정도로 천진하고 동물 같은 모습의 저급한 하층민 여성이 엄청난 계급 상의 차이를 극복하고 빛나는 갑옷을 입은 기사에게 구원받는다는 내용의 이면에는 남성은 여성을 제대로 된 사람으로 변화시키고 그렇게 함으로써 이번엔 여성이 남성을 인간으로 변화시킨다는 기만적인 의미가 숨겨져 있을 수 있다는 것입니다. 그러므로 부유한 남성과 거리의 여성이 상호 호혜적인 관계를 맺고 있다고 가정하는 것 자체가 매춘여성과 매춘하는 남성 사이에 내재된 권력 관계를 감추고 회피하는 것임을 주지해야 할 것입니다.[68]

---

[67] 존 벨튼, 154쪽.

비유

영화와 문학은 앞서 살펴본 표면적이고 함축적인 의미를 담기 위해 혹은 어떤 생각이나 감정 상태를 표현하기 위해 여러 가지 구체적인 이미지를 활용하기도 합니다. 이를테면 묘사와 인유 혹은 직유와 은유와 같은 보조 관념을 활용하거나 지시된 감각적 지각의 대상이나 특질을 뜻하기 위해 다양한 이미지를 작품 안에 도입하는 것입니다. 사실 영화에서 직접적인 의미 전달을 넘어서서 여러 의미를 제시하고자 하는 예술적 시도와 비유적 기법을 비롯하여 장치와 소품 모두는 사실상 상징적이라 할 수 있습니다. 타르코프스키가 상징을 형상의 맥락에서 이해하고 있는 것처럼 상징이라는 것은 넓은 의미에서 그 자체 이외의 것을 뜻합니다. 여기서 타르코프스키의 말을 들어보겠습니다.

상징은 그 의미하는 바가 무한하게 풍부하거나 비밀스런 (신비한) 언어로, 말로 표현할 수 없는 그 무엇을 암시해 주는 경우에만 진정한 상징이 될 수 있습니다. 상징은 항상 여러 가지 모습을 갖고 있으며 여러 가지 의미를 갖고 있고 심오합니다. [⋯] 상징은 심지어 하나의 단자單子와 같은 것이며 바로 이 점이 복잡하고 다양한 우화 또는 비유와 구별되는 점입니다. 상징이란 불가해한 것이며 말로 재현할 수 없는 것입니다.[69]

그래서 상징은 모든 구체적인 사물이 상징으로 쓰일 수도 있지만 예민한 관객에게는 비교적 확실하게 느껴지는 부가적 의미를 품고 있는 것으로 느껴질 수 있습니다.[70] 특히 문학의 관점에서 상징은 추상적이고 기본적이

---

68 수잔나 월터스, 『이미지와 현실 사이의 여성들』, 또 하나의 문화, 1999, 172쪽.
69 안드레이 타르코프스키, 129쪽.
70 루이스 자네티, 『영화의 이해』, 현암사, 389쪽.

영상시대의 문화코드: 삶, 문학 그리고 영화

며 보편적인 대립이나 의미를 표상하기 위해 특정 어휘나 이미지를 사용하는 경우이며, 한 나라의 국기는 그 국가가 추구하는 믿음의 상징이 되는 것입니다. 협의적 의미의 상징이 과학 분야에서 불가결한 것이라면, 규정을 통해서가 아니라 인간의 타성으로 고정된 협의적 의미의 상징은 은유에 가깝습니다. 이에 비해 생동적인 의미작용으로서 복합적인 연상 작용에 의해 생성되는 상징은 이른바 긴장 상징이라 부르는 것으로 이것은 본질적인 긴장감의 생동성이 복합적인 연상작용에 의해 생성되므로 보다 탄력적입니다. 이것의 분류와 주요 특징을 간단히 도표로 설명하면 다음과 같습니다.[71]

특정시의 주도적 이미지	특정 시 안에서의 주도적 이미지 기능
개인 상징	특정 개인의 의미심장한 개인 상징
조상 전래의 활력 상징	고전 문헌에 바탕을 둔 상징
문화 의미 영역의 상징	특정 문화권 전체의 의미적 상징
원형 상징	인류 보편적으로 동일 유사한 의미 상징

그렇지만 영화는 문학에서 기능하는 것을 글자 그대로 해석하고 표현하는 경향이 있습니다. 시각적 영상미를 추구하는 영화는 필연적으로 재현적이기 때문에 대상이 상징적 의미를 획득하기는 매우 어렵습니다. 그러므로 멜빌의 소설을 영화로 만든 『백경』의 거대한 흰 고래라든지 혹은 재난영화가 인기를 끌던 70년대에 만들어진 대작영화의 효시라 할 수 있는 『죠스』에 등장하는 공포의 거대한 상어에서 쉽게 알 수 있듯이 그 상징의 층위와 깊이는 다를 수밖에 없으며, 이때 상징은 필연적이라기보다 약간은

---

71 필립 윌라이트, 『은유와 실재』, 문학과지성사, 1982, 94-113쪽 참조.

자의적인 것이라 할 수 있습니다. 그러므로 어떤 인물이나 상황에 대한 특별한 상징적 의미가 일대일 대응관계에서 우화적으로 부여되는 서사 유형의 경우를 흔히 볼 수 있는데 이것을 보통 우화 혹은 알레고리라고 부릅니다. 앞서 언급한 거대한 흰 고래라든지 상어는 일종의 우화적 상징입니다.

이와 같은 알레고리의 유형에는 대략 두 가지가 있습니다. 일차적인 의미가 주어진 작중인물과 행동이 역사적 인물이나 사건을 나타내는 역사적·정치적 알레고리가 있고, 다음으로는 그 의미가 작중인물이 죽음이나 아름다움과 같은 추상적 개념을 나타내는 관념의 알레고리가 있습니다. 영화 역사상 아마도 가장 유명한 알레고리의 예는 죽음의 천사를 등장시킨 스웨덴의 베르그만 감독이 만든 〈일곱 번째 봉인〉이 아닐까 합니다. 그리고 빔 벤더스의 〈베를린 천사의 시〉로 대표되는 70년대 독일의 뉴저먼시네마 감독들의 영화에도 우화적 서사가 유행한 적이 있습니다.

그런데 문학과 영화에서 가장 흔하게 찾아볼 수 있는 비유 장치는 아마도 인유가 아닐까 합니다. 이것은 보통 잘 알려진 인물이나 사건 또는 다른 예술 작품의 구절이나 일부분을 노골적으로 혹은 암시적으로 인용하는 것을 말합니다. 루이스 자네티에 따르면 "한 영화에서 다른 영화나 감독 혹은 인상에 남는 숏을 공공연하게 지칭하거나 인유하는 것은, 그런 영화나 감독에 대한 경의를 표시하기 위함이다. 이는 다른 작품을 언급하여 영화감독이 동료 감독이나 유명한 거장에게 바치는 품위 있는 찬사이다. 이렇게 영화 속에서 찬사를 바치는 것은 고다르와 트뤼포가 유행시켰는데, 그들의 영화에서 많이 발견할 수 있다"는 것입니다.[72]

물론 인유 자체가 인유 하려는 영화나 감독 혹은 심지어 영화 음악과 줄거리 자체를 비롯한 다양한 요소들이 존경이나 찬사가 아닌 서사적 의

---

[72] 루이스 자네티, 『영화의 이해』, 현암사, 392쪽.

미를 강화하기 위한 목적으로 사용되는 사례는 얼마든지 찾아볼 수 있습니다. 이를테면 영화 〈나 홀로 집에〉에서 가족들 모두 성탄 휴가를 떠난 채 집에 혼자 남게 된 주인공 케빈이 피자를 배달 주문하는 장면에서 비디오를 이용하여 마이클 커티스 감독이 1938년에 만든 갱스터 영화 〈더럽혀진 얼굴의 천사〉에 나오는 대사를 교묘히 접목시켜 마치 집안에 다른 사람이 있는 듯 배달원을 대하는 장면은 코믹 장면의 압권입니다. 또한 가장 최근에는 제프리 에이브럼스 감독의 공상과학영화 〈슈퍼에이트〉는 우연이라 하기에는 봉준호 감독의 〈괴물〉과 많이 닮았습니다. 그리고 두 영화 모두 스티븐 스필버그의 영화들과도 많은 부분을 공유하고 있습니다. 실제로 미지의 괴물 생명체를 다룬 소재라든지 가족 중심의 캐릭터는 스티븐 스필버그의 단골 서사 구조이기 때문입니다.

인유가 일종의 인용이라면, 은유는 특정 어휘를 사용하여 그 어휘가 지닌 본래의 의미와는 사뭇 다른 무언가를 표현하는 경우를 말합니다. 은유는 대략 치환 은유와 병치 은유로 구분할 수 있습니다. 전자는 하나의 사물에 다른 사물의 이름을 전이하는 것으로서 유사성에 근거를 둔 것이고, 이와는 달리 후자는 병렬과 조합의 의미론적 변용을 통한 것입니다. 치환 은유는 가치 있고 중요하지만 아직 모호하고 불확실한 것(원 관념)으로부터 상대적으로 보다 구체적인 것(보조관념)으로 옮겨지는 의미론적 이동을 특징으로 하는데 여기에는 형태에 따라 단순 은유, 확장 은유, 액자의 세 가지 은유로 구분할 수 있습니다. 가령 "시간의 새"라는 표현은 시를 의미하는 것이 아니라, 쏜살같이 흐르는 시간을 뜻한 것으로 전형적인 단순 은유의 예인 것입니다. 반면에 한용운의 『님의 침묵』에 나오는 "만금의 꽃같이 굳고 빛나던 옛 맹서는 차디찬 티끌이 되어서 한숨의 미풍에 날아갔습니다"와 같은 구절은 네 개의 비유가 들어있는 대표적인 액자 은유의 예입니다. 세 번째로 확장 은유는 하나의 원 관념이 여러 개의 보조 관념으로 전이되어 의미 변용과 확대가 이루어지는 경우를 말합니다. 치환 은유가 이렇듯이 유사성에 기초한 은유라면 병치 은유는 대체로 서로 다른 이질적인 사물들이 갖는 이미지의 병치와 통합을 통해 새로운 예술적 효과를 기대하는 은유를 일컫습니다. 이해를 돕기 위해 앞서 설명한 은유의 유형과 특징을 도표로 정리해보면 다음과 같습니다.

은유의 유형		
치환은유	단순	단일 원관념 + 단일 보조관념
	확장	단일 원관념 + 복수 보조관념
	액자	은유 속의 은유
병치은유	병렬과 조합	

몽타주

영화에도 이와 유사한 은유적 효과를 이미지의 병치를 통한 몽타주 기법에서 쉽게 찾아볼 수 있습니다. 몽타주는 영화의 시각적 비유와 은유를 잘 드러내는 편집 기법 가운데 하나이기 때문입니다. 즉 편집은 영화에서 은유의 원천이라 할 수 있겠습니다. 영상이 한 단위 화면 속에서 시간의 흐름을 재생해 주는 리듬에 전적으로 속해 있고 리듬이 영화의 형식을 빚는 결정적인 요소라면, 몽타주란 시간의 흐름에 변화를 주는 리듬적 표현인 것입니다.[73] 이때 분리된 이미지의 병치(이미지의 충돌 혹은 연결)를 통한 몽타주는 궁극적으로 새로운 의미를 창출하기 위한 것이라 말할 수 있

---

[73] 안드레이 타르코프스키, 149쪽, 152쪽.

영상시대의 문화코드: 삶, 문학 그리고 영화

겠습니다. 그렇지만 몽타주가 반드시 시각적인 은유 효과를 내기 위한 것만은 아닙니다. 몽타주는 이를테면 영화적 서사시간을 압축하거나 악인과 주인공을 대비하는 극적 긴박감 같은 영화적 분위기와 역동성을 만들어내기 위해 혹은 부드럽고 원활한 장면전환을 위해 사용되기도 합니다.

몽타주의 종류는 구성과 움직임, 반복, 리듬, 그리고 내용에 따라 그 종류가 다양하다 하겠습니다. 이 가운데 영화적 세부 묘사와 시각적 은유를 잘 드러내는 것으로는 내용에 의한 몽타주일 것입니다. 여기에는 먼저 서로 연관된 내용을 가진 유사한 이미지 숏의 병치를 통한 몽타주 시퀀스가 있고, 이와는 반대로 내용이 완전히 다른 이질적 내용을 가진 이미지 숏의 병치를 통한 몽타주 시퀀스가 있습니다. 후자는 세르게이 에이젠슈테인이 지적 몽타주라고 부른 것으로 서로 관련 없는 이미지의 대조와 충돌을 통해 관객에게 새로운 관념을 이끌어내기 위한 것입니다.

그는 편집이란 이미지들의 결합이 아니라 이미지들의 충돌과 관련이 있다고 말했습니다. 이를테면 에이젠슈테인의 영화 〈파업〉에서 노동자들이 소처럼 학살당한다는 관념을 강하게 제시하기 위해 노동자들의 학살 장면 사이에 도살되는 소의 숏을 끼워 넣은 장면이 대표적인 몽타주 시퀀스입니다. 영화의 편집 기법 가운데 가장 인위적인 기법 가운데 하나인 몽타주는 숏의 의미가 숏 내부에 있는 것이 아니라 숏과 숏의 이미지 병치에 있음을 잘 보여주는 것이라 하겠습니다.[74]

편집

사실 영화에 있어서 복합적인 의미전달은 언어를 통해야 하지만 영화

---

[74] 토마스 소벅 외, 『영화란 무엇인가?』, 거름, 1998, 148쪽.

는 이처럼 문학을 넘어선 다양한 서사 구축 과정으로서 영화 고유의 작업 과정을 통해, 이를테면 영상이미지의 포착과 구성이라든지 음향과 영상이미지의 편집과 같은 영화 고유의 형식 기술과 스타일을 통해 서사 내의 복잡 미묘한 의미 전달이 가능하다는 것도 주지할 필요가 있을 것입니다. 왜냐하면 영화의 숏shot, 장면scene, 그리고 시퀀스sequence는 컷과 장면전환과 함께 기본적인 영화의 서사 언어를 구성하고 있는 것으로서 말하자면 단어, 문장, 단락에 해당하는 것들인데, 이는 영화와 문학이 갖는 공통점을 지적하는 것이기도 하지만 한편으론 영화 고유의 기법과 스타일을 통한 세밀한 의미 전달의 가능성을 강조하는 비유이기도 하기 때문입니다.

숏shot은 보통 카메라가 찍기 시작한 순간부터 멈출 때까지의 연속된 하나의 화면 단위, 즉 편집되지 않은 영상을 의미합니다. 영화의 기본 단위인 숏을 특징짓는 구성요소에는 보통 다음과 같은 기술적 측면의 영화 양식이 관계합니다.

(1) 화면 크기와 모양(가로 세로 1.33대 1 비율의 표준 직사각형 화면, 대형화면, TV 화면 등)

(2) 피사계 심도(가까운 거리에서 먼 거리까지 모든 피사체에 초점을 맞추는 딥 포커스deep focus와 가까운 거리의 피사체만을 화면에 담는 프랫 쉐로우 포커스flat shallow focus)

(3) 필름 속도(느린, 빠른, 보통의 속도)

(4) 카메라의 거리에 관련된 숏의 범위(상당히 먼 거리에서 광범위한 대상을 보여주는 익스트림 롱 숏, 상당히 큰 사물의 전부 혹은 대부분을 보여주는 롱 숏, 무릎이나 허리 위에서부터 인물을 잡는 미디엄 숏, 피사체의 크기를 확대하여 보여주는 클로즈업, 피사체의

일부를 극단적으로 세밀히 보여주는 익스트림 클로즈업 등. 롱 숏
의 일종인 딥 포커스 숏은 보통 와이드 앵글 렌즈로 촬영하므로 와
이드 앵글 숏이라고도 불리며 가까운 거리, 중간 거리, 먼 거리의
피사체를 동시에 포착하므로 심도가 깊고 여러 층의 초점 거리로
이루어짐.)

(5) 촬영 각도(버즈 아이 뷰, 하이 앵글, 로우 앵글, 카메라가 가슴이나
머리 높이의 위치에서 행동을 바라보는 아이레벨 앵글, 그리고 카
메라를 옆으로 비스듬히 기울이는 사각앵글 등이 있음.

(6) 카메라의 위치와 움직임(카메라를 고정된 축을 중심으로 수평으로
이동하며 촬영하는 팬 숏pans), 카메라가 360도 회전하는 순환 숏,
그리고 빠른 팬으로 순간적으로 희미해지는 스위시 숏이 있음. 고
정된 축을 중심으로 카메라가 수직으로 움직이면 틸트 숏tilts, 이와
반대로 이동 차(달리)에 카메라를 싣고 피사체와 함께 움직이며 촬
영하는 달리 숏dolly, 크레인에 카메라를 설치하여 찍는 크레인 숏,
카메라를 어깨에 메고 들고 찍는 핸드 헬드 숏, 보통 헬리콥터에서
찍는 공중 숏 등이 있음. 이밖에 카메라의 줌 렌즈를 이용하는 줌
렌즈 숏, 일종의 스톱 모션 형태로서 모든 움직임을 일순간에 정지
시키는 영상이미지를 연출하는 정지 숏freeze 등)

(7) 필름의 종류와 영상의 선명도 (천연색 필름 혹은 흑백 필름, 사진의
결, 조명, 조형적 구성)

위에서 언급한 숏의 범위와 세부 항목을 좀 더 이해하기 쉽게 도표로
정리하면 다음과 같습니다.

숏의 범위		세부항목	
거리	클로즈업	변형	익스트림 클로즈업
			미디엄클로즈업
	미디엄숏	변형	미디엄 클로즈숏
	롱숏	변형	미디엄롱숏
			익스트림롱숏
각도	하이앵글숏	변형	버즈아이뷰
	아이레벨 앵글숏		
	로우앵글숏		
	사각앵글숏		
움직임	정지	팬숏	변형	순환팬
				스위시팬
		틸트숏		
	이동	달리숏/트래킹숏	달리(트랙) 인
			달리(트랙) 아웃
			전진 트래킹
			수직 트래킹
		크레인 숏	
		핸드 헬드 숏	
		줌 숏	줌인
			줌 아웃
		정지숏	
		공중 숏	

이러한 영화의 양식/기술적인 다양한 측면들은 각기 독립적으로 혹은 함께 어우러져 활용됨으로써 효과적인 숏을 만들어 냅니다. 숏과 숏을 연

결하는 부분을 컷cut이라고 하며, 의미 부여가 된 숏을 자연스럽고 리듬감 있게 연결·편집하여 일정한 시간, 일정한 장소 혹은 공간에서 벌어지는 사건을 표현한 것을 장면scene이라고 부릅니다.

장면은 보통 공간적 시간적으로 연속적인 행동을 묘사하는 한 개 혹은 그 이상으로 숏으로 구성되므로 영화의 최소 극 단위를 이룹니다. 그렇지만 어떤 인물의 움직임을 길게 추적하면서 길게 찍은 하나의 숏이 장소 또는 행위의 서사 단위 연결을 가능하게 하면서 시퀀스의 기능을 수행하는 경우는 시퀀스 숏이라 부르는데, 통상 플랑 세캉스plan-sequence라고 부르기도 합니다.

시퀀스sequence는 상호 연관적인 일정량의 숏과 장면들을 구성하여 어떤 구체적인 사건이나 개념을 전달하는 영화적 구조 단위를 말합니다. 다시 말해 시퀀스란 공간이나 시간 단위에 따른 하나의 서사 단위를 구성하는 숏 혹은 장면들의 모임으로서 서사 단락에 의해 결정되는 단위를 일컫습니다.

이와 같이 영화를 구성하는 시퀀스의 유형을 알기 쉽게 정리하면 다음과 같습니다.

시퀀스의 유형

	실제적 시간 지속
	연대기적 일관성
영화적 변수	동시다발적 사건
	비연대기적 제시
	에피소드
	몽타주

시나리오적 변수	야외/실내
	낮/밤
	행동, 움직임, 긴장/무위, 정체, 이완
	내면적/집단적, 공적/사적
	인물 하나/둘/집단
연결방식	직선 시퀀스 (인과적)
	연상 시퀀스 (연상적)
	에피소드 시퀀스 (병렬적)

　숏과 장면, 그리고 시퀀스가 영화 언어의 단어와 문장, 그리고 단락에 해당한다면 컷과 장면전환은 각기 분리된 단어와 문장, 그리고 단락을 결합시켜 하나의 의미 있는 영상 이미지로 존재하게 하는 또 다른 영상 언어라 할 수 있습니다. 컷이 두 개의 분리된 숏을 연결하는 것을 일컫는 것이라면, 장면전환은 말 그대로 장면scene에서 장면으로 넘어가는 것인데 여기에는 다양한 방식이 있습니다. 컷의 종류에는 하나의 숏에서 다른 숏으로 직설적으로 혹은 인과관계에 의해 대체되는 단순 컷, 두 개의 대립되는 숏을 결합하는 대조 컷, 동시에 발생하는 두 가지 행위나 (인물의) 이미지를 제시하는 크로스 컷 혹은 평행 컷 등이 있습니다. 이밖에 장 뤽 고다르가 처음 사용하기 시작한 점프 컷은 별도로 어떤 행위에 대해 세부적으로 서술할 가치가 없다고 판단될 때 행위와 행위 사이의 순간적인 비약이나 요약 서술의 목적으로 시도되며 관객에게 영상의 편집이 이루어졌음을 의도적으로 환기시키는 종래의 방식과는 다른 비 관습적인 컷의 일종이라 할 수 있습니다.

　영화에서 주로 사용되는 장면전환의 장치에는 페이드, 디졸브, 와이프,

그리고 아이리스 등이 있습니다. 이것은 연극에서 막과 막 사이에 사용되는 커튼이라든지 혹은 소설의 장chapters과 매우 비슷한 기능을 합니다. 이 중에서 특히 페이드는 영화에서 사용되는 가장 연극적인 장면전환 장치로서 연극에서 시간의 경과를 표시하기 위해 극의 막과 막 사이에 커튼을 사용한다면 영화에서는 페이드아웃과 페이드인, 즉 빛이 어두워지거나 밝아짐에 의거하여 장면전환을 나타냅니다.

이에 비해 디졸브는 한 화면이 사라짐과 동시에 다른 화면이 점차 교체되어 나타나는 기법을 말하는데 만약 두 이미지의 결합이 일종의 상징적이거나 은유적인 의미를 나타낼 경우 이것을 은유적 디졸브라 하며, 두 개의 영상을 동일한 형태나 윤곽으로 결합할 경우 형식 디졸브라 일컫습니다. 와이프는 이를테면 전화 통화하는 두 사람의 모습을 동시에 보여주기 위해 화면이 수직의 선에 의해 분할된 경우에서처럼 수직의 선을 이용해 화면을 가로질러 두 숏을 나누는 방식에 의한 장면전환을 말합니다. 마지막으로 아이리스란 원래 사람의 홍채를 일컫는 말인데 화면에서 열쇠구멍이나 문의 갈라진 틈을 통해 들여다 본 모양을 통한 장면전환의 기법을 일컫습니다.

장면과 시퀀스는 대체로 두 개 이상의 숏 혹은 장면을 연결하는 편집 작업을 통해 만들어집니다. 영화에서 편집이란 서사 구조 내의 위치에 맞게 숏과 장면을 선택하고 배열하고 삭제하는 것을 말합니다. 숏과 장면을 연결할 때 대부분의 고전적 영화에서는 시선 연결과 행위 연결과 같은 편집 컨벤션을 이용하여 편집한 표시를 드러내지 않는 이른바 '연속편집'을 선택합니다. 이러한 영화 편집 방법은 영화와 연극에서 뚜렷이 차이가 납니다. 영화에서는 연속편집 기술로 인하여 관객이 장면전환을 의식하지 못하는 데 반해, 연극 관객들은 무대 위에서 장면이 바뀌는 것을 항상 눈으로 목격하게 되기 때문입니다. 소설을 읽는 독자는 이야기가 매끄럽게 진행된다는 느낌을 대부분 갖게 되는데, 영화의 연속 편집 방법이 그러한 느낌을 겨냥한 이른바 '매끈한 편집'이라고 할 수 있습니다. 하지만 영화나 문학작품 중에는 불연속 편집을 선택하는 경우도 상당수 있습니다. 이를테면 장 뤽 고다르가 〈네 멋대로 해라〉에서 처음 소개한 점프 컷과 같은 비관습적인 불연속 편집은 편집했다는 사실 그 자체를 의도적으로 강조함으로써 모든 행동과 시각에 연결성이 없다는 것에 관객이 관심을 갖도록 하는 편집 방법입니다.

그러므로 편집은 영화 작업 가운데 가장 중요한 요소 가운데 하나입니다. 편집 작업을 통해 영화는 비로소 시적 리듬감과 운율을 표현할 수 있다는 점에서 편집은 창조적인 작업입니다. 영화의 리듬은 단위 화면 속에 포착되어 드러난 촬영 대상의 삶을 통해 전달되며, 리듬은 작품을 양식적 특징으로 치장해줍니다.[75] 이러한 효과는 영화 촬영의 기본 기술인 롱 테이크와 숏 테이크, 그리고 숏과 리버스 숏(역앵글 숏)를 적절히 혼합하여 편집할 때 얻어질 수 있는 것입니다. 리버스 숏은 대화 시퀀스에서 흔히 쓰입니다. 즉 관객이 맥락을 이해할 수 있도록 스토리가 펼쳐질 장소를 조명하는 설정 숏에 이어, 그 장소를 쳐다보는 각기 다른 인물들을 촬영한 여러 개의 리버스 숏들을 연결함으로써 긴장감과 변화, 또한 의미를 부여할 수 있는 것입니다.

이 같은 편집은 러시아의 경우에는 주로 몽타주를 의미하는 것으로 숏을 선택하고 조립하여 영화의 장면과 시퀀스를 형성하는 것을 의미합니다. 이에 비해, 영미권에서는 편집, 즉 커팅cutting 혹은 editing이란 숏을 단계적으로 하나하나 조립하는 것을 의미하는 것으로 전체적으로 고려되는 몽타주와

---

75 안드레이 타르코프스키, 151쪽.

영상시대의 문화코드: 삶, 문학 그리고 영화

는 약간의 차이가 있다 하겠습니다.

이 같은 편집의 영화적 수사 기법을 창조적으로 사용한 영화감독 가운데 한 사람은 다름 아니라 감독이 진정한 의미의 예술가로서 권한을 가지는 것은 편집의 순간이라고 말한 오손 웰스입니다. 그는 자신의 영화 〈오델로〉에서 숏 테이크를 이용하여 장면들을 잘게 분할한 극단적으로 단편화된 교차편집을 주로 이용하여 숏과 숏 사이의 정확하고 빠른 리듬의 조화를 구현해냄으로써 자신의 가장 특색 있고 개성적인 작품 가운데 하나를 만들어냈습니다.[76]

영화의 청각적 표현의 세 요소는 말, 음향, 그리고 음악이 있습니다. 음향 편집은 영화에서 필수적인 요소로서 영화적 진행을 부드럽게 이끌어 나가는데 중요한 역할을 담당합니다.[77] 이들 음향편집의 대상은 화면에 등장하는 인물들의 대화를 비롯하여 화면 안에서 소리의 원천을 알 수 있는 것만 해당되는 것은 아닙니다. 영화화면 밖에서 발생하는 소리뿐만 아니라 특정 장면 그 자체와 직접적인 관련은 없지만, 화면에 펼쳐진 영상 이미지를 간접적으로 보조 · 강조하거나 대조시키기 위하여 영상이 촬영된 후 삽입되는 음향이 포함됩니다. 음향편집은 영화의 스타일과 형식을 완성하는데 중요한 역할을 합니다. 이를테면 음의 고저, 음량, 속도에 관련된 음향효과는 영화적 분위기뿐만 아니라 작중인물의 성격묘사, 공포, 서스펜스, 심리적 전이, 내적 정서를 표현하는 영화적 의미의 원천으로 작용합니다.

특히 영화의 배경 음악은 사랑, 죽음, 권력과 같은 영화의 주제를 암시할 뿐만 아니라 작중 인물의 극적 행동이나 상황, 그리고 대사를 강조하고 인물의 성격 묘사에 대해 코멘트 하는 역할을 담당합니다. 말하자면 음악

---

76 앙드레 바쟁, 『오손 웰즈의 영화미학』, 현대미학사, 154-6쪽.
77 존 벨튼, 55쪽.

은 이미 무성 영화시대부터 영상 화면에 나타나는 그 때 그 때의 감정적 긴장감과 리듬에 알맞은 음악적 반주를 통해서 화면 속의 사건을 청각적으로 보충, 설명해 주는 기능을 합니다.[78] 음악은 또한 관객의 관심을 특정 인물이나 세부적 상황이나 사건에 집중시키거나 극적 행동의 시간과 공간에 대한 정보를 제공하고 분위기를 설정하는 등 영화적 감정 변화와 테마를 통제하는 역할을 수행합니다. 영화사상 가장 유명한 예는 캐롤 리드 감독의 〈제3의 사나이〉의 결말 부분입니다. 버나드 딕의 분석을 읽어보겠습니다.

〈제3의 사나이〉의 마지막 장면에서 안나(알리다 발리)가 홀리 마틴스 (조셉 코튼)에게 보여주는 냉대는 영화사적으로도 유명하다. […] 안나는 무표정한 얼굴에서 시선을 영원한 현재로 고정한 채 비엔나의 낙엽이 쌓여있는 가로수 길을 걸어간다. 마틴스는 달구지에 기댄 채 담뱃불을 붙이면서 그녀가 쳐다봐 주기를 기다린다. 가을 낙엽이 침묵 속에 흩날리는 가운데 안나는 유유히 프레임을 벗어난다. 즉 안나는 마틴스의 방향으로 눈길 한번 주지 않은 채 프레임 아웃 됨으로써 그의 삶으로부터 완전히 벗어나게 되는 것이다. 마틴스의 모습은 점점 더 작아져서 길가에 서있는 보잘것없는 한 형태에 불과하게 된다. 마치 그가 내뿜고 있는 담배연기처럼 금방이라도 사라질 것만 같은 모습이다. 이 결말부는 오로지 영화만이 성취할 수 있는 장면이다. 즉, 말이 필요 없이 사람의 마음을 움직이게 하는 웅변인 것이다. 대사는 한마디도 없다. 오로지 치터 연주만을 통해서 유명한 "제 3의 사나이 테마곡"의 절제된 슬픔을 표현하고 있는데, 그 현의 떨림은 실연으로 인한 애끓는 마음을 너무나도 잘 드러내고 있다.[79]

---

[78] 안드레이 타르코프스키, 205쪽.
[79] 버나드 딕, 『영화의 해부』, 시각과 언어, 1996, 199-200 쪽.

음악과 관련한 또 다른 유명한 사례는 타르코프스키 감독이 자전적 영화 〈거울〉에서 찾아볼 수 있습니다. 감독은 영화 속에서 주인공의 정신적 체험의 한 부분이자, 서정적인 주인공의 세계를 형성하는 주요 요소를 묘사하기 위해 음악을 사용하고 있습니다. 영화에서 음악은 단순한 극적 묘사의 외피로 작용하는 것이 아니라 세계의 자연스러운 모습이자 인간적 삶의 한 부분이라는 것입니다.[80] 이밖에 영화 음악은 심지어 장소와 계급, 인종, 민족(적 차이와 특성)을 암시하거나 풍자와 같은 수사적 기법으로 작용하기도 합니다. 이를테면 뉴욕을 배경으로 흑인과 이탈리아계 피자가게 주인 사이의 긴장과 갈등을 다룬 스파이크 리 감독의 〈똑바로 살아라〉에서 흑인들은 가스펠과 랩과 같은 흑인음악을 듣는 반면 이탈리아계 미국인은 프랭크 시나트라의 노래를 즐겨 듣습니다.

지금까지 문학작품과 영화가 공유하면서도 각기 다른 방법으로 적용되는 형식적 요소들 가운데 일부를 간략히 살펴보았습니다. 문학작품과 영화는 여러 면에서 비슷하기도 하지만 각 매체가 나름의 형식을 발전시키기 위하여 활용하는 기술과 방법에 있어서는 매우 다릅니다. 그러므로 문학작품을 바탕으로 한 영화 혹은 문학과 영화의 상호 맥락에 바탕을 둔 텍스트의 비교·분석에 있어서는 문학과 영화의 상호 반영의 특징과 차이에 주목하여 문학작품이나 영화의 전형적인 요소들이 어떻게 활용되고 그 결과 어떤 독특한 의미와 효과가 창출되는지 분석하는 것은 매우 필요하다 하겠습니다.

문학의 서사는 이야기 전개를 통해 독자나 관객의 인식의 지평을 넓혀주고 상상력을 자극합니다. 물론 영상과 그림 매체는 활자보다 훨씬 효과적으로 그들의 인식과 상상의 지평을 확장하는데 도움을 주고, 삶과 현실

---

[80] 안드레이 타르코프스키, 206쪽.

의 대리 경험을 극대화하게 하는 매체임에는 분명합니다. 따라서 현대 대중문화의 체계 속에서 일정량의 자기 정체성을 담보하고 있는 영화의 문학성과 문학의 영화적 응용을 비추어 매체 특성의 상호맥락적 조망과 논의는 디지털 시대의 도래로 예고되는 다양한 변화의 흐름을 이해하는데 밑거름이 될 것입니다.

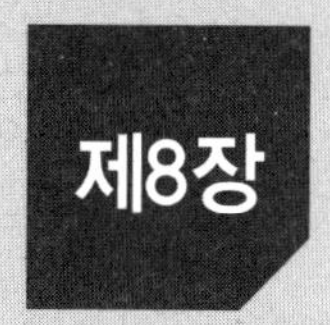

문학과 영화
서사의
죽음과 부활

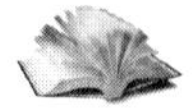

문학과 영화, 그 중에서도 소설과 영화
는 그 어떤 장르 간 관계보다 강력하고 지속적인 관계를 맺어 왔습니다.
현대사회가 점점 더 이미지의 홍수 속에 스펙터클화 되어 갈수록 문학은
위기를 맞이하였지만 역설적으로 스펙터클 사회는 죽음의 위기를 맞이한
문학에 새로운 소생의 기회를 제공하였고 그것은 다름 아닌 영상을 통한
서사의 부활입니다. 물론 시 소설 연극을 비롯한 현대 문학과 공연 예술
자체도 다양한 영화적 기법을 차용한 경향을 보여주고 있는 경우에서 알
수 있듯이 장르 간 통섭과 상호 영향은 이제 선택이 아니라 필수가 되었습
니다.

우선 서사 측면을 배제하고 서정적 영상미의 관점에서만 바라본다면,
시는 영화와 가장 가까운 장르라고 말할 수 있습니다.[81] 타르코프스키는
진정한 의미의 영화는 오직 한 가지 형태의 사고, 즉 시적인 형태의 사고

---

81 로버트 리차드슨, 『영화와 문학』, 동문선, 2000, 36-7쪽.

제8장 문학과 영화: 서사의 죽음과 부활

만을 알고 있을 뿐이며, 이 시정은 화합할 수 없는 것과 역설적인 것을 통일시켜주고 영화 예술을 감독의 생각과 감정의 적절한 표현 양식으로 만들어주는 것이라고 말하고 있습니다.[82] 특히 20세기 시의 경우에서도 영화를 시의 주제로 사용하거나 영화의 이미지와 형식적 구조를 시에 차용하는 것이 드문 경우는 아닙니다. 서양의 경우, 시에 몽타주와 같은 영화적 기법을 본격적으로 사용하기 시작한 것은 흄T. E. Hulme, 둘리틀Hilda Doolittle, 윌리암스William Carlos Williams, 그리고 파운드Ezra Pound와 같은 이미지즘 시인들의 공헌이 큽니다. 이들을 비롯하여 엘리어트T. S. Elliot 그리고 스티븐스Wallace Stevens와 같은 미국 출신의 시인들은 새로운 형식과 목소리를 찾아 고도의 시각적인 이미지를 고집한 것입니다. 이미지즘의 주요 전제는 시란 다른 어떤 것보다도 이전 시대의 시와 연관되는 감상적, 지적 장식을 모두 걷어내고 시각적으로 응집된 언어여야 한다는 것입니다. 그래서 파운드를 비롯한 이미지즘 시인들은 이를테면 한자를 이미지즘 시의 모델로 삼기도 했습니다. 나중에 최신 사진과 영화 미학을 접한 뒤인 1920년대에는 영화 형식과 관련한 시적 실험에 착수하게 되는 것입니다.

아드리안 리치 같은 시인은 50년대와 60년대 뉴시네마의 흐름에 깊은 영향을 받아 콜라주 기법의 시를 쓰기도 했습니다. 그러므로 시와 영화의 통섭에서 어떤 특징을 찾는다면 그것은 이야기 전개와 같은 서사적 측면을 말하는 것이 아닙니다. 모더니즘 문학에 있어서 몽타주 시학과 그 형식적 의미에 관해서는 다음 장에서 좀 더 자세하게 논의하겠지만 그것은 몽타주와 같은 영화 언어를 비롯하여 모든 종류의 사물에서 비롯되는, 이를테면 맥락, 병치, 아이러니, 이미지, 뉘앙스 혹은 암시와 같은 의미영역이라 하겠습니다. 그렇지만 문학과 영화에서 이미지 사용은 공통점도 있지만

---

[82] 안드레이 타르코프스키, 197쪽.

차이점도 있습니다. 이미지는 생생함과 중요성을 강조하기 위해 사용하는데 문학에서는 중요한 부분을 시각적으로 드러내기 위해 사용한다면, 영화에서는 시각적으로 보이는 것이 중요함을 강조하기 위한 것입니다. 즉 기법은 같지만 강조하는 바가 다른 것입니다.[83] 그러므로 시와 영화의 미학적 근접성은 비유와 상징, 화면 구성, 장면전환과 같은 본질적이면서 기술적인 문제로서의 모든 영화적 표현 방식의 범주에서 찾아볼 수 있는 것입니다.[84]

누보 로망 계열 작가인 프랑스의 마가렛 뒤라스의 소설 『히로시마 내 사랑』을 영화로 만든 알랭 레네는 자신의 영화를 일종의 시라고 불렀습니다. 사실, 영화의 극적 독백은 19세기 영국 시인 로버트 브라우닝이라든지 혹은 T. S. 엘리어트를 비롯한 현대 시인들에게 힘입은 바 크다고 할 수 있습니다. 특히 파졸리니Pier Paolo Pasolini가 영화의 독특한 힘은 리얼리즘과 시의 결합에 기인한다고 말한 것은 많은 것을 시사합니다. 하지만 시는 소설과 연극에 비해 영화와 공유하는 특징은 사실 적어 보입니다. 기본적으로 서사적 이야기를 바탕으로 한 문학예술이 아니기 때문이지요. 하지만 시에 영화적 기법과 이미지를 도입한다든지, 혹은 그 반대로 이창동 감독의 영화 〈시〉의 경우처럼 시를 영화로 만들려는 일련의 시도는 사실은 초기 영화 시절부터 꾸준히 지속되어 온 현상이라고 말할 수 있습니다. 일례로 1920년대 이후 영화에서 쉽게 찾아볼 수 있는 다다이즘, 미래파, 표현주의, 그리고 초현실주의의 시적 특성은 영화에 대한 시의 영향을 말해주는 것입니다. 특히 〈시인의 피〉, 〈오르페〉, 그리고 〈오르페의 유언〉 등 이른바 오르페우스 삼부작을 만든 프랑스 아방가르드 시인이자 영화감독이었던

---

83 로버트 리차드슨, 100쪽.
84 송희복, 『영화, 뮤즈의 언어』, 문예출판사, 1999, 17쪽.

제8장 문학과 영화: 서사의 죽음과 부활

장 콕토는 시와 영화의 이상적 결합을 추구한 것으로 유명합니다. 그는 지속적이고 반복적인 시적 이미지 구사를 통해 극단적으로 영화 서술을 해체하고 영화 속에 예술적 순교를 위해 순교하는 시인을 등장시키고 있으며, 나아가 독창적인 은유와 미장센을 통해 영화를 시적 미학을 추구하는 예술매체로 구축하고자 했습니다.[85]

　게다가 프랑스 영화의 황금기라 불리는 1935년에서 1939년 사이에는 시와 리얼리즘이 결합된 시적 리얼리즘 경향의 영화들이 많이 만들어졌습니다. 당대 프랑스 최고의 시인으로 불리던 장 비고의 〈품행제로〉, 마르셀 카르네와 자끄 프레베르의 〈안개 낀 부두〉, 그리고 플로베르의 원작 소설을 각색한 르노아르의 〈보바리 부인〉의 영화가 시적 리얼리즘 영화의 대표작들로 평가 받고 있습니다. 특히 2차 대전 전야의 불투명한 미래와 현실 도피의 욕망을 어두운 그림자와 안개를 통해 상징적으로 표현한 〈안개 낀 부두〉는 시적 리얼리즘의 대표작으로 꼽힙니다.[86] 이들 영화는 숙명적인 사랑의 주제와 꽉 짜인 극적 구조, 그리고 실제 현실 세계를 조심스럽게 환기시키는 어떤 상징적인 스튜디오 세트가 독특한 미학적인 특징을 이루게 하여 영화에 어떤 비장미 같은 것이 느껴지게끔 했습니다.[87] 심지어, 이탈리아 네오리얼리즘 계열 영화들도 시적 영향을 느끼게 합니다. 특히 네오리얼리즘의 한계를 극복하였다고 평가받는 페데리코 펠리니 감독의 로드 무비 〈길〉La Strada, 1954은 고난으로 가득 찬 인생의 상징으로서 길을 정처 없이 유랑하는 차력사 잠파노와 백치 소녀 젤소미나를 서정적 리얼리티와 은유로 가득 찬 영상으로 그려내고 있습니다.

---

85 앞 책, 140-141쪽.
86 앞 책, 66쪽.
87 잭 C 앨리스, 『세계영화사』, 변재란 역, 이론과 실천, 1996, 193쪽.

영상시대의 문화코드: 삶, 문학 그리고 영화

시를 각색한 영화를 살펴볼 때 가장 극적인 성과 가운데 하나는 1973년 영국의 앤드류 싱클레어 감독의 〈밀크우드〉Under the Milkwood를 들 수 있습니다. 이 영화는 딜런 토마스Dylan Thomas, 1914-1953의 시를 각색한 영화이긴 하지만, 최근의 영화까지 통틀어 가장 시적 영향을 특별하게 찾아볼 수 있는 작품 가운데 한 편이라 말할 수 있겠습니다. 리차드 버튼, 피터 오툴, 엘리자베스 테일러 등이 주연을 맡은 이 영화는 원래 딜런 토마스가 텔레비전 스크립트로 집필한 것을 다시 영화로 만든 것으로 자신의 고향 마을인 영국 웨일즈 지방의 작은 어촌 마을 밀크우드를 방문한 두 남자와 나이 든 캣 선장의 회고로 이미 죽은 마을 사람들의 다양한 삶을 시의 운율과 정취가 물씬한 극적 독백으로 묘사하고 있습니다.

물론 은유와 상징 그리고 시적 어법의 관점에서 살펴볼 때, 영화에서 시적 영향을 가장 특별하게 찾아볼 수 있는 순간은 잉그마르 베르히만과 안드레이 타르코프스키의 영화에서 찾아볼 수 있습니다. 〈제 7의 봉인〉, 〈페르소나〉, 〈가을 소나타〉 그리고 〈화니와 알렉산더〉 등을 만든 잉그마르 베르히만이 신과 인간 사이의 존재론적 형이상학적 문제를 탐구하였다면, 〈솔라리스〉, 〈희생〉, 그리고 〈안드레이 루블료프〉 등을 만든 안드레이 타르코프스키는 인간 실존의 심층을 꿰뚫어보려 했던 영상의 구도자로서, 말하자면 "영화 예술의 도스토예프스키"였습니다.[88] 잉그마르 베르히만의 대표적인 서사 영화 〈제7의 봉인〉(1957)도 마찬가지입니다. 영화는 비록 시를 소재로 혹은 모티프로 삼은 영화는 아니지만 영화가 어떤 점에서 상징적이고 시적일 수 있는지를 잘 보여주는 대표적인 사례입니다. 영화는 극의 내용이나 줄거리보다도 오히려 시적 알레고리가 강하게 느껴지는 영상 때문에 서사영화라는 느낌이 전혀 들지 않습니다.[89] 같은 맥락에서, 타르

---

[88] 송희복, 236쪽.

제8장 문학과 영화: 서사의 죽음과 부활

코프스키의 〈안드레이 루불료프〉는 15세기 초 러시아를 배경으로 한 장대한 사극입니다. 영화는 전설적인 성화가 안드레이 루불료프의 일대기를 아홉 개의 에피소드로 그린 장엄 서사임에도 불구하고, 영화적 상황과 인물들은 다분히 스탈린 이후 러시아의 정치적 상황을 함의하고 있습니다.

시뿐만 아니라 연극도 영화와 밀접한 관계 속에서 수많은 드라마 작품들이 시대와 공간을 초월하여 동시대 기호와 경향에 따라 영화로 만들어졌습니다. 이를테면 김현석 감독의 〈시라노; 연애 조작단〉은 19세기 프랑스 낭만주의 걸작 희곡인 『시라노 드 베르쥬락』을 바탕으로 한 영화입니다. 원작은 자신의 콤플렉스인 큰 코 때문에 사랑하는 록산느에게 고백하지 못하는 소심한 남자 시라노에 관한 이야기입니다. 하필이면 록산느를 자신의 부하인 크리스띠앙이 좋아하게 되고, 시라노가 그의 연애편지를 대필해준다는 내용입니다. 하지만 감독은 원작 희곡의 대필이란 설정을 연애 대행 회사로 바꾸고 극중 인물들 또한 희곡에 등장하는 인물들의 설정만 가져와 새로운 캐릭터를 만들어내어 단순히 각색의 한계를 뛰어넘어 독창적인 로맨틱 코미디로 승화시키는데 성공했습니다.

영미드라마를 예로 들어 좀 더 살펴보겠습니다. 먼저 미국 현대 표현주의 극을 시작한 유진 오닐의 극은 미국의 희곡 가운데 가장 일찍 영화화된 작품에 속합니다. 유진 오닐의 극 가운데 표현주의 기법이 많이 구사된 〈황제 조운즈〉를 비롯하여 〈밤으로의 긴 여로〉 등이 영화로 만들어 졌습니다. 그런데 〈밤으로의 긴 여로〉를 만든 영국 감독 시드니 루맷은 희곡을 영화로 만드는데 심혈을 기울인 감독 가운데 한 사람입니다. 그는 영국의 현대 극작가 피터 셰퍼가 쓴 정신분석 드라마 〈에쿠스〉라든지,[90] 근친상간

---

89 이윤영, 『영화, 피그말리온의 꿈』, 문학과 지성사, 1999, 47-68쪽 참조.
90 피터 셰퍼의 작품 가운데 가장 잘 알려진 작품은 천재 음악가 모짜르트와 그를 시기한 살리

영상시대의 문화코드: 삶, 문학 그리고 영화

의 욕망과 죽음을 다룬 미국의 극작가 아더 밀러의 〈다리 위에서 바라본 풍경〉 같은 작품을 영화로 만들었습니다. 오닐의 뒤를 이어 활동한 미국의 대표적인 극작가로는 테네시 윌리암즈가 있습니다. 그는 인간의 원초적 욕망과 잔인성, 그리고 소외를 다룬 대표적인 표현주의 극작가 가운데 한 사람입니다. 그의 작품 가운데에는 〈욕망이라는 이름의 전차〉, 〈뜨거운 양철 지붕 위의 고양이〉, 〈유리 동물원〉 등이 영화로 만들어졌습니다. 아더 밀러의 작품들도 꾸준히 영화로 만들어졌습니다. 〈세일즈맨의 죽음〉이라든지 〈크루셔블〉 등이 대표적입니다.

1960년대 개봉된 영화 가운데에서는 마이크 니콜스 감독의 〈누가 버지니아 울프를 두려워하랴?〉를 주목할 필요가 있습니다. 이 영화는 미국의 대표적인 부조리 극작가인 에드워드 올비의 작품을 각색한 영화입니다. 올비는 소설의 희곡화에 관심이 많았습니다. 올비가 희곡으로 각색한 소설 가운데 한국에 가장 잘 알려진 작품은 역시 스티븐 큐브릭 감독이 영화로 만든 블라디미르 나보코프 원작의 〈롤리타〉일 것입니다. 최근에는 아드리안 라인 감독이 다시 재차 영화로 만들어 원작에 충실했다는 평을 받기도 했습니다.

특히 미국 남부를 무대로 삼아 평범한 일상과 세계관에 순응하기 힘든 소외된 영혼의 열망과 고독을 주제로 삼은 탁월한 작품들을 잇달아 발표해온 카슨 맥컬러스의 소설을 희곡으로 각색한 〈슬픈 카페의 노래〉는 뛰

에르의 일화를 다룬 〈아마데우스〉가 있습니다. 한국에서도 극장 개봉되어 절찬리에 상영되면서 큰 인기를 끈 영화였습니다. 이 영화를 감독한 사람은 체코 출신의 뉴 웨이브의 기수 밀로스 포먼 감독입니다. 밀로스 포먼이 감독한 영화 중에는 켄 키지의 소설을 원작으로 하는 〈뻐꾸기 둥지 위로 날아간 새〉와 E. L. 닥터로우의 소설을 원작으로 한 〈레그타임〉이 잘 알려져 있습니다. 전자는 정신병원을 무대로 인간을 억압하는 체제를 비판하고 있고, 후자는 1906년 미국 사회를 배경으로 자본주의가 태동하던 무렵 보통 사람들의 일상과 충동 그리고 욕망의 조직화를 잘 다루고 있습니다.

어난 작품입니다. 원작 소설은, 작품을 우리말로 번역한 장영희 교수의 표
현처럼 "기괴하고 이상한 인물들이 부르는 슬프고도 아름다운 연가"로서,
사이먼 캘러스 감독이 1991년에 영화로 만들기도 했습니다.[91] 미국 남부를
소재로 한 또 한편의 주목할 만한 영화로는 〈드라이빙 미스 데이지〉가 있
습니다. 이 영화는 베레스포드 감독이 알프레드 유리 원작의 희곡을 토대
로 만들었습니다. 영화는 미국 남부 지방을 배경으로 유대인 백만장자 미
망인과 흑인 운전사가 계급적 인종적 갈등을 딛고 서로 이해하고 화해해
가는 과정을 매우 중립적인 카메라로 섬세하게 묘사한 수작입니다. 특히
인종 문제를 다룬 영화 가운데, 스티븐 프리어즈 감독이 메가폰을 잡은 하
니프 쿠레이시 각본의 〈나의 아름다운 세탁소〉는 또 다른 수작입니다. 영
화는 런던에 정착한 파키스탄 이민자들의 하위문화를 배경으로 인종주의
와 동성애에 대한 정확하고 공정한 묘사로 찬사를 받았습니다.[92]

　　이들 이외에, 샘 셰퍼드와 톰 스토파드 등의 극작가들도 매우 활발하
게 영화와 관계를 맺고 있는 극작가들입니다. 이들은 영화적 메타포와 기
법을 극에 적극 도입하고 또한 자신들의 극 작품을 영화로 만들기도 했습

---

[91] 그러나 맥컬러스의 작품 가운데 가장 유명한 작품은 역시 그녀의 첫 장편소설 『마음은 외로
운 사냥꾼』이 아닐까 합니다. 2004년 오프라 윈프리의 북클럽(Oprah's Book Club)에 선정되
어 새롭게 주목 받으면서 베스트셀러에 올랐기 때문입니다. 소설은 『슬픈 카페의 노래』와 마
찬가지로 미국 남부의 작은 카페가 주 무대로 하면서 외로운 섬처럼 살아가는 다섯 사람의
삶의 모습을 부드럽고 세밀하게 그려내고 있는데, 1968년 로버트 밀러 감독이 영화로도 만들
어 큰 감동을 선사했습니다.

[92] 프리아스 감독의 주목할 만한 또 다른 각색 영화로는 〈위험한 관계〉가 있습니다. 이 영화는
18세기 드 라클로의 원작 소설을 크리스토퍼 햄튼이 각색한 극본을 영화로 만든 것입니다.
드 라클로의 소설은 그 동안 영화로 많이 만들어졌는데 그 중 가장 유명한 영화는 밀로스 포
먼의 〈발몽〉입니다. 프리아스의 영화는 포먼의 영화보다 훨씬 날카로운 풍자를 보여준다는
평을 받았는데, 이를테면 "18세기 혁명전야의 파리 귀족사회를 배경으로 우아한 예법 속에
군상의 파괴적인 면을 냉정하게 응시하고 있는 영화"라는 것입니다. 씨네21 편, 『영화감독사
전』, 한겨레신문사, 458쪽.

영상시대의 문화코드: 삶, 문학 그리고 영화

니다. 1979년 『매장된 아이』로 퓰리처상을 받은 바 있는 샘 셰퍼드는 1984년 칸느영화제 황금종려상을 받은 바 있는 〈파리 텍사스〉의 대본을 썼으며, 〈펠리칸 브리프〉같은 영화에 출연하기도 했습니다. 특히 체코 출신의 영국 극작가 톰 스토파드는 매우 정열적으로 활동했습니다. 그는 1990년에 셰익스피어의 『햄릿』을 주변인물의 시각에서 다시 풀어낸, 자신의 연극 『로젠크란츠와 길덴스턴은 죽었다』를 직접 영화로 만들기도 했습니다. 그가 지금까지 각색한 영화들 가운데 국내에 잘 알려진 영화로는 스티븐 스필버그 감독의 〈태양의 제국〉과 〈인디아나 존스〉를 비롯하여 존 매든 감독의 〈셰익스피어 인 러브〉와 롤랑 조페 감독의 〈바텔〉 등이 있습니다.

　이처럼 연극과 영화의 교류는 소설만큼 활발한 것입니다. 사실 연극과 영화는 구조와 소재 그리고 형식의 측면에서 기본적인 공통점을 가지고 있습니다. 우선 극의 구조를 생각해볼 수 있겠습니다. 코리건에 따르면 갈등에 바탕을 둔 연극의 근본적인 뿌리, 이를테면 "발단-전개-위기-절정-결말"의 전형적인 극 구조와 이른바 "잘 짜인 극"과 같은 연극의 패러다임은 고전 시네마에서도 쉽게 찾아볼 수 있는 것으로서 오늘날의 연극과 영화의 표준적인 전개 구조로 자리 잡은 것입니다. 특히, 극적 세트와 배우 그리고 의상은 연극뿐만 아니라 영화에서도 필수적인 요소라는 것은 간과할 수 없는 사실입니다. 물론 연극 무대 위의 물리적이고 구체적인 현존이 영화에서는 카메라의 움직임과 위치, 그리고 초점에 전적으로 의존하여 스크린에 빛의 이미지로 보인다는 점이라든지, 무대의 한정된 공간과 시간에 제약을 받지 않고 보다 리얼리즘에 충실할 수 있다는 점은 연극과는 다른 점이겠지요. 영화 기술의 급속한 발전과 더불어 영화는 극적 스펙터클을 보다 효과적이고 완벽하게 관객에게 보여줄 수 있게 된 것은 특기할만한 점입니다.

제8장 문학과 영화: 서사의 죽음과 부활

셰익스피어 영화를 예를 들어 좀 더 살펴보겠습니다. 영화의 발명 이후 셰익스피어 연극은 시대와 감독에 따라 다양한 각색과 연출로 영화로 만들어져 왔습니다. 전통적인 인물과 연극 대사를 사용하는 영화가 있는가 하면, 혹은 그 반대로 영화적 리얼리즘을 완전히 뒤집어엎어 극적 인위성을 드러내는 다양한 영화 기법을 사용하여 당대의 현실을 묘사하거나 현대적 해석을 가한 영화들이 있어 왔습니다.

셰익스피어 영화사에 큰 족적을 남긴 세 명의 영화감독으로는 오손 웰스, 로렌스 올리비에 그리고 케네스 브래너가 있습니다. 우선 〈시민 케인〉으로 유명한 오손 웰스가 만든 셰익스피어 영화로는 〈맥베스〉, 〈오셀로의 비극〉, 그리고 폴스타프와 할 왕자의 우정을 그린 〈한밤의 종소리〉가 있습니다. 로렌스 올리비에는 2차대전을 전후로 〈헨리 5세〉, 〈햄릿〉, 〈리차드 3세〉 등의 셰익스피어 영화를 잇달아 만들었습니다. 특히 〈리차드 3세〉는 미국에서 개봉할 당시 무려 6250만 명의 관객 동원을 기록했다고 합니다.[93] 그리고 케네스 브래너는 90년대 이후 〈헨리 5세〉, 〈헛소동〉 그리고 〈햄릿〉 등의 영화를 만들어 침체에 빠진 셰익스피어 영화의 부흥을 이끌었습니다.

셰익스피어 영화는 그 자체가 하나의 영화 장르라 해도 과언이 아닐 정도로, 시대에 따라 달리 해석된 영화들이 무수히 쏟아져 나왔습니다. 특히 54회 이상 영화로 만들어진 햄릿은 다양한 셰익스피어 해석의 가장 전형적인 예가 될 수 있겠습니다. 사실 그 어떤 햄릿 영화도 셰익스피어의 햄릿과 동일할 수 없고, 감독의 의식과 각색, 그리고 연출에 따라, 제작 당시의 사회적 문화적 정치적 맥락에 따라 다양한 햄릿 영화들이 만들어져 왔습니다. 예를 들어 로렌스 올리비에가 감독 주연한 〈햄릿〉(1948)은 오이

---

93 임왕태, 「셰익스피어 영화: 셰익스피어 해석의 새로운 방법」, 『디오니소스』 3 (1999), 54쪽.

디푸스 콤플렉스에 근거한 주제 의식을 강화하고 또한 관객이 이것을 쉽게 납득할 수 있도록 원작을 수정하여 장면을 재배치하거나 불필요하다고 생각되는 대사를 과감하게 가지치기한 영화입니다.

반면 1969년 토니 리차드슨의 〈햄릿〉은 통념상의 햄릿 이미지에서 벗어나 당시의 시대적 흐름을 반영하여 이른바 실존적 아웃사이더로서의 햄릿을 연출했습니다. 1990년에 할리우드 자본에 의해 스타 시스템을 앞세워 프랑코 제피렐리가 철저한 상업영화로 연출한 〈햄릿〉은 대중화를 염두에 두고 만든 영화로서, 인물의 성격부여에 실패했다는 결함은 있지만, 군더더기 없고 매끄러운 이야기 전개와 장면 사이의 연결, 이해하기 쉬운 인물성격 묘사, 단순 명쾌한 시각적 주제의 제시 등을 갖추어 대중적인 영화적 요구를 충족한 영화라는 평을 받았습니다. 90년대 중반에 나온 케네스 브래너의 〈햄릿〉은 19세기 중반을 시대 배경으로 하여 스펙터클한 화면연출과 빠른 대사 처리, 주연배우들의 풍부한 감정 표현이 큰 특징인 영화로서 지금까지 나온 〈햄릿〉 영화 가운데 가장 균형 잡힌 햄릿을 연출했다는 평을 받았습니다.[94]

이제 소설과 영화의 장르적 관계를 살펴보도록 하겠습니다. 사실 소설과 영화의 장르적 관계는 가장 꾸준하고 지속적인 것이라 말할 수 있겠습니다. 영화는 차치하고라도 최근의 많은 현대 소설가들이 영화와 영화적 기법을 다양한 방법으로 이용하여 소설을 쓰는 경향을 보여주고 있는 데서도 잘 알 수 있습니다.

문학이 영화로부터 영화적 상상력을 차용하기 시작한 것은 탈근대의 인식이 본격화되기 시작한 1960년대라 할 수 있습니다. 이 시기에 영화와 문학은 주제, 구조, 형식, 등장인물, 플롯뿐만 아니라 심지어 언어에 이르

---

94 여석기, 「여러 개의 Hamlet 영화」, 『디오니소스』 3 (1999), 23-39쪽 참조.

제8장 문학과 영화: 서사의 죽음과 부활

기까지 광범위한 상호 영향을 주고받기 시작한 것입니다. 이탈리아의 소설가이자 극작가인 루이기 피란델로가 쓴 소설『촬영: 영화 촬영기사 세라피노 구비오의 노트북』은 영화제작을 현대인의 조건을 나타내는 메타포로 사용하고 있습니다. 블라디미르 나보코프도 소설『롤리타』에서 영화를 주된 메타포로 사용하면서 카메라 트릭과 앵글을 산문으로 표현하는데 많은 관심을 보였습니다. 영화는 세계를 인식하는 새로운 차원을 문학에 제공한 것입니다. 영화로도 만들어진 맬컴 라우리의 소설『화산 밑에서』는 몽타주 형식을 빌려 민감하고 다양한 음향을 사용함으로써 영화의 강한 영향을 느끼게 합니다.

특히 서사 기법의 측면에서 문학이 영화에서 받아들인 대표적인 기법은 카메라 눈이라 할 수 있습니다. 주로 알랑 로브그리예라든지 나탈리 샤로트 등과 같은 누보로망 작가들의 작품에서 주로 찾아볼 수 있습니다. 이것은 객관성과 리얼리즘을 실현하려는 노력의 최후 결과이자 작가를 배제하는 마지막 수단으로서, 이것의 목적은 무슨 분명한 선별 또는 조정 없이 기록 매개체 앞을 지나가는 삶의 조각을 전달하는 것이라 할 수 있습니다.[95] 이를 위해 로브그리예는 영화가 세부와 외부적 표면을 잘 다루는 점을 중시하여 자신의 소설『훔쳐보는 사람』,『질투』,『스냅샷』을 비롯해 자신이 직접 시나리오를 썼던 알랭 레네 감독의 〈지난해 마리앵바드에서〉 등을 통해 누보로망에 관한 이론적 체계를 세우기도 했습니다.

국내의 현대 소설도 예외가 아니어서 많은 작품들이 영화의 직간접적인 영향을 느끼게 합니다. 이를테면, 영화로도 만들어진 바 있는 안정효의 『헐리우드 키드의 생애』는 5,60년대 국내 개봉된 외국 영화의 증언이라 말할 수 있습니다. 당시 개봉된 영화와 관련된 많은 에피소드와 영화 관련

---

95 프란츠 슈탄젤,『소설의 이론』, 문학과비평사, 1990, 336쪽.

영상시대의 문화코드: 삶, 문학 그리고 영화

정보를 주인공 화자를 통해 전하고 있기 때문입니다. 심지어 장정일의『너
희가 재즈를 믿느냐』에서 남편과 아내는 비디오를 너무 많이 봐, 본 영화
와 안본 영화를 구별할 수 없을 지경에 이르고 구효서의『카사블랑카여 다
시 한 번』이라든지 박덕규의『아름다운 사나이』등과 같은 소설은 영화에
서 주제와 모티프를 빌려온 대표적인 작품들이라 하겠습니다.[96]

소설의 경우에 있어서 소설가들이 영화적 기법을 이용하는 경우는 형
식과 내용의 측면에서 보통 다음 몇 가지 경우를 들 수 있겠습니다. 우선,
영화의 스타일과 구조를 모방하여 소설의 언어와 형태를 재현한다든지 인
지 심리와 관찰에 관한 초점으로 영화를 이용할 수 있습니다. 다음으로는,
헥토르 바벤코 감독의 영화로도 만들어진 바 있는 마누엘 푸이그의 소설
『거미여인의 키스』처럼 다양한 리얼리티 사이의 관계를 토론하기 위한 철
학적 현상학적 시금석으로 영화를 이용하는 경우, 혹은 역사라든지 사회
문화적 가치에 대해서 토론을 전개하는 매체로 영화를 활용하는 경우를
들 수 있습니다. 마이클 톨킨의『플레이어』라든지 토마스 핀천의 소설『중
력의 무지개』같은 소설이 대표적입니다. 그러므로 영화를 소재로 혹은 영
화를 작품의 모티프로 차용하거나 소설 속의 사건과 행동이 영화를 중심
으로 혹은 배경으로 전개되는 경우는 너무나도 쉽게 찾아볼 수 있습니다.
이를테면 스코트 피츠제럴드의『마지막 대군』이라든지 블라디미르 나보코
프의『어둠 속의 웃음』은 가장 영화적인 소설로 잘 알려져 있습니다.

사실 지금까지 살펴 본 문학과 영화의 관계는 근대 이후 새롭게 형성
된 시민 계급의 중산층 독자들을 기반으로 한 리얼리즘 문학으로까지 그
기원을 거슬러 올라갈 수 있을 것입니다. 부연하자면 역사적으로 19세기

---

96 문영희, 「소설은 소설을 떠나지 않았다」, 『소설 구경 영화 읽기』, 문학사 연구회 편, 청동거
　울, 1999, 17-8쪽.

제8장 문학과 영화: 서사의 죽음과 부활

멜로드라마와 연재만화 그리고 대중 소설의 전통에 그 뿌리를 두고 있는 대중 영화는 본질적으로 그 리얼리즘 서사 형식에서 소설과 아주 많은 유사점을 가지고 있습니다.

일반적으로 리얼리즘은 당대 사회적 현실의 객관적 묘사와 재현을 가장 중요한 목표로 삼습니다. 때문에 리얼리즘 텍스트는 다양한 담론 기록의 산물인 관계로 개인적인 일기에서 역사 연대기에 이르기까지 다양한 담론과 세부적 사실들을 담고 있습니다. 리얼리즘 소설이든 영화이든 간에, 작품은 언어가 세계를 재생산하고 세상을 일관되게 정의해야 한다는 가정에 기반하고, 독자의 이해가 사회적인 동시에 개인적인 목소리로 기능하는 시각에 의해 만들어지기 때문에 환영幻影과 동일화의 복합 체계로서, 특히 개인의 생각, 체험, 성장은 시간의 흐름을 수반하므로 성격에 대한 리얼리즘 묘사는 시간의 흐름에 대한 세심한 배려를 전제로 해야 합니다.

리얼리즘에서 다루는 개인이란 전형적인 인물로서 말하자면 인간의 일반적이며 쉽게 파악 가능한 측면을 대변하는 인물입니다. 이 같은 인물의 전형적 성격과 상황의 창조는 곧 그 계급 운명의 객관적이고 역사적으로 전형적인 특징을 발현하기 위한 사회적 힘의 구체적이고 생생한 묘사를 의미하게 되는 것입니다.[97] 그러므로 개인의식과 사회 행위 모두를 다루는 리얼리즘은 사회적으로 결정된 세계관을 당연하고 보편적인 것으로 보이게 하는 서사형식으로서, 근대성의 결과로서 사물화되고 파편화된 현실에 대해 외부 현실의 내용을 통해 현실 속에 내포된 본질적 연관관계인 총체성을 포착하려고 시도합니다.[98] 말하자면 리얼리즘은 사회적 약호에서부

---

[97] 조재홍, 「고전적 나레이션의 한계와 가능성」, 『영화언어 I』, 영화언어 편집위원회, 시각과 언어, 1997, 57쪽.
[98] 한상준 외, 『영화로 보는 현대사회: 영화에 대한 13가지 테마』, 소도, 2002, 132쪽.

영상시대의 문화코드: 삶, 문학 그리고 영화

터 본질적인 문학에 이르는 다양한 텍스트 사이의 상호맥락이라 말할 수 있는데, 이것은 소설적인 실재가 서로 다른 텍스트 사이의 상호작용에 의해 결정된다는 것을 뜻하는 것입니다.

앞서 언급한 것처럼, 리얼리즘이 발생하고 자리 잡은 시기는 근대 소설이 발생한 18-19세기입니다. 이 시기는 시민계급의 주도하에 근대 자본주의 경제와 풍속이 자리잡아가던 시기였습니다. 특히, 19세기에 리얼리즘이 크게 발전할 수 있었던 것은 독서를 통해 대중의 지적 정서적 갈증을 해소할 수 있었기 때문으로, 이것은 리얼리즘 작가가 처음으로 본격적인 독서 대중을 확보할 수 있게 되었음을 의미하는 것입니다. 이들은 새로운 체제와 풍속이 사회적 인간관계에 미치는 영향에 주목함으로써 근대적 의미에서 역사적 인간 이해의 근간을 이루는 유물론적 세계관을 작품 속에 표현하였습니다. 즉 소설은 시민 계급의 출현과 발전에 따라 생겨난 이를테면 개인주의의 예술적 소산으로서, 근대사회의 사회적 변동에 따른 가치관의 변화를 작품 속에 가장 잘 구현한 장르인 것입니다.

필름 위의 영상은 현실세계에서 스크린에 옮겨 놓은 현실조각이라는 측면에서 영화는 본질적으로 리얼리즘적이라 말할 수 있겠습니다. 이를테면 고전 시네마라는 개념 자체는 영화가 리얼리즘 원칙에서 나온 다양한 서사 장치를 발전시켜왔다는 사실을 의미합니다. 영화적 리얼리즘은 상호텍스트적 관계, 즉 환영幻影과 동일화의 복합적인 작업으로 묘사 됩니다. 영화와 문학의 리얼리즘 기법과 이데올로기적 지향은 매우 유사합니다. 즉, 이데올로기적 의미에서 영화적 리얼리즘이 소설과 닮은 점이 있다면 그것은 스크린의 한계를 넘어 현실 세계에 상상적으로 참여한다는 점입니다.[99]

그러므로 리얼리즘 영화는 동일화의 기저를 통해 이데올로기를 생산합

---

99 주디스 메인, 『사적소설/공적영화』, 시각과 언어, 1994, 133쪽.

제8장 문학과 영화: 서사의 죽음과 부활

니다. 리얼리즘은 복잡한 이데올로기적 과정을 통해 관객을 통제하면서 기존의 문화적 사회적 태도를 강화합니다. 그것은 문화적 친숙성 속에서 반복하면서 사회구조를 유지하고 재생산합니다. 가령 연대기적 연속성, 공간의 일관성, 꽉 짜인 플롯과 닫힌 결말 등은 세계가 안정되어 있다는 인상을 관객에게 심어줍니다. 뿐만 아니라 관객을 전지적인 관찰자로 설정하는 리얼리즘은 현실이 자연스럽다고 느끼게 함으로써 객관적인 모순을 지워버립니다.[100]

이러한 점에 비추어볼 때 스크린에 영화적 이미지를 투사하고 리얼리티를 구현하는 매체는 카메라라는 점은 이것이 인간의 의식과 의지에 의한 취사선택이 아니라 의식의 개입 없이도 현실을 사실적으로 재현할 수 있다는 점을 의미할 수 있습니다. 그러므로 영화에서 리얼리즘이란 영화의 표현적 자의적 특성이기에 앞서 내재적 속성이라 말할 수 있는 것입니다.

그러나 영화에서 리얼리즘의 개념과 시각 그리고 방법론은 시대와 사회적 변천에 따라 다양하게 변화하여 왔지만, 대략 크게 두 가지 범주에서 형식적 리얼리즘과 규범적 리얼리즘으로 구분하여 생각할 수 있습니다. 우선, 형식적 리얼리즘이란 영화적 서술 방식의 관행으로 자리 잡은 서사적 리얼리즘을 일컫는 말이고 규범적 리얼리즘은 일종의 시대적인 리얼리즘 사조와 관련한 것입니다.

리얼리즘이 형식적이라는 것은 리얼리즘이 소설 형식 자체의 전형적인 것으로 간주될 수 있는 일종의 관습 때문이기도 합니다. 영화는 시와 연극을 비롯한 문학으로부터 많은 형식과 기법을 받아들였을 뿐만 아니라 처음부터 리얼리즘을 바탕으로 한 소설의 형식과 내용을 적극 수용해왔습니다. 때문에 영화는 초창기부터 문학과 연계된 서사 전개에 따라 자연스럽

---

[100] 한상준 외, 155쪽.

영상시대의 문화코드: 삶, 문학 그리고 영화

게 소설에 흔히 나오는 등장인물의 유형을 따랐습니다. 소위 고전으로서 소설은 영화에 차용하기에 적당한 플롯과 성격묘사와 관련한 풍요로운 토대를 제공해주었습니다.

통상 장르영화라 불리는 고전 영화 서사가 그 대표적인 케이스입니다. 이를테면 주인공/악당을 중심으로 한 위기와 갈등 해소의 플롯이라든지 이항대립의 패턴을 갖는 고전 리얼리즘의 개념이 바로 그것입니다.[101] 특히 고전 시네마라는 개념 그 자체는 리얼리즘의 영화적 형태를 만들어내는 다양한 리얼리즘 서사 장치에 근간을 두고 있는데, 예를 들어 영화에서 찾아볼 수 있는 프롤로그, 플래시백, 플래시포워드, 그리고 다양한 카메라 시점 등은 영화가 소설에서 전수받은 기법이라 하겠습니다. 즉 플롯과 다양한 시점은 소설에서 받아들인 주요 측면으로서 영화와 소설의 유사성을 말해주는 주요 요소인 것입니다. 다시 말해 영화가 형식적 측면에서 소설에서 받아들인 것은 원인과 결과의 시간 패턴에 따라 행동을 하게 하는 인물 심리를 통해 전개되는 플롯이라든지, 단일 시점 혹은 복수 시점에서 사건을 조직화하는 다양한 서사 시점입니다.

이 같은 유사성은 많은 소설 작품이 처음부터 영화로 만들어지게 되는 한 가지 요인으로 작용했다 말할 수 있겠습니다. 영화에서 형식적 리얼리즘 서사는 매체 자체가 생산하는 현실감에 덧붙여 그 효과를 증폭할 수 있는 다양한 장치와 전략을 갖고 있습니다. 우선 동작의 연속적 연결과 시점의 통일, 그리고 이른바 180도 규칙과 같은 카메라 앵글 변화의 규칙 등 영화의 투명성을 주기 위한 기법과 사건의 인과관계의 규칙과 같은 영화의 매끄러운 편집을 위한 기법들이 여기에 속합니다. 이것은 화면상의 사건들이 마치 객관적인 기록이나 실제 현실처럼 느끼게 해줌으로써, 영화

---

101 주디스 메인, 16쪽.

제8장 문학과 영화: 서사의 죽음과 부활

속 서사를 객관적 현실로 치환하는 효과를 창출합니다. 만일 이것이 지배이념과 결합하게 되면 세계에 대한 지배계급의 관점은 당연시하게 되는 이념적 기능을 수행하게 되는 것입니다.

다음으로 규범적 리얼리즘이란 특정 시대, 특정 사회, 특정 문화 공간에서 현저히 발생하는 어떤 리얼리즘의 흐름으로서, 다시 말해 특정 시대나 사회 공간에서 발생하거나 유행한 어떤 특정한 명시적인 규범을 지향하는 리얼리즘의 방향이나 경향을 일컫습니다. 이를테면 1930년대 프랑스의 시적 리얼리즘의 경향이라든지, 1940년대 이탈리아의 네오리얼리즘의 경향, 혹은 1950년대 영국과 미국의 사회적 리얼리즘 등이 여기에 속합니다.

근대 영화는 문학의 각색에서 출발하였다 말하여도 과언이 아닙니다. 다시 말하여 영화의 태생적 기원은 상호텍스트성이라 말할 수 있겠습니다. 흔히 영화의 아버지라 불리는 그리피스D. W. Griffith의 〈국가의 탄생〉(1915)은 토마스 딕슨이 1905년에 발표한 백인우월주의 소설 삼부작 가운데 2편인 『동향인』The Clansman: An Historical Romance of the Ku Klux Klan을 각색한 것입니다. 특히, 프랭크 노리스의 소설 『맥티그』를 영화로 각색한 에리히 폰 스트로하임의 〈탐욕〉은 당시 비평가들로부터 퇴폐적인 요소와 냉소주의 혹은 진부한 리얼리즘이라고 비난을 받았지만, 탐욕과 운명이라는 미묘한 주제를 독창적인 편집 기법을 통해 암시하고, 등장인물과 그들의 피할 수 없는 운명을 카메라 초점을 통해 아이러니하게 연결하는 등 독창적인 서사적 영상 언어를 창조하는데 성공하였던 것입니다.[102]

하지만 1920년대와 1930년대의 영화와 문학의 예술적 관계는 독일의 표현주의와 프랑스의 시적 리얼리즘을 포함한 모더니즘과 아방가르드 운

---

102 잭 C. 앨리스, 『세계영화사』, 변재란 옮김, 이론과 실천, 1996, 158쪽.

영상시대의 문화코드: 삶, 문학 그리고 영화

동과 같은 주지주의적 경향을 거치면서 한걸음 더 나아가게 됩니다. 이 같은 흐름에 편승하여 브람 스토커의 공포소설『드라큘라』는 무르나우 감독에 의해 표현주의 영화의 걸작인 〈노스페라투〉(1922)로 재탄생할 수 있게 된 것입니다. 물론 표현주의 영화의 대표작은 로베르트 비네가 감독한 〈칼리가리 박사의 밀실〉(1919)이라 할 수 있습니다. 표현주의 영화란 꿈과 욕망의 힘 앞에서 시간과 공간이라는 사실주의적 개념을 본질적으로 탐구하고 완전한 추상성의 상태를 위해 있는 그대로의 자연을 제거한 영화를 말합니다. 따라서 아방가르드 영화의 선례인 동시에 독일 표현주의 무성영화 시대를 대표하는 이 영화는 보통 이와 같은 표현주의 운동을 가장 완전하게 실현한 영화로 평가 받고 있습니다.[103]

영화에 사운드가 도입된 것은 1920년대 후반입니다. 영화에 소리가 도입되었다는 것은 영화의 리얼리즘의 가능성을 한층 강화하고 그 지평을 더욱 확장할 수 있게 됨에 따라 영화는 가장 리얼리즘적인 예술이라는 명성을 확고히 하게 됩니다. 리얼리즘을 영화의 내재적 성격으로 간주하게 된 이유 가운데 하나는 앞서 이미 설명한 것처럼 영화는 찰스 디킨스를 비롯한 19세기 후반의 리얼리즘 소설에 뿌리를 두고 있기 때문이기도 합니다.[104] 물론 이것은 연극과 오페라와 같은 기존의 공연예술에서 이미 가능한 일이었다 하더라도, 유성 영화의 도입을 통해 더욱 더 실현 가능했던 일이기도 합니다. 사운드의 도입은 기존의 많은 문학작품들이 더욱 더 영화로 각색되는 폭발적인 촉매가 되었기 때문입니다. 특히 영화 속에서 일상적인 회화체의 극적 대화가 가능해짐으로써 보다 현실을 반영하는 리얼리즘 서사가 가능해졌습니다.

---

103 잭 C. 앨리스, 105쪽.
104 로버트 리차드슨, 『영화와 문학』, 29쪽.

그러므로 프랑스에서는 리얼리즘 계열 소설들이 유성영화와 결합함으로써 자끄 페데의 〈떼레즈 라깽〉, 장 비고의 〈품행 제로〉, 장 르노아르의 〈마담 보바리〉, 마르셀 카르네와 자끄 프레베르의 〈안개 낀 부두〉 등의 독창적인 시적 리얼리즘 영화들이 확립되었고, 30년대 이후 할리우드에서도 소설과 드라마의 각색이 붐을 이루어 고전 영화의 절정을 이루게 된 것입니다.

고전 영화의 형태는 2차 세계대전 사이에 현대적 서부극의 모델을 확립한 존 포드의 〈역마차〉와 영화사의 이정표가 된 오손 웰스 감독의 〈시민 케인〉과 같은 영화에서 그 특색을 제대로 갖추게 됩니다. 이후 할리우드 영화는 미국으로 이민 온 예술가들과 영화 기술자들에 의해 많은 변화를 겪기 시작합니다. 이들의 영향으로 할리우드 영화는 20년대 독일 표현주의와 30년대 프랑스 시적 리얼리즘의 영향을 받기 시작하면서, 범죄와 타락, 심리적 이탈과 정신 이상에 관한 음침하고 폭력적인 영화들, 이른바 필름 누아르의 흐름과 연관된 영화들이 나오기 시작한 것입니다. 이들 영화는 대부분의 할리우드 영화들보다 어둡고 추상적인 구성을 통해 삶을 비관적이고 야수적으로 표현했습니다.[105] 이것은 스타일상의 특정 요소와 주제적 관심에 있어서 부분적으로 20년대의 독일 표현주의와 30년대 프랑스 시적 리얼리즘의 영향을 받고 출현했지만 이 장르의 진화에서 사실상 가장 중요한 역할을 한 것은 하드보일드 소설가이자 시나리오 작가로 활약한 레이먼드 챈들러입니다.[106]

하드보일드 소설이란 탐정 소설의 장르에 리얼리즘의 전통을 새롭게 도입한 것인데, 이것은 귀족 또는 중산층 계급의 탐정이 등장하는 유럽풍

---

105 토마스 샤츠, 『할리우드 장르의 구조』, 한나래, 1996, 181쪽.
106 앞 책, 201쪽.

영상시대의 문화코드: 삶, 문학 그리고 영화

탐정 소설과는 달리 작품의 주인공을 어두운 거리의 범죄세계의 변경에 살면서 거리 뒷골목의 거친 언어를 구사하는 프롤레타리아 터프가이로 설정하여 더럽고 야비한 뒷골목 세계를 그리고 있습니다.[107] 샌프란시스코의 냉혹하고 비정한 사립탐정 샘 스페이드를 통해 잃어버린 보석 말타의 매를 둘러싼 암투를 그린 가운데 정형적인 기본 플롯과 캐릭터를 확립함으로써 하드보일드 스릴러의 원형이 된 존 휴스턴 감독의 〈말타의 매〉를 비롯하여, 빌리 와일더의 〈이중배상〉, 그리고 레이먼드 챈들러 원작의 〈빅 슬립〉 등이 대표적인 필름 느와르입니다. 이들 영화는 잇단 세계 전쟁으로 암울해진 정치적 사회적 역사적 상황과 그에 따른 정신적 불안과 위기를 반영한 것으로 고전 문학과 영화의 문화적 전통과 체계에서 벗어나, 찰나적이고 급변하는 세계에서 사회적으로 고립되고 도덕적으로 주변적인 등장인물들에 초점을 맞춘 통속소설과 추리소설 작가들의 작품을 통해 매우 실험적인 서사 양식을 추구한 것으로 볼 수 있습니다.

이 같은 경향은 당시 활발한 활동을 펼치던 문학 예술가들에게도 많은 영감을 주었는데, 실제로 윌리엄 포크너, 베르톨드 브레히트, 그레이엄 그린 등은 필름 누아르에 많은 관심을 표명했습니다. 특히 영국의 소설가 그레이엄 그린이 캐롤 리드와 손잡고 한국에서도 개봉되어 많은 인기를 누린 〈제3의 사나이〉는 리얼리즘과 표현주의 영화의 전통이 뒤섞인 유럽의 필름 느와르입니다. 영화는 빈을 무대로 종전 직후의 혼란스런 유럽 상황을 그려내고 있습니다.

특히 전시 상황의 40년대에는 주로 세미다큐멘터리와 코미디가 주종을 이루던 영국에서는 2차 대전을 전후로 문학과 연극 그리고 역사를 소재로 한 영화와 복잡한 범죄와 스파이 조직에 관한 스릴러물들이 제작되었으며,

---

¹⁰⁷ 존 벨튼, 『미국 영화/미국 문화』, 한신문화사, 210쪽.

제8장 문학과 영화: 서사의 죽음과 부활

이 같은 흐름 속에 데이비드 린은 노엘 카워드 원작의 〈즐거운 사람〉과 〈밀회〉를 비롯하여 찰스 디킨스 소설 원작의 〈위대한 유산〉과 〈올리버 트위스트〉 등과 같은 영화를 만들었던 것입니다.

특히 문학과 영화 그리고 리얼리즘과 관련하여 반드시 주목해야 할 영화적 흐름은 이탈리아 네오리얼리즘과 영국의 프리시네마 계열의 영화들입니다. 전후 파시스트 정권 몰락과 두 번에 걸친 패전 경험 그리고 이로 인한 전후 이탈리아의 비참한 현실 앞에서 네오리얼리즘 운동은 현실을 직시하고 민중의 삶을 진실한 시각으로 담아내려는 노력의 일환이었습니다. 독일군에게 살해된 한 신부의 실화를 근거로 만든 로베르토 로젤리니의 〈무방비 도시〉와 비토리오 데 시카의 〈자전거 도둑〉으로 대표되는 네오리얼리즘은 기존의 인위적인 영화스타일을 지양하고 일상의 소박한 스타일과 언어를 사용하여 노동계급, 농부 그리고 하층 근로자들이 처한 상황을 소재로 파시즘의 폐단과 전쟁의 황폐함 그리고 가난과 매춘 등 사회의 어두운 면을 고발하려고 했습니다.

이에 비해 50년대 중반 영국의 프리 시네마 운동도 일종의 영국 판 네오리얼리즘 운동이라 할 수 있습니다. 토니 리차드슨 등이 주도한 프리 시네마 운동은 존 오스본으로 대표되는 이른바 "앵그리 영 맨(성난 젊은이들)" 문학 운동과 합류하여 사회 내의 계급체계의 불평등과 전후 세대의 무기력과 가치관 상실에 따른 분노를 리얼리즘 영화로 승화시키려고 노력했습니다. 실제로 토니 리차드슨은 존 오스본의 희곡 〈성난 얼굴로 돌아보라〉를 비롯하여 알란 실리토우의 소설 〈장거리 주자의 고독〉 등의 작품을 영화로 만들었으며, 피터 브룩은 한 무인도에 표류한 한 무리의 소년들이 생존의 사투를 벌이면서 점차 무인도는 공포와 폭력에 물든 잔인한 투쟁의 섬으로 변모해가는 이야기를 그린 윌리엄 골딩의 유명한 장편소설 〈파

영상시대의 문화코드: 삶, 문학 그리고 영화

리 대왕〉을 영화로 만들어 큰 호평을 받았습니다.

한편 1950년대 콘스탄틴 스타니슬라브스키를 비롯하여 리 스트라스버그 그리고 엘리아 카잔 등에 의해 정립된 메소드 연기는 향후 현대 연극과 영화 연기에 커다란 영향을 미치게 됩니다. 메소드 연기란 영화의 박진감과 극적인 힘은 배우의 연기에서 비롯되기 때문에 배우 자신의 개성과 권위를 버리고 작품 내 등장인물에 완벽한 사실성을 구현하기 위해 배역에 열정적으로 몰입하는 것을 말합니다.

실제로 엘리아 카잔은 자신이 알고 있는 배우 가운데 가장 천재에 가깝다고 생각한 말론 브란도를 캐스팅하여 여러 편의 영화를 만듭니다.[108] 그는 메소드 연기기법을 테네시 윌리엄스의 원작 희곡 『욕망이라는 이름의 전차』와 『워터프론트』 등에 적용하여 독창적인 영화 연출에 성공합니다. 엘리아 카잔의 영화적 성공은 이전의 오손 웰스의 〈멕베스〉와 〈오셀로〉라든지 이후 셰익스피어 연극 『멕베스』를 매우 독창적으로 각색 연출한 구로자와 아키라의 〈피의 권좌〉 등의 영화와 견줄만한 업적으로 평가되고 있습니다.

이들 영화들은 기존 영화와 문학의 관계에 어떤 변화가 오기 시작했음을 알리는 전조가 되고 있습니다. 〈제7의 봉인〉의 감독 잉그마르 베르히만이 "영화는 문학과 아무런 관계가 없다. 두 예술 형식의 등장인물과 실체는 대개 갈등상태에 있다"라고 주장한 것처럼,[109] 실제로 이후의 영화들은 문학이 가진 권위에 더 이상 기대지 않고 감독 자신의 독자적인 이념과 해석을 통해 영화를 연출하기 시작합니다. 다시 말하면 영화 제작을 영화 창

---

[108] 루이스 자네티, 『영화의 이해』, 한신문화사, 2000, 287쪽.
[109] Timothy Corrigan, *Film and Literature*, an introduction and reader. Upper Saddle River, NJ: Prentice Hall, 1999, p. 49.

작의 위치로, 그리고 영화감독을 작가의 위치로 끌어올리고, 특히 작품 내 서사의 주도권을 문학에서 영화로 본격 가져오려는 시도가 시작된 것입니다.

1950년대 초 프랑스에서 프랑소와 트뤼포는 문학적으로 잘 만들어진 시나리오에 전적으로 의존하는 이른바 시적 리얼리즘 경향의 영화 제작을 반대하면서 시나리오 대본 작가의 강한 영향력 대신에 영화감독의 창의적 개성이 잘 반영될 수 있는 영화 제작을 주장하면서 작가주의 영화와 누벨바그 시대의 서막을 열었습니다.[110] 장 뤽 고다르, 알랭 레네, 아녜스 바르다, 클로드 샤브롤, 에릭 로메르 등도 이에 동조하여 자유분방한 감수성이 반영된 새로운 스타일의 영상을 추구했습니다. 이른바 작가주의 영화의 서막이 열린 것인데, 이들의 영화 경향을 보통 누벨 바그 영화라고 부릅니다.

이들은 대체로 영화 잡지 『카이에 뒤 시네마』에서 모두 평론가로 활동한 공통된 배경을 가지고 있으며, 자신들이 평론가 시절 주장했던 이른바 "작가주의 영화론"을 스스로 감독이 되어 실천에 옮기려 하였습니다. 이것은 한 편의 영화를 완성하기까지의 과정에서 감독의 창조적 역할이 가장 결정적인 것이며, 따라서 한 작가의 일련의 작품은 그가 일관되게 추구하는 주제와 스타일의 생성과 발전이라는 맥락에서 일치해야 한다는 것입니다. 이 같은 작가주의 영화론을 이해하기 위해서는 대표적인 누벨바그 영화 가운데 하나인 장 뤽 고다르의 데뷔작 〈내 멋대로 해라〉를 볼 필요가 있습니다. 이 영화는 누벨바그의 주요 영화 기법의 특징들을 고스란히 보여주는 영화입니다. 핸드헬드 촬영, 현지촬영, 자연광, 즉흥적인 플롯과 대사, 소형 이동녹음기를 이용한 현지 음향 녹음, 점프 컷을 이용한 거친 편집 스타일 등 지금은 흔히 볼 수 있는 일상적인 기법이 되었지만 당시에는

---

110 잭 C. 앨리스, 341쪽.

영상시대의 문화코드: 삶, 문학 그리고 영화

영화 언어의 혁명이라 불리는 파격적인 스타일이었습니다.

하지만 프랑스 출신의 평론가 앙드레 바쟁이 누벨바그 영화의 이념에 담긴 모순과 역설을 지적하면서, 이탈리아 네오리얼리즘이 현대 미국 소설과의 어떤 밀접한 교감을 주고받았다는 점에 주목했습니다. 현실의 강한 사실성에 집중하는 이탈리아 네오리얼리즘조차도 문학에 의존하는 바를 지적한 것입니다. 그는 미국 소설가 윌리엄 포크너, 존 도스 페이소스, 그리고 헤밍웨이 등의 20세기 모더니즘 소설을 예로 들면서 영화는 문학과 결별할 것이 아니라 오히려 더욱 창의적으로 문학작품을 각색할 것을 주문한 바 있습니다.[111] 그러므로 누벨바그와 같은 프랑스 영화의 새로운 흐름은 문학과 영화의 결별을 선언한 것이 아니라 영화에 있어서 문학적 관심과 수용을 더욱 공격적으로 강조한 것이며 문학을 좀 더 자유롭게 영화에 적용하고 나아가 자아 반영의 보다 자유로운 해석을 통한 예술 영역의 확장을 꾀한 것이라 말할 수 있겠습니다.[112]

이런 점은 여러 곳에서 찾아볼 수 있습니다. 누벨바그의 선구적 영화인 〈짧은 송곳〉을 만든 아녜스 바르다는 소설을 쓰듯이 영화를 만들고 싶다고 말한 적이 있고, 알랭 레네는 누보로망 작가 마가렛 뒤라스의 소설을 원작으로 하는 자신의 영화 〈히로시마 내 사랑〉을 일종의 시라고 불렀습니다.[113] 특히 〈히로시마 내 사랑〉은 프랑스 여배우와 일본인 건축가 사이의 덧없고 긴장된 정사를 다루고 있는데, 영화는 시몬 드 보바르의 프랑스 실존주의 페미니즘을 구체적으로 실현한 영화라는 평을 듣기도 했습니다.[114]

---

111 Timothy Corrigan, p. 149.
112 로버트 스탬, 『자기 반영의 영화와 문학』, 한나래, 2005, 52쪽.
113 로버트 리차드슨, 70쪽.
114 존 오르, 『영화와 모더니티』, 민음사, 1999, 26쪽.

제8장 문학과 영화: 서사의 죽음과 부활

이에 한 걸음 더 나아가 알렉상드르 아스트뤽은 1948년 자신의 논문 "새로운 아방가르드의 탄생: 카메라-펜"을 통해서 영화는 이제 종래의 예술 수단, 다시 말해 그림이나 소설과 같은 표현 수단이 되고 있다고 말하면서 영화는 점차 언어가 되어 가고 있으며 영화가 언어라는 것은 예술가가 자신의 생각을 표현할 수 있게 되었음을 의미한다고 주장했습니다. 이런 점에 근거해서 아스트뤽은 이 새로운 시대를 카메라-펜 시대라고 명명하면서 영화는 이제 유연하고 섬세한 글쓰기의 수단이 될 것이라고 주장한 것입니다.[115]

60년대 이후는 영화가 어떤 의미에서 국제적인 공용어가 되었으며, 관객층은 학생 관객이 증가함에 따라 보다 젊어지고 더욱 두터워졌습니다. 이에 따라 영화는 본격적으로 대중문화의 한 장르로 완전히 자리 잡은 시대라 할 수 있습니다. 하지만 영화는 광범위하게 보급된 텔레비전과의 경쟁에서 살아남기 위해 다양한 관객 취향에 맞는 다양한 장르의 영화를 제작해야 했습니다. 주제적인 측면에서도 전통적인 가치와 통념에 도전하는 정치적 사회적 문화적 역사적 주제 의식을 반영한 영화들을 만들기 시작했으며, 무엇보다도 문학과 영화 사이의 상호 영향과 교류는 그 어느 때보다 대담하고 적극적이었다 말할 수 있겠습니다.

이 같은 경향은 한국의 경우 1960년대 찾아왔습니다. 실제로, 한국에서도 문학작품을 각색한 이른바 문예영화는 60년대부터 본격 자리 잡기 시작한 것입니다. 부조리한 현실과 개인의 존재 문제를 리얼리즘 터치로 다룬 유현목 감독의 〈오발탄〉과 신상옥 감독의 〈사랑방 손님과 어머니〉를 통해 문예영화는 그 틀을 잡았으며, 이후 김수용 감독의 〈갯마을〉의 성공을 필두로 문학작품의 영화화는 본격 시작되었습니다. 물론 그 이전에도

---

115 Timothy Corrigan, p. 159.

이광수의 〈꿈〉과 계용묵의 〈백치 아다다〉를 비롯하여 추리작가 김내성의 〈애인〉, 오영진의 〈시집가는 날〉과 〈인생차압〉, 김말봉의 〈생명〉 등이 좋은 평가와 흥행성적을 올렸습니다만, 60년대는 문예영화의 시대라 불릴 정도로 김동리의 〈까치소리〉, 황순원의 〈나무들 비탈에 서다〉, 이청준의 〈시발점〉, 김유정의 〈봄봄〉 등을 비롯하여 많은 문학작품들이 영화로 만들어진 시기입니다.

물론 일각에서 문예영화를 지나칠 정도로 많이 제작한 한 가지 이유는 정부의 우수 영화 보상 제도에 따라 외화 수입 쿼터를 확보하기 위한 것이 주목적이었다고 주장하면서 영화가 "너무나 안이하게 문학작품 속에 파묻혀버린" 경향이 있다고 비판 받기도 하지만,[116] 그럼에도 불구하고 "테마의 깊이와 소재의 다양성, 드라마적 구조가 뛰어난 문학소설을 영화화한 것은 한국 영화의 수준을 높이는데 크게 기여했다"는 평가를 받기도 했습니다.[117]

어떤 면에서 60년대 이후의 영화와 문학의 전통적인 관계는 텔레비전에 빼앗긴 관객들을 회복하기 위한 일환에서 지속된 것이라 보아도 과언이 아니며 배후에는 할리우드를 비롯한 국제적인 자본이 뒷받침된 것이었습니다. 그 대표적인 경우가 세실 드 밀의 〈전쟁과 평화〉와 〈십계〉, 윌리엄 와일러의 〈벤허〉, 데이비드 린의 〈아라비아의 로렌스〉, 그리고 프랑코 제피렐리의 〈로미오와 줄리엣〉 등과 같은 대작 영화들로서 모두 문학작품을 원작으로 하고 있습니다. 특히 제피렐리의 셰익스피어 영화는 청순한 이미지의 십대 배우들의 캐스팅, 장대한 스케일과 와이드 스크린, 그리고 테크니컬러 기법을 이용한 스펙터클 영화로 젊은 관객들의 감수성을 자극

---

116 이영일, 『한국영화전사』, 소도, 2004, 412쪽.
117 민병기 외, 『한국의 영상문학』, 183쪽.

제8장 문학과 영화: 서사의 죽음과 부활

하고 이들의 열광적인 호응을 이끌어내는데 성공했습니다. 이들 영화들은 원작의 명성을 익히 아는 일반 관객을 타깃으로 한 대중영화들로서 영화적 재미와 문학적 가치의 접목을 통해 텔레비전에 몰린 관객들을 다시 영화로 돌아오게 하고자 했습니다.

한국의 경우에 유신체제의 1970년대는 정부의 검열정책뿐만 아니라 전국적인 텔레비전 보급 등으로 인해 영화 산업이 전반적인 침체에 빠진 시기였으며 이와 같은 영화계의 장기 불황은 80년대까지 이어졌습니다. 이 시기는 개발 경제 시대의 경제 성장의 그늘을 다룬 이른바 "호스티스" 영화들(〈별들의 고향〉과 〈영자의 전성시대〉), 청바지와 통기타와 생맥주로 상징되는 대학생을 다룬 영화들(〈바보들의 행진〉, 〈병태와 영자〉) 그리고 고교 학창시절을 주로 다룬 이른바 "하이틴" 영화들(〈여고졸업반〉, 〈고교 얄개〉)이 큰 인기를 끌면서 시대의 특성을 잘 반영해 주었습니다. 그럼에도 불구하고, 한국의 정서를 바탕으로 향토적인 서정성을 반영한 리얼리즘 영화들이 만들어지기도 했습니다. 이에 따라 박경리의 『토지』, 이청준의 『석화촌』, 조정래의 『황토』, 한수산의 『부초』, 정한숙의 『고가』, 그리고 황순원의 『소나기』와 같은 뛰어난 문학작품들이 영화로 만들어질 수 있었습니다.

1970년대 한국에서도 개봉된 바 있는 마리오 푸조 원작의 〈대부〉 시리즈는 문학과 영화 사이의 관계를 가장 상징적으로 보여주는 영화라 할 수 있습니다. 프란시스 코폴라 감독은 평범한 대중소설을 시대를 반영하는 냉소주의적 주제를 담은 영화로 각색 연출하여 60년대 이후 문학과 관련된 할리우드 영화 가운데 가장 큰 성공을 거두게 된 것입니다. 이 영화가 대중의 공감을 이끌어내어 큰 성공을 거두게 된 것은 가족, 폭력 그리고 국가의 문제를 다룬 서사 영화로 승화시킨 연출의 힘에 기인한 것이지만 무

영상시대의 문화코드: 삶, 문학 그리고 영화

엇보다 문학과 영화는 기본적으로 시대의 목소리를 대변한다는 점을 〈대부〉는 너무나도 잘 보여주고 있습니다. 다시 말해 〈대부〉의 성공은 루이스 자네티의 주장처럼 베트남과 워터게이트 사건으로 인해 지성과 감성을 마비 당하고 망연자실해 있는 미국의 기진맥진한 냉소주의를 반영하고 있기 때문입니다.[118]

할리우드에서는 〈대부〉의 성공 이후 많은 아류작들이 쏟아져 나왔습니다. 시대적 흐름과 의식을 담은 베스트셀러 문학작품을 상업적 흥행을 목표로 하거나 혹은 작가주의 영화로 만들려는 욕망은 식지 않고 오히려 증가하였습니다. 영화와 문학의 결합과 그 예술적 가치는 상업적 성공 여부와 그 가능성의 판단에 따른 것이지만, 문학은 영화적 성공을 뒷받침하는 지식의 원천이자 소재의 공급원으로서의 역할은 계속되었다 할 수 있겠습니다. 이언 플레밍의 007 시리즈가 그 대표적인 흥행의 예라 할 수 있겠습니다. 특히 스티븐 킹, 딘 쿤츠, 로빈 쿡, 마이클 크라이튼, 토마스 해리스, 존 그리샴 등의 예를 보더라도 영화화를 주된 목적으로 한 다양한 소재와 장르의 대중문학작품, 이른바 "할리우드 소설" 혹은 "스튜디오 소설"의 출현이 본격 시작된 것입니다.

그렇지만 80년대 한국의 영화 산업은 컬러텔레비전과 비디오의 보급, 그리고 미국 영화 직배 등으로 총체적 위기가 지속되던 시기였습니다. 영화 법 개정 운동과 사전 검열 철폐 운동 등을 통해 정부의 엄격할 검열 통제는 다소 완화되기는 했지만 사회 비판적인 영화에 대한 검열은 여전했습니다. 예를 들면 임권택의 〈비구니〉 같은 영화는 아예 제작 중단 사태를 겪었고, 박종원의 〈구로아리랑〉은 공륜의 검열 과정에서 무려 21군데 장면이 잘려 나가 사회적 물의를 빚기도 했습니다.[119] 그러나 1975년 하길종,

---

[118] 루이스 자네티, 『영화의 이해』, 366쪽.

김호선, 이장호, 변인식, 홍파 등의 『영상시대』 동인들이 주도하면서 싹트기 시작된 영화예술 운동과 외국 문화원을 중심으로 한 영화팬 문화는 1980년대 접어들어 본격적인 영상세대 주도의 청년문화의 한 흐름으로 자리 잡게 되면서 향후 한국 영화 제작뿐만 아니라 영상 문화 발전의 커다란 초석을 다지게 됩니다.

그 중에서도 1960년대 후반 이후 국내에 설립되기 시작한 유럽 문화원은 한국의 영화 문화에 적지 않은 영향력을 발휘해왔습니다. 특히, 1980년대 초 비디오가 대중화되기 전까지 서울의 외국 문화원은 많은 영화에 굶주린 영화인들과 영화광들에게 도피처이자 안식처를 뛰어넘어 일종의 성지 역할을 했기 때문입니다. 독일 문화원과 프랑스 문화원은 1968년에 서울에 문을 열었고, 영국 문화원은 1973년에 개원했습니다. 특히 프랑스 문화원은 설립 초기부터 영화상영 중심으로 활동하여 유럽영화를 한국에 알리는 주도적인 창구역할을 담당했습니다. 이들 문화원에서 영화를 보고 배운 이들이 다양한 분야로 진출하여 이후 한국 영화의 신세대로 거듭나는 계기를 마련해 주었습니다. 예술이 억압받던 시절 유럽 문화원은 영화인들에게 유럽의 예술 영화를 접할 둘도 없는 학습 공간과 쉼터를 제공하였으며, 영화에 굶주린 사람들로 문전성시를 이루었습니다. 〈하얀 전쟁〉의 감독 정지영은 프랑스 문화원 시절을 다음과 같이 회상했습니다.

내가 영화 만들기를 배운 곳이 충무로였다면, 영화적 상상력과 안목을 넓힌 공간은 경복궁 정문 맞은편 프랑스문화원이었다. 이곳 시사실에서 프랑스 영화를 처음 대한 게 고려대 불문과 2학년이던 68년 봄. 그때로부터 감독 데뷔한 78년까지 내 여가 대부분을 이곳에 헌납했다. 프랑스

---

119 장세진, 『한국영화산책』, 예문, 1997, 316쪽.

영상시대의 문화코드: 삶, 문학 그리고 영화

문화원 1세대였다고나 할까. 당시엔 한해 상영되는 외화가 30편으로 제한됐고, 그나마 할리우드 상업영화 투성이였다. 비디오조차 없던 시절이었다. 영화광이었던 나는 제목만 듣던 쟁쟁한 화제작들을 본다는 설렘으로 문화원에서 살다시피 했다. . . 그 힘든 시절에도 술과 프랑스문화원 영화들은 쓰린 가슴을 달래 줬다. 프랑스 문화원은 영화 동지들을 운명적으로 만난 공간이기도 하다. . . 나는 30년 가까이 영화와 함께 살아간다. 그러나 영화의 새로움을 깨닫는 즐거움에 시간가는 줄 몰랐던 프랑스문화원 시절만큼 행복한 적은 없었다.[120]

대부분의 국내영화들이 문예영화, 반공영화 그리고 성애 영화들인데다, 소수의 외국영화 역시 대부분 미국 상업영화들인 그 시절 상황에서 "미학적, 성적, 사회적으로 억압받은 세대"들에게 외국 문화원은 일종의 비상구였으며, 군사정권하의 한국에 나라밖의 문화, 유럽, 세계의 이슈들을 자유롭게 볼 수 있는 자유와 해방의 세계를 간접 체험할 수 있는 창구이자 문화 특구를 문화원은 제공하였던 것입니다.[121] 유럽문화원에서 영화의 세례를 받은 이들은 80년대 중반 이후 문화원을 떠나 각자 사회로 진출하였고, 외국 문화원의 역할은 80년대 비디오 시대가 시작되면서 그 역할을 비디오에게 넘겨주었습니다. 이후 세대는 비디오를 보기 시작했기 때문입니다.

이들 영상세대 문화의 발전에 커다란 영향을 미친 외부 변화 요인을 간단히 살펴보겠습니다. 1970년대 이후 시작된 영화산업의 장기 불황에다 1980년대 중반 이후 비디오의 대중화와 맞물려 극장산업에도 큰 변화가 도래하게 됩니다. 1980년대 중반 외화 수입 자유화 조치가 시행되고 할리

---

[120] 『조선일보』(1997년 10월 27일).
[121] 『한겨레신문』(2006년 1월 19일).

제8장 문학과 영화: 서사의 죽음과 부활

우드 영화사가 한국 상영관에 직접 배급을 시작하기 전까지 국내 상영관은 보통 개봉관과 재개봉관, 그 이하 하번관으로 나뉘어져 있었습니다. 1980년 기준으로 살펴볼 때, 전국의 개봉관 숫자는 122개, 재개봉관 81개, 3번 관 35, 단매관 57개 정도였습니다. 상영관은 그 수가 1970년대에 지속적으로 감소하여 1971년에 717개에 이르던 전국의 극장 수는 1980년에 이르면 447개 정도로 줄어들었습니다.[122]

1980년대 중반 외국 영화의 수입 자유화로 공급 물량의 급증으로 인해 영화 개봉관에 일대 변화가 일어나기 시작했습니다. 소극장은 제작과 수입 자유화 이후 늘어난 영화의 공급량을 소화하는데 기여했고, 지역적으로 분산 설립되어 그 지역의 잠재적인 영화 관객을 상영관으로 흡인하였습니다. 그러므로 1980년대 있었던 큰 변화는 소극장의 수가 눈에 띄게 크게 증가하여 이후 극장 발전에 많은 변화를 가져왔다는데 있습니다. 영화산업의 쇠퇴에 비례하여 급격하게 줄어들던 상영관 숫자는 소극장 설치가 자유화되자 비로소 증가하기 시작합니다. 이후 1990년까지 소극장 숫자는 급증하여 일반 개봉관의 수를 능가하기에 이릅니다. 실제로 1982년 전국의 극장 수는 402개 정도였고 이 가운데 소극장은 9개관에 불과했지만, 1984년에 이르게 되면 소극장 수는 184개관으로 폭발적으로 증가하고 급기야 1990년에는 544개로 전국 극장 수의 70%에 가까운 수치를 점하게 됩니다.

1985년 이후 영화수입이 자유화되면서 다양한 영화들이 소극장에서 개봉되기 시작합니다. 개봉관의 부족으로 인해, 재개봉관에서 영화를 개봉하기 시작하면서 개봉관으로 변신을 시도하는 재개봉관들이 늘어나기 시작

---

[122] 1978년 전국 개봉관은 127개, 재개봉관은 72개, 3번 관은 66개, 단매관은 216개 정도였으며, 1979년 전국의 극장 수는 499개이며 이 가운데 1000석 이상 36, 500석 이상 190개, 300석 이상 223개, 300석 미만 50개 등이었습니다. 특히, 서울에는 97개의 극장이 있었는데 1000석 이상이 15개, 500석 이상이 45개, 300석 이상이 33개, 300석 미만은 4개 정도였습니다.

영상시대의 문화코드: 삶, 문학 그리고 영화

하였습니다. 재상영관 개봉은 1980년대 후반이 되면서 일상화되어 1989년에는 한국영화 13편, 외국영화 86편이 재상영관에서 개봉되었습니다. 소극장의 영화 개봉도 이런 과정을 거쳤습니다. 특히, 1994년 프린트 벌 수 제한이 폐지되자 기존 재상영관들은 대거 개봉관으로 바뀌었고 소극장들도 이런 과정을 거치면서 개봉관이 되었습니다. 재상영관은 평상시에는 재상영관 역할을 하면서 개봉관을 잡지 못한 영화들을 다른 재상영관과 연합하여 개봉하기도 하였습니다.

오래된 극장의 시설 개보수는 1980년대 소극장이 늘어난 이후 대대적으로 이루어지기 시작하였습니다. 깨끗한 환경과 저렴한 가격을 무기로 한 소극장의 도전에 직면한 기존의 극장들은 소극장에 관객을 빼앗기지 않기 위해 1980년대 중반 이후 극장 시설에 관심을 갖고 보수 관리에 착수하기 시작한 가운데, 기존의 낡은 극장들을 중심으로 1980년대 중반 이후 극장의 개보수 바람이 불기 시작했으며 새로운 개봉관들이 속속 문을 열었습니다. 소극장들이 개봉관으로 전환하는 가운데 개봉관으로 바꿀 능력이 없는 극장들은 다수 폐업을 하게 되는 상황에 처하게 됩니다.

이에 따라 많은 기존 상영관은 복합상영관으로 바뀌기 시작하여 1990년대 초가 되면서 많은 상영관이 멀티스크린을 갖추게 되었습니다. 이에 따라 극장 10개 중 7개가 소극장으로 바뀌어 소극장의 증가와 함께 한국영화 문화는 소극장 중심으로 변화하기 시작합니다. 소극장의 등장은 기존 극장의 변화를 촉진하였습니다. 영화 흥행이 전체적으로 부진한 상황에서 대형극장들 대신, 틈새시장 공략을 통해 경영의 안정을 이룬 소극장들이 상영관을 확장하였던 것입니다.

소극장은 인구밀도가 높고 기존의 극장이 없는 지역과 개봉관이 밀접한 시내중심가에서 멀리 떨어진 지역에 위치하여 주로 젊은 층을 타깃으

제8장 문학과 영화: 서사의 죽음과 부활

로 삼았습니다. 소극장이 관객의 선호를 받은 이유는 거리가 가깝고, 새롭게 지어서 상대적으로 깨끗하고 입장료가 저렴했다는 점입니다. 이로 인해 시내 중심의 상영관이 지역적으로 분산되었고, 아울러 기존의 영화 관람 문화와 그 세태에 변화의 바람을 몰고 와 향후 상영관의 복합 극장화에 디딤돌을 놓게 된 것입니다. 이후 소극장 중심의 복합상영관 건설은 모두 지속적으로 이루어졌습니다.

복합상영관은 1989년을 기점으로 본격적으로 증가하기 시작합니다. 한국에서 처음 개관한 복합상영관은 1986년 12월경 세 개 스크린으로 개관한 다모아 극장이라 할 수 있습니다. 이후 만들어진 복합상영관들은 모두 소극장들이었습니다. 1987년 개봉관 기능을 하던 극장은 씨네하우스, 씨네플라자, 다모아 극장을 비롯해 대략 45개 정도였습니다. 1980년대 중반 이후 소극장을 중심으로 생기기 시작한 복합 상영관은 서울 극장이 시네마타운이란 이름의 3개관을 개관하면서 1990년대 초반 이후에는 극장 문화에 있어 하나의 큰 흐름을 이루게 됩니다. 기존의 중대형 극장들도 커다란 상영관을 나누어 소상영관 공간 형태의 복합상영관으로 개조하거나 스크린 수를 더욱 늘리기 시작했기 때문입니다. 1983년 기준으로 14개 정도였던 서울 지역 개봉관 숫자는 1988년에는 24개로 늘어났습니다.

또한 1983년 〈007 네버 세이 네버 어겐〉의 동시개봉 이후 관행화 되다시피 한 이른바 체인 방식의 동시 개봉은 1994년에 단행된 프린트 벌 수 제한 폐지 조치와 함께 본격적인 동시 개봉 체제가 시작되었습니다. 이에 따라 1994년에 〈쉰들러리스트〉가 27개, 〈라이언 킹〉이 50개, 〈트루라이즈〉가 36개 극장에서 동시 개봉될 수 있었습니다. 동시개봉체제는 복합극장 건설을 더욱 가속화하였으며, 1994년 이후 동시 개봉, 즉 이른바 와이드 릴리즈가 자리를 잡으면서 이후 건설된 극장은 거의 대부분이 복합상영관이었습니다.

　현재 한국에서 개봉되는 대부분의 주류 영화는 이른바 멀티플렉스에서 상영합니다. 서울이든 지방의 중소도시이든 지금은 흔히 찾아볼 수 있게 된 멀티플렉스 상영관은 1998년 건립된 CGV 강변11을 시작으로 90년대 후반 이후 본격적으로 생겨나기 시작했습니다. 영화진흥위원회가 정의하는 기준에 따른 멀티플렉스의 개념은 "7개 이상의 스크린을 보유했거나 멀티플렉스 체인에 속해 있는 모든 극장"을 지칭합니다. 그러니까 멀티플렉스란 상영관을 7개 이상 보유한 복합상영관을 뜻합니다. 2005년 12월을 기준으로, 전국의 극장 수는 301개, 전체 스크린 수는 1,648개에 이르는데, 이 가운데, 멀티플렉스는 전국의 158개 극장에 1,269개 스크린으로 전체 스크린의 77%를 차지하고 있는 것으로 파악되고 있고, CGV, 프리머스, 롯데시네마, 메가박스, 씨너스 등 전국 5대 멀티플렉스 체인은 총 111개 극장에 858개 스크린을 점유하고 있는 것으로 나타나 있습니다. 이는 전체 스크린 1,648개 중 52.1%에 해당하며, 전체 멀티플렉스 스크린 1,269개 중에서는 67.6%에 해당하는 것이기도 합니다.

　이제 비디오 산업을 간략하게 살펴보겠습니다. 1979년에 금성, 대우 그리고 삼성전자가 비디오VCR를 처음 생산하면서 시작된 국내 비디오 산업은 1982년 비디오가 대중적으로 보급되기 시작하면서 이른바 비디오 문화라는 것이 본격 형성되기 시작했습니다. 여기에는 1988년에 흔히 "할리우드 직배"라고 불리는 미국 메이저 영화사의 직접 영화 배급이 정부에 의해 전격 허용 되고 외국 영화 수입 제한 조치가 풀린 이후 외국 영화 수입이 폭발적으로 증가하면서 비디오 시장이 급속하게 성장하기 시작한 것이 가장 큰 외적 요인이라 볼 수 있습니다. 물론 그 중심에는 할리우드 직배사가 자리 잡고 있습니다. 미국 메이저 영화사들이 직접 영화 배급을 시작하

제8장 문학과 영화: 서사의 죽음과 부활

면서 국내 비디오 시장의 큰 손은 당연히 미국 메이저 영화사였기 때문입니다. 이는 수치로 잘 알 수 있습니다. 1992년에 비디오 출시된 외화는 전체 2500편 가운데 무려 2천편에 달한 것이 이를 잘 말해줍니다.[123]

이에 따라 1992년 CIC와 컬럼비아-트라이스타, 20세기 폭스 사와 워너브러더스 등 4대 메이저 영화사의 국내 비디오 시장 점유율은 70%에 달했습니다.[124] 1996년에도 외국 비디오물의 시장점유율은 67%를 유지했습니다.[125] 1992년도 비디오 판매시장 규모 2천5백억 원, 소비자 대여 규모 4천억 원으로 증가하는 급성장을 기록하게 되었으며, 전국적으로 비디오 보급대수는 7백만 대에 이르렀습니다.[126] 1995년까지 2,500편대를 유지하던 출시편수는 1996년과 1997년에 2,000편대로 줄어든데 이어 1998년과 1999년에 1600편대로 급감했으나 2000년에는 디비디DVD 619편을 포함해 2084편의 비디오가 제작 공급된 것으로 집계되었습니다.[127] 비디오 보급률은 1993년에는 60%에 이르게 되고 비디오 수입편수만 1903편에 이르렀습니다. 2000년에 들어서면 비디오 보급률은 1,100만대(95%)에 이르렀으며, 제작사(355개), 배급사(127) 수도 전년대비 증가했습니다.[128]

그러나 폭발적으로 증가하던 전체 비디오시장은 1994년부터 감소하기 시작했습니다. 1995년 3월부터 전국 54개 지역에서 케이블TV 방송이 시작되어, 다양한 영화 전문 채널이 등장하여 서비스를 시작하였기 때문입니다.[129] 이에 따라 비디오 대여점은 1991년에 3만5천 개에 이를 정도로 급

---

123 『조선일보』(1993년 4월 22일).
124 『조선일보』(1992년 7월 28일).
125 『영화유통배급구조의 현황과 개선방향 연구』, 7쪽.
126 『영화연감』, 1993, 78쪽.
127 『한국경제』(2001년 11월 19일).
128 『한국경제』(2001년 11월 19일).
129 『한겨레신문』(1995년 4월 25일).

영상시대의 문화코드: 삶, 문학 그리고 영화

속히 증가하였으나 이후 조정국면을 맞아 1994년 초 2만7천개로 줄어들었습니다.[130] 1990년대 후반 전반적인 비디오 시장의 침체로 인해 비디오 대여점이 2001년엔 10,000개 정도로 줄어들었음에도 불구하고 1993년부터 등장한 셀스루 시장은 꾸준한 성장세를 유지하면서 비디오시장의 저변을 더욱 확대하는 계기가 되었습니다.

한편 1991년 지방대학가 주변에서 생겨나기 시작한 비디오방은 서울 부산 등 대도시의 대학가로 확산, 대학생들의 인기를 끌면서 새로운 영상문화의 한 형태, 새로운 문화공간으로 자리를 잡았습니다. 이용자가 일정한 요금을 내고 독립된 공간에서 자신이 원하는 비디오 영화를 TV모니터를 통해 감상할 수 있는 비디오방은 1993년 전국에 300여 개에서 96년에는 2000여 개 정도로 대폭 증가하여 비디오 영화를 감상할 수 있는 기회는 점차 늘어났습니다.[131] 그러나 1990년대 후반 이후 빼어난 화질과 음질의 영화를 감상할 수 있는 디비디가 점차 대중화되면서 기존의 많은 비디오방들은 급격히 퇴조하는 한편, 대학가를 중심으로 고화질 · 고음질의 디비디 감상실로 대체되면서 이른바 디비디방이 오락과 문화를 전달하는 새로운 복합문화공간으로 떠오르기 시작했습니다.[132]

앞서 살펴본 것처럼, 1980년대 중반 이후 영화를 보는 외적 환경의 급속한 변화와 더불어 본격적인 비디오 시대가 열리자 영화애호의 대중화 시대가 왔는데 이는 이른바 영상 키드의 본격 등장을 예고한 것입니다. 영화를 보고 읽는데 익숙해진 이들은 급기야 비디오카메라를 집어 들고 영화를 만들기 시작했으며, 자기 삶을 렌즈 속에 담고, 객관적으로 읽어낼 줄

---

[130] "비디오영상물의 판매전략" 『언론 사회 문화』 4 (1994), 282쪽.
[131] 『경향신문』(1993년 9월 11일).
[132] 『한국일보』(2001년 4월 16일).

제8장 문학과 영화: 서사의 죽음과 부활

아는 세대인 이들은 국내 영상문화의 한 부분을 장악해 나아갔기 때문입
니다.

　영화 팬들이 증가함에 따라 이들을 겨냥한 영화 관련 에세이를 비롯한
다양한 서적들도 쏟아져 나오기 시작한 시기도 다름 아닌 이 무렵입니
다.133 특히 이 무렵부터 대학가에 이들을 위한 비디오 교재 활용과 영화
연구도 활발해지기 시작했는데, 읽기보다 보기를 즐기는 젊은 영상세대를
가르쳐야 하는 대학교수들이 강의교재로 비디오 영화의 효능을 자각하면
서 비디오는 영화와 신문 방송뿐만 아니라 사회학, 여성학, 교육학, 역사,
인류학 또는 자연과학에 이르기까지 점점 그 활용의 폭을 넓히기 시작한
것입니다.134

　그럼에도 불구하고 80년대 이후의 한국은 어려운 가운데에서도 다양한
소재와 문제의식을 가진 비판적 리얼리즘 계열의 소설들이 작품성이 뛰어
난 영화로 많이 만들어진 시기이기도 합니다. 이장호 감독이 만든 최일남
원작의 〈바람 불어 좋은 날〉은 한창 재개발열풍이 불던 서울 강남을 무대
로 도시 변두리에 떠돌던 시골 출신 젊은이들의 좌절과 희망을 그려냈습
니다. 진부하고 통속적인 멜로드라마에서 벗어나 리얼리즘 영화의 가능성
을 보여준 영화로 자리매김한 것입니다.

　이 영화의 뒤를 이어 황석영의 『어둠의 자식들』, 조세희의 『난장이가
쏘아올린 작은 공』, 이동철의 『꼬방 동네 사람들』과 『바보선언』 등과 같은
사회 고발의 성격이 짙은 비판적 리얼리즘 계열의 문학작품들이 잇달아
영화로 만들어지면서 신 군부 정권하의 사회 부조리와 소외된 서민계층과
도시 빈민의 궁색한 삶의 단면을 영상에 담았습니다. 특히, 오종우의 사회

---

133 『서울신문』(1992년 12월 19일).
134 『한겨레신문』(1993년 5월 1일).

영상시대의 문화코드: 삶, 문학 그리고 영화

풍자 연극을 원작으로 하는 박광수의 〈칠수와 만수〉는 페인트공인 칠수와 만수의 삶을 통해 자유가 억압된 한국 사회의 상징적 축도를 담아내면서 소통 부재의 억눌린 한국 사회의 일면을 풍자하고 있습니다.[135] 이처럼, 80년대 이후 리얼리즘 계열의 영화들은 민주화의 열기를 담은 정치적 지향을 통해 한국 사회가 안고 있는 여러 문제들을 리얼리즘 시각에서 담아내려고 애를 썼습니다. 그러므로 〈바람 불어 좋은 날〉을 비롯하여 〈만다라〉, 〈바보선언〉, 〈기쁜 우리 젊은 날〉, 〈칠수와 만수〉, 〈남부군〉, 〈그들도 우리처럼〉, 〈태백산맥〉, 〈그 섬에 가고 싶다〉 등으로 대표되는 리얼리즘 영화들은 새로운 영화 흐름을 형성하면서 90년대 한국 영화의 부흥에 적지 않은 초석을 다지게 되었습니다.

기존 이념에 대한 도전과 새로운 시각의 제시는 한때 이른바 "멜로 영화"와 추리 영화를 주로 만들던 정지영 감독의 갑작스런 변신에서 극적으로 찾아볼 수 있습니다. 그는 〈남부군〉을 통해 빨치산 출신 이태의 수기를 모태로 분단의 문제를 다루면서 반공이념의 산물인 지리산 빨치산을 객관적으로 묘사했다는 점에서 높은 평가를 받았습니다. 이외에도 그는 안정효의 소설 『하얀 전쟁』과 『헐리우드 키드의 생애』와 같은 문제 소설을 영화로 만들어 냈습니다.

특히 〈하얀 전쟁〉은 영화의 시점은 과거(베트남 참전 당시)와 현실(80년 서울의 봄)을 번갈아 가며 베트남 전쟁 피해자의 의식을 투영하면서 월남전을 소재로 한 첫 한국 영화가 되었습니다. 또한 조정래의 소설을 각색한 임권택의 〈태백산맥〉은 형제간에도 총부리를 들이댔던 좌우익 갈등과 피의 보복, 그리고 분단과 전쟁으로 인한 동족상잔의 처절함을 영상으로 담아냄으로써, 이념이 평범한 한 마을을 좌익과 우익으로 갈라버린 전쟁의

---

[135] 한상준 외, 222쪽.

제8장 문학과 영화: 서사의 죽음과 부활

비극을 처연하게 그려낸 리얼리즘 수작입니다. 같은 맥락에서 박광수 감독의 〈그 섬에 가고 싶다〉도 반공과 냉전 이념의 산물을 영상에 담은 영화입니다. 임철우의 『붉은 산, 흰 새』와 『곡두 운동회』를 각색한 영화는 한국전쟁 이후의 분단의 아픔과 비극적인 현실로 내몰린 섬사람들의 삶을 그리면서 이념 앞에 처참히 유린당한 순박한 민중의 삶의 비극을 다루었습니다.

이밖에 이문열의 소설을 각색한 박종원 감독의 〈우리들의 일그러진 영웅〉은 초등학교 교실이라는 공동체에서 벌어지는 사건을 통해 한국 사회의 의식구조와 권력 행태를 신랄하게 풍자하면서, 기존의 사회를 떠받치던 이념과 거대 담론을 되묻고 있습니다. 특히 박광수 감독의 〈아름다운 청년 전태일〉과 그리고 장선우 감독의 〈꽃잎〉은 노동과 역사의 문제를 다룬 리얼리즘 영화로서 주목받았습니다. 전자는 70년대 노동자의 삶을 현재와 과거를 교차하며 컬러와 흑백의 절제된 영화 화법으로 담아내고 있습니다. 영화는 1975년 시국사범으로 수배를 받고 있는 운동권 학생 김영수가 전태일의 평전을 쓰기 위해 회상하는 방식으로 노동세계의 억압된 현실을 여과 없이 그리면서 우상이 아닌 인간 전태일을 부각시키는데 성공했습니다.

반면에 〈꽃잎〉은 15세 소녀의 시각을 빌린 액자의 틀을 통해 광주 민주화 운동을 조망하고 있습니다. 영화는 최윤의 소설 『저기 소리 없이 한 점 꽃잎은 지고』를 원작으로 하면서 현대사의 비극으로서 그 동안 금기시되어온 당시 사건을 다룬 최초의 극영화가 되었습니다. 영화는 격변하는 정치적 사건의 소용돌이 속에서 광주 항쟁의 실체를 직접 묘사하는 정공법의 부담을 덜기 위해 어린 십대 소녀의 정신적 상처에 카메라의 포커스를 맞추고 있습니다. 그러므로 이들 영화는 노동과 사회 그리고 역사와 정치에 관련한 묵직한 맥락 의미를 새로운 시각과 인식을 토대로 접근하여 스크린을 통해 되묻는데 성공함으로써 90년대 한국 영화의 새로운 성과를 거둘 수 있었습니다.

휴머니즘적 가치관과 사회의식의 합목적성을 지향하면서 80년대 영화 흐름의 한 축을 담당했던 이들 영화들은 이전 시대와는 달리 90년대에는 더 이상 큰 힘을 얻지 못하고 시장 중심의 소비 논리에 함몰되고 그 주도권을 새롭게 주류를 형성한 다양한 장르 복합형 영화들에 내주고 맙니다.

그럼에도 불구하고 삶과 문화, 사회와 역사, 그리고 일상을 바라보는 다양하고 새로운 인식을 담은 리얼리즘 영화들은 90년대 들어서도 꾸준히 만들어졌습니다. 이청준의 소설을 원작으로 하는 임권택의 〈서편제〉는 소리꾼과 수양딸의 삶의 모습을 통해 전통의 몰락과 뿌리 뽑힌 민중의 삶의 모습을 보여주면서, 판소리를 매개로 전통과 근대화 사이의 갈등과 화해라는 다소 무거운 주제를 인내심 있는 카메라 시선으로 다루고 있습니다.

이에 비해 장선우 감독의 〈경마장 가는 길〉은 조금 가벼운 리얼리즘 영화입니다. 하일지의 소설을 원작으로 하는 이 영화는 치밀한 사실주의적 영화 기법을 통해 지식인 사회의 위선적이고 비열한 대립의 모습과 일상의 식민주의적 근성을 카메라에 담았습니다. 이후 장선우는 장정일의 소설을 각색한 〈너에게 나를 보낸다〉에 이르러서는 아예 물질 사회의 일상적 욕망의 무게에 눌려 일그러진 삶의 군상을 감정의 거품을 뺀 차가운 카메라의 시선을 통해 아예 한 편의 영화적 패러디로 담아내었습니다.

하지만 일상에 대한 리얼리즘의 시각을 하나의 은유의 순간으로 승화시킨 영화는 홍상수 감독의 〈돼지가 우물에 빠진 날〉이었습니다. 구효서의 『낯선 여름』을 원작으로 하되 아예 제목까지 바꿀 만큼 철저하게 작가주의적 태도로 원작을 뜯어 고쳐가며 연출한 이 영화는 등장인물들의 서

제8장 문학과 영화: 서사의 죽음과 부활

로 얽히고설킨 하루의 일상을 옴니버스 형태로 정밀하고도 치열한 태도로 그리고 있습니다. 그러면서 영화는 보통의 삶을 살아가는 사람들의 삶의 하루 하루는 서로 얽히고설킨 관계의 삶으로 살아가되, 결코 빠져 나올 수 없는 일상의 양태로서 살아간다는 일종의 일상의 은유가 되고 있다는 점에서 영화는 90년대 후반의 한국 영화의 새로운 발견이 되고 있습니다.

90년대 영화를 그 이전의 시대와 구별할 수 있는 또 하나의 특징을 꼽으라면 이른바 페미니즘 영화라는 명칭을 부여 받는 이를테면 여성의 권리 회복의 목소리를 담은 여성 영화들이 차츰 그리고 꾸준히 만들어졌다는 점에 있을 것입니다. 국내에서는 처음으로 성폭행의 문제를 여성의 편에서 고발한 영화인 김유진 감독의 〈단지 그대가 여자라는 이유만으로〉가 대표적입니다.

내용은 이렇습니다. 밤늦은 길에 귀가하던 한 주부가 두 청년에게 성폭행을 당할 위기에 처하게 됩니다. 그녀는 위기의 순간에 본능적으로 가해 청년의 혀를 깨물어 버리고, 이로 인해 오히려 혀를 손상시켰다는 이유로 가해자로 몰려 고소를 당해 구속되기까지 합니다. 재판과정 내내 검찰, 재판부, 그리고 상대 측 변호사는 성적, 인격적 모욕을 일삼으며 그녀를 문제 있는 여자로 규정합니다. 결국 그녀는 유죄를 선고 받고 형 집행유예로 풀려나게 되지만, 풀려난 이후에도 남편과 가족의 불신과 주위의 따가운 시선은 그녀를 더욱 고통으로 내몰게 됩니다. 그녀는 남편의 만류를 뿌리치고 항소를 결심하고 변호를 자청한 여 변호사와 함께 끈질긴 법정 투쟁에 나서지만, 결과는 나아지지 않고 급기야 자살 시도까지 하게 됩니다. 하지만 사건현장에 있던 시누이의 위증에 대한 번복 증언으로 사건은 해결되고 그녀는 결국 무죄를 선고 받게 됩니다.

이 영화를 필두로 적극적으로 여성의 권익을 위해 투쟁하는 여성을 그

영상시대의 문화코드: 삶, 문학 그리고 영화

린 양귀자의 소설을 영화로 만든 장길수 감독의 〈나는 소망한다 내게 금지된 것을〉을 비롯하여 결혼에 대한 환상을 여지없이 깨뜨린 공지영의 소설 『무소의 뿔처럼 혼자서 가라』 등과 같은 영화들이 만들어졌습니다. 같은 해에 나온 『개 같은 날의 오후』는 색다른 코미디 영화입니다. 가부장적이고 권위적인 남성사회를 백 년 만에 찾아온 무더위에 비유하며 그 동안 마초 같은 남성들에 눌려 지내던 여성들의 집단 분노를 희극적으로 풀어내고 있습니다. 이에 비해 소설가 신경숙의 첫 장편소설을 각색한 곽지균 감독의 〈깊은 슬픔〉은 엄밀히 말해 여성영화는 아니지만, 한 여자와 그녀가 짧은 생애 동안 만난 사람들 사이의 만남과 사랑을 매개로 한 관계의 얽힘과 풀림의 이야기를 담아낸, 매우 서정적인 원작의 분위기를 영화는 잘 담아내고 있습니다.

하지만 90년대 개봉된 이른바 여성 영화 가운데 가장 특이한 영화는 아마도 박철수 감독의 〈301, 302〉가 아닐까 합니다. 영화는 김수경의 원작소설을 각색했다고 알려져 있으나, 공교롭게도 이 영화는 장정일의 시 「요리사와 단식가」와 매우 흡사합니다.

시의 내용 가운데 일부를 잠깐 살펴보겠습니다. "301호에 사는 여자, 그녀는 요리사다. 아침마다 그녀의 주방은 슈퍼마켓에서 배달된 과일과 채소 또는 육류와 생선으로 가득 찬다. 그녀는 그것들을 굽거나 삶는다. 그녀는 외롭고, 포만한 위장만이 그녀의 외로움을 잠시 잊게 해준다. 하므로 그녀는 쉬지 않고 요리를 하거나 쉴 틈 없이 먹어대는데, 보통은 그 두 가지를 한꺼번에 한다. 오늘은 무슨 요리를 먹을까? 그녀의 책장은 각종 요리사전으로 가득하고, 외로움은 늘 새로운 요리를 탐닉하게 한다. 언제나 그녀의 주방은 뭉실뭉실 연기를 내뿜고, 그녀는 방금 자신이 실험한 요리에다 멋진 이름을 지어 붙인다. 그리고 그것을 쟁반에 덜어 302호 여자에

제8장 문학과 영화: 서사의 죽음과 부활

게 끊임없이 갖다 준다."

　영화는 기존 영화에서는 찾아볼 수 없는 독특한 주제와 기법을 선보여 "인간의 가장 기본적인 욕구인 식욕과 성욕을 연결시켜 삶의 근본 문제를 다룬 영화"라는 평을 들었습니다.[136] 영화는 각색 영화이면서도 풍부한 시적 상징뿐만 아니라 컬트적 요소를 갖춘 블랙 코미디이기도 합니다. 아파트라는 폐쇄된 공간에서 301호에 사는 송희는 남편의 외면으로 음식에 집착하는 대식증에 걸린 이혼녀이고, 의붓아버지에게 성폭행을 당한 씻을 수 없는 기억을 가지고 있는 맞은 편 302호에 사는 윤희는 먹는 것을 섹스의 고통으로 받아들이는 거식증 환자입니다. 301호는 부지런히 음식을 장만하여 302호에게 갖다 주지만 후자는 그것을 받아들이지 못합니다. 둘의 갈등은 극에 달하지만 서로의 과거를 알게 된 후 정신적 교감을 하게 되고 결국 302호 여자가 301호 여자의 요리 재료가 되기를 자청함으로써 오랜 고독에서 벗어난다는 이야기를 다루고 있습니다. 박철수 감독은 이 영화의 작품 세계를 "남성 중심의 사회로부터 상처받은 두 여성이 가정에 폐쇄되어 급기야는 여성이 여성을 파괴하는 것"이라고 말하면서 "바로 그것이 기존의 멜로드라마 혹은 페미니즘 영화와 다른 점"이라고 밝히고 있습니다.

　80년대와 90년대 들어오면서 문학과 영화가 지닌 형식의 가치와 의미는 기본적으로 미학적 혹은 사회적 담론보다도 오히려 시장 경제와 자본에 의해 결정되는 경우가 더욱 빈번해졌습니다. 이 같은 맥락에서 영화의 제작은 작품성보다는 시장의 판단과 흥행을 우선적으로 고려하게 되는 경우가 잦아졌습니다. 결국 시장 메커니즘은 미국을 비롯한 전 세계 영화 시장을 지배하는 담론으로 자리 잡게 된 것입니다. 외국 영화를 예로 들면 물론 셰익스피어나 헨리 제임스와 같은 고전 문학작품을 순수한 작가주의

---

136 김성곤, 『문학과 영화』, 민음사, 1997, 398쪽.

영상시대의 문화코드: 삶, 문학 그리고 영화

정신과 창조적 연출이 뒷받침된 영화로 만드는 경우라 하더라도 상업성을 배제하거나 대중성 혹은 오락성을 무시할 수는 없습니다. 문학을 각색한 영화는 예술작품이기 이전에 시장의 상품이자 오락물로서 여가를 즐기는 소비자 대중의 구매욕을 자극하고 그들의 판단과 이해 그리고 공감을 얻어내야 할 뿐만 아니라 그들의 취향을 감안해야 하는 소비재이기 때문입니다.

셰익스피어 영화를 예로 들어보겠습니다. 아마도 전 세계를 통틀어서 문학작품 가운데 가장 많이 영화로 만들어진 작가는 셰익스피어가 아닐까 생각합니다. 1998년에 개봉된 〈셰익스피어 인 러브〉를 포함해서 390여 편 정도가 제작되었기 때문입니다. 『햄릿』만 하더라도 극장 판 영화만 54편 정도 제작되었다고 합니다.[137]

그렇지만 로만 폴란스키Roman Polanski와 프랑코 제피렐리Franco Zeffirelli 이외에는 이렇다 할 셰익스피어 영화를 만날 수 없었던 70-80년대의 정체기를 지나고 난 뒤, 90년대 이후에는 케네스 브래너의 〈헨리 5세〉를 필두로 다양한 셰익스피어 영화들이 만들어졌습니다. 이들 셰익스피어 영화는 셰익스피어의 대중성에 기여해왔을 뿐만 아니라 치밀한 연출이 뒷받침된 잘 만든 각색영화로서 관객들의 눈높이를 만족시켰습니다.

실제로 『로미오와 줄리엣』 그리고 『햄릿』과 같은 잘 알려진 셰익스피어 극뿐만 아니라 『헨리 5세』 그리고 『헛소동』처럼 비교적 덜 알려진 작품에 이르기까지 다양한 셰익스피어 영화들이 제작되었으며, 구스 반 산트의 〈아이다호〉My Own Private Idaho, 알 파치노의 〈리차드를 찾아서〉Looking for Richard, 존 매든의 〈셰익스피어 인 러브〉Shakespeare in Love를 비롯한 15편의 셰익스피어 방계 영화들이 90년대에 만들어졌습니다. 이들 대부분의 영화

---

137 여석기, 「여러 개의 Hamlet 영화」, 『디오니소스』 3 (1999), 23쪽.

들은 실제로 한국에서도 개봉 또는 비디오로 소개되었으며, 이 가운데 바즈 루만의 〈로미오와 줄리엣〉과 존 매든의 〈셰익스피어 인 러브〉는 극장 개봉 후 상업적으로도 큰 성공을 거두게 됩니다.

특히 〈전망 좋은 방〉, 〈하워즈 엔드〉, 그리고 〈남아있는 나날〉 등과 같은 제임스 아이보리 감독의 영화들로 대표되는 이른바 고전시대극 풍의 영화들이 마치 유행처럼 나오기 시작한 것도 바로 90년대라 할 수 있습니다. 이에 따라 샬롯 브론테의 『제인 에어』, 월터 스코트의 『롭 로이』, 메리 셸리의 『프랑켄슈타인』, 제인 오스틴의 『엠마』와 『센스 앤 센서빌리티』, 토마스 하디의 『테스』, 찰스 디킨스의 『위대한 유산』, 버지니아 울프의 『올란도』 등의 영국 소설 작품들뿐만 아니라 루이자 메이 올콧의 『작은 아씨들』 에디트 워튼의 『순수의 시대』, 윌리엄 스타이론의 『소피의 선택』, 토니 모리슨의 『비러브드』, 하퍼 리의 『앵무새 죽이기』 그리고 레이먼드 카버의 『숏컷』 등을 비롯한 많은 미국 소설 작품들도 영화로 만들어져 극장에 나오기 시작했습니다.

물론 스티븐 킹이나 존 그리샴 그리고 마이클 크라이튼 등으로 대표되는 대중적인 장르 문학 작품뿐만 아니라 앨리스 워커, 에이미 탄, 대니 보일 그리고 가즈오 이시구로 등의 우수한 동시대 모던 클래식 소설가들의 작품들도 영화로 만들어져 나오게 된 것도 하나의 큰 특징이라 할 수 있겠습니다. 그리하여 흑인 문제뿐만 아니라, 은둔자에 대한 편견, 저소득층에 대한 질시, 개별 학생의 능력 무시 등 다양한 관습과 편견에 의해 소외 받는 것들을 차분하게 그린 하퍼 리의 『앵무새 죽이기』를 비롯하여, 미국 내 중국인들의 세대 갈등과 문화 충돌을 독특한 개성으로 그려낸 에이미 탄의 『조이 럭 클럽』, 피터 헤지스의 『길버트 그레이프』, 그리고 엘리스 워커의 『칼라 퍼플』 등과 같은—애초에 영화화를 목적으로 하지 않은—많은

영상시대의 문화코드: 삶, 문학 그리고 영화

현대 소설가의 작품을 영화로 만나볼 수 있게 된 것입니다.

90년대를 특징짓는 한 가지 현상을 꼽는다면 그것은 전 세계적으로 마치 유행처럼 다양한 고전문학을 원작으로 하는 영화들이 잇달아 만들어지고 게다가 흥행에도 성공했다는 사실입니다. 티모시 코리건은 할리우드에서 고전 작품들이 잇달아 영화로 만들어지게 된 이유에 대해서 일종의 문화적 보수주의로 회귀하려는 일종의 반동적 움직임이자 내용보다 양식에 보다 많은 관심을 보이는 영화 관객의 취향을 반영한 흐름이라고 설명하면서 한편으로는 전통적인 플롯과 등장인물을 축소하려는 최근의 영화 제작 경향에 반기를 든 것으로 설명하고 있습니다.[138]

이 같은 고전 회귀의 추세는 앞서 설명한 것처럼 전통적인 줄거리와 인물화를 축소하려는 동시대의 영화 제작 경향에 대한 반작용이자 초민족적, 초국가적, 그리고 다문화적 시대 흐름에서 필연적으로 수반되는 이질 문화의 유입에 대한 반동과 그에 따른 보수적 회귀의 한 경향으로서, 한편으로는 과거의 사회적 심리적 질서에 대한 일종의 갈망과 향수를 담은 문화적 보수주의의 한 일환일 수 있을 것입니다. 물론 조금 다른 시각에서 경제적으로 여유로워진 중산층의 고급문화에 대한 지적 갈증과 수요를 일부 반영한 현상으로 보아도 무방할 것입니다.

---

[138] Timothy Corrigan, p. 72.

제8장 문학과 영화: 서사의 죽음과 부활

모더니즘과 영화

제임스 조이스, 에이젠슈타인, 몽타주 시학

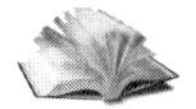

영화는 에디슨의 영화기계 발명으로
시작된 것이라기보다 과거의 풍부한 문화적 전통을 계승한 예술 장르 가
운데 하나입니다. 특히 영화적 몽타주는 소설에 기원을 두고 있다는 점을
생각해 볼 때 연극, 문학, 회화, 음악을 비롯한 다양한 예술매체들과 영화
사이의 연계는 오히려 자연스러운 현상이라는 것이 지금까지의 정설입니
다.[139] 그러나 영화는 기본적으로 시각적 이미지를 주로 사용하고 문자 텍
스트인 소설은 언어적 이미지를 바탕으로 하기 때문에 소설에서 영화적
몽타주를 분석한다는 것은 다소 생소한 점이 없지 않아 있을 수 있습니다.

우선 진 엡스타인 같은 초기 영화 비평가들이 다른 예술매체에 의해
오염되지 않은 순수 시네마를 주장한 것에서도 알 수 있듯이, 두 매체 사
이의 물리적 상이함 때문일 수 있습니다. 게다가 소설보다 영화는 음악과
마찬가지로 시제가 거의 존재하지 않는 현재성에 기초하고 있기 때문에

---

[139] Robert Stam, *Film Theory: An Introduction.* Oxford: Blackwell, 2000, p. 33.

제9장 모더니즘과 영화: 제임스 조이스, 에이젠슈테인, 몽타주 시학

시간 예술에 더욱 가깝다는 특성을 가지고 있습니다. 그러므로 설령 소설 속에 영화에 존재하는 동시적 몽타주가 존재한다 하더라도 진정한 의미의 동시성은 글로 이루어진 소설에서는 거의 불가능한 것으로 보일지도 모릅니다.

이런 점에 비춰볼 때 제임스 조이스의 소설 속에서 영화적 몽타주를 찾아낸다는 것이 일견 타당성이 없어 보일 수도 있습니다. 하지만 제임스 조이스가 자신의 소설『더블린 사람들』,『젊은 예술가의 초상』그리고『율리시즈』등에서 몽타주와 같은 영화 장치를 사용한 것은 그의 문학에 있어서 가장 혁신적인 업적 가운데 하나인 동시에 모더니즘 예술의 진수로 간주되어 왔습니다.[140] 에이젠슈테인은「영화원리와 표의문자」(1929)라는 글을 통해 조이스 소설이 갖는 영화적 특성을 가장 먼저 밝힌 바 있습니다. 해리 레빈과 앨런 슈피겔과 같은 많은 학자들은 제임스 조이스의 소설기법과 영화적 방법 사이의 유사성에 지적하는 가운데 모더니즘 작가들과 영화 사이의 관련성에 주목했습니다. 세계적인 미디어 학자 마샬 맥루한도『미디어의 이해』(1964)에서 조이스의 의식의 흐름에 주목하면서 조이스와 영화 사이의 관련성을 언급하고 있습니다.

심지어 어떤 학자는 조이스와 에이젠슈테인, 그리고 프랑스의 누벨바그 세대 영화감독 장 뤽 고다르 사이의 예술적 유사성을 주목하고 있습니다.[141] 실제로 코스탄조William Costanzo는 조이스와 에이젠슈테인의 몽타주 기법을 비교하면서, 그의 소설은 페이드아웃, 패닝, 디졸브를 비롯한 다양한 영화 촬영기법에 해당하는 유사한 예를 쉽게 찾아볼 수 있다고 주장합니

---

140 Luke Gibbons, *Transformations in Irish Culture*. Notre Dame: University of Notre Dame Press, 1996, p. 165.
141 Ruth Perlmutter, "Joyce and Cinema." *Boundary 2* 6(1978), pp. 481-502.

다.[142] 그러므로 그의 소설에 나타난 영화적 몽타주 기법의 분석과 이해는 소설과 영화 사이의 상호관계뿐만 아니라, 문학이 갖고 있는 역사적 · 정치적 맥락을 이해하는데 많은 도움을 줄 수 있을 것입니다.

미국 초기 영화의 개척자인 D. W. 그리피스는 평소에 찰스 디킨스의 소설을 촬영 장소에 가지고 다닌 것으로 유명합니다. 실제로 그는 자신이 즐겨 사용하던 크로스 커팅의 개념을 찰스 디킨스에게서 가져온 것이라고 밝히기도 했습니다.[143] 에이젠슈테인은 그리피스의 몽타주가 디킨스의 소설『올리버 트위스트』의 장면전환과 유사하다는 점을 지적하면서 그리피스가 확립한 평행 몽타주의 기원이 찰스 디킨스에 있음을 입증했습니다. 그는 그리피스가 "동시 진행 액션의 기법을 통해 몽타주에 도달했으며, 이런 아이디어를 얻게 된 것이 바로 찰스 디킨스에 의해서였다"고 밝히고 있습니다.[144]

평행몽타주란 시간적으로 동시적인 쇼트의 교차적 방법을 사용하는 것으로 두 개의 이야기를 유기적으로 교차 편집하면서 외적 통일성을 이룩하는데, 다시 말해 연결에 바탕을 둔 평행몽타주는 나란히 진행하는 이야기의 외형적 발전에 초점을 두고 그것을 긴박감 있게 표현하는 것에 중점을 두는 전형적인 미국식 몽타주입니다.[145] 에이젠슈테인에 따르면『올리버 트위스트』에서 찰스 디킨스는 "무대의 관습에 따르면 모든 훌륭한 잔인한 멜로드라마는 [⋯] 비극적인 장면과 희극적인 장면이 규칙적으로 교차된다"고 말하면서 19세기 멜로드라마에 흔했던 급격한 장면전환이 지나치

---

[142] William Costanzo, "Joyce and Eisenstein: Literary Reflections on the Reel World," *Journal of Modern Literature* 11 (1984), p. 176.

[143] 로버트 리차드슨, 『영화와 문학』, 이형식 옮김. 동문선, 56쪽.

[144] 앞 책, 28쪽.

[145] 김용수, 『영화에서의 몽타주 이론』. 열화당. 1996, 161쪽.

제9장 모더니즘과 영화: 제임스 조이스, 에이젠슈테인, 몽타주 시학

고 앞뒤가 맞지 않는 것이라 하더라도 소설에서는 적절한 것이라고 옹호하고 있습니다. 요약하자면, 찰스 디킨스는 멜로드라마의 전통을 이어받고 그리피스는 다시 찰스 디킨스에게서 배웠음을 에이젠슈테인은 밝히고 있는 것입니다.[146]

특히 에이젠슈테인이 맑스의 『자본』을 비롯해서 조이스의 『율리시즈』까지 영화로 만들려는 계획을 세운 것은 매우 유명한 일화로 남아 있습니다.[147] 에이젠슈테인은 1928년 2월에 『율리시즈』를 입수하면서 그의 지적 영화 발전에 전기를 맞게 됩니다. 그는 『율리시즈』를 읽고 또 읽으며 조이스의 소설을 "서구 영화 예술에 있어서 가장 흥미로운 사건"이라고 부르면서 "나의 마음은 조이스와 미래의 영화에 대한 온갖 생각으로 가득 차 있다"라고 자신의 흥분된 감정을 피력하기도 했습니다.[148] 에이젠슈테인은 두 작품의 영화화를 통해 지적 영화의 가능성을 모색하였습니다. 그 해 3월에 쓴 일기를 보면 『율리시즈』가 『자본』의 영화 프로젝트에 알맞은 혁신적인 표현 양식의 연출에 매우 필수적이라는 것입니다.[149] 이것은 그가 지적 영화의 개념과 몽타주의 틀을 정립하는 과정에서 조이스의 소설에 나타난 내적 독백과 의식의 흐름, 그리고 내적 경험의 표현으로부터 많은 영향을 받은 것을 보여주는 대표적인 사례라 하겠습니다.

에이젠슈테인은 『율리시즈』의 전도된 서사 시점을 영화에 접목하면서 연상聯想과 연속連續의 형태를 통해 필름의 숏과 시퀀스의 구축을 시도합니다. 이후 그는 평생을 소설 예술에 전력을 다했습니다. 급기야 1928년 12

---

146 앞 책, 164쪽.
147 Robert Stam, p. 43.
148 William Costanzo, p. 176.
149 James Goodwin, "Eisenstein, Ecstasy, Joyce, and Hebraism," *Critical Inquiry* 26 (Spring 2000),
    p. 538.

영상시대의 문화코드: 삶, 문학 그리고 영화

월에는 모국어가 아닌 영어로 "조이스의 의식의 흐름" 방식으로 글을 쓰는 실험을 단행하기도 했습니다. 이른바 "조이스가 블룸을 묘사하는 매우 정밀한 방식으로" 자기 자신에 관한 꼼꼼한 자서전을 쓰려고 시도한 것으로 보입니다.[150] 1930년에는 비록 실패로 끝나 도중하차하긴 했지만 미국 소설가 드라이저 원작의 『미국의 비극』을 영화로 각색하기 위해 할리우드에 있으면서 조이스적인 내적 독백을 영화로 연출하려는 야심찬 시도를 하기도 했습니다.

조이스는 평생에 걸쳐 영화에 지속적인 관심을 가지고 있었던 것으로 보여집니다. 그가 영화에 대해 대내외적으로 보여준 관심과 행동은 남다른 일면이 있습니다. 조이스의 전기 작가로 유명한 리차드 엘만에 따르면 조이스는 『율리시즈』를 다른 언어로 번역하는 것은 불가능한 일이지만 다른 매체, 예컨대 영화로는 만들 수는 있을 거라고 생각했습니다.[151]

조이스는 베를린을 소재로 한 도시 다큐멘터리 영화 〈베를린〉(1927)을 만든 독일 출신의 발터 루트만Walter Ruttmann 감독이나 에이젠슈테인 정도만이 『율리시즈』를 제대로 된 영화로 만들 수 있을 것이라고 그의 친구 유진 졸라스에게 말한 적이 있습니다.[152] 그는 미국의 워너 브러더스 영화사가 『율리시즈』를 영화로 제작하고 싶다는 공식 요청을 편지로 보냈음에도 작품의 예술적 손상을 우려한 나머지 이를 반대했지만, 폴 레옹이 이와 관련된 일을 계속 추진하는 것에 대해서는 사실상 묵인했습니다. 또한 조이스는 스튜어트 길버트가 『율리시즈』를 영화로 각색하는 것에 대해서도 원칙적으로 반대하지 않았으며, 이뿐만 아니라 시인 루이 주코프스키도 『율리

---

150 Ibid., p. 539.
151 리처드 엘만, 『제임스 조이스 1, 2』 전은경 옮김. 책세상, 2002, 1056쪽.
152 William Costanzo, p. 176.

시즈』의 시나리오 작업을 시도하고 있었다는 사실은 주목할 만합니다.[153]

조이스는 자신의 편지 속에서 영화에 대해 이따금씩 언급했을 뿐이지만, 동생 스태니슬라우스에게 보낸 편지를 살펴보면 1907년 로마에서 힘든 생활을 보내고 있을 때에도 그 위안을 영화에서 찾았음을 엿볼 수 있습니다.[154] 또한 불과 삼 개월 만에 끝이 나고 말았지만 그가 1909년 아일랜드 최초의 전용 영화관인 볼타 시네마토그래프 설립을 시도한 것은 매우 이채롭습니다. 이 같은 경험은 단순한 해프닝으로 끝난 것이 아니라 그의 작품에도 적지 않은 영향을 끼쳤습니다. 실제로 볼타 시네마토그래프 극장에서는 주로 이탈리아 영화들이 상연되었는데, 이들 영화는 이후 최후의 걸작 『피네건의 경야』를 비롯하여 그의 여러 작품 속에 빈번하게 등장하고 있음을 알 수 있습니다.[155]

특히 『율리시즈』는 앞서 언급한 〈베를린〉과 여러 면에서 매우 유사한 장면을 담고 있다는 점은 특기할만한 사실입니다. 왜냐하면 〈베를린〉은 다큐멘터리 형식을 통해 베를린이라는 역동적인 대도시의 일상을 담아냈기 때문입니다.[156] 『율리시즈』는 〈베를린〉과 마찬가지로 하루 동안 일어나는 도시의 모든 활동과 다양한 일상의 양상을 세밀히 담고 있으면서도 일정한 서사의 흐름을 방해하는 자의식과 내적 독백, 그리고 반복적 모티프와 음악적인 리듬을 지니고 있다는 점에서 소설이 지니고 있는 영화적 특성과 그 맥락을 가늠케 합니다.[157]

---

153 리처드 엘만, 1207쪽.

154 Thomas Burkdall, *Joycean Frames: Film and Fiction of James Joyce*. New York: Routledge, 2001, p. 3.

155 Gösta Werner, "James Joyce and Sergej Eisenstein." Trans. Erik Gunnemark. *James Joyce Quarterly* 27(1990), p. 132.

156 Thomas Burkdall, p. 43.

157 Ruth Perlmutter, p. 489.

영상시대의 문화코드: 삶, 문학 그리고 영화

주목할 것은 그가 자신의 작품과 영상매체 사이의 대비를 뚜렷이 인식하고 있었다는 사실입니다. 이 점은 에이젠슈테인이 1929년 11월 30일 파리에 있는 조이스의 아파트를 방문한 자리에서 두 사람이 『율리시즈』와 영화에 관해 많은 이야기를 나눈 사실에서도 잘 드러납니다.[158] 조이스는 에이젠슈테인과 만난 사실에 대해서 한 번도 언급한 적은 없지만, 이 자리에서 에이젠슈테인과 조이스가 정신의 활동을 포착하기 위한 내적 독백의 사용에 관해 매우 진지하게 토론을 벌인 흔적은 에이젠슈테인이 쓴 여러 글을 통해서도 잘 알 수 있습니다. 에이젠슈테인은 「『미국의 비극』과 내적 독백」이란 글에서 기존의 문학이 이른바 "혼란스런 마음의 표출"에 적합하지 못하다는 점을 언급하면서 영화에 대한 조이스의 관심을 다음과 같이 지적하고 있습니다.

인간의 동요하는 사고 과정 전체를 완전하게 표현할 수 있는 것은 오직 영화뿐이다. 문학에서 그것이 가능하기 위해서는 기존의 문학이 지닌 한계를 뛰어넘지 않을 수 없을 것이다. 엄격한 문학적 틀 내에서 이를 탁월하게 제시한 경우는 조이스의 『율리시즈』에서 레오폴드 블룸의 내적 독백이다. 파리에서 조이스를 만났을 때, 그는 나의 영화의 내적 독백을 만들려는 구상에 대단한 관심을 보여주었다. 조이스는 거의 맹인이나 다름없을 정도로 시력을 잃어가고 있었지만 자신의 작품과 비슷한 노선에 따라 연출된 『포템킨』과 『10월』의 그 부분을 보고 싶어 했다. (에이젠슈테인 291-3)

위의 글에서 알 수 있듯이 내적 독백의 소설과 영화는 두 사람이 각자 자신들의 예술에서 추구하는 공통의 관심사였습니다.

---

158 Gösta Werner, pp. 494-5.

제9장 모더니즘과 영화: 제임스 조이스, 에이젠슈테인, 몽타주 시학

에이젠슈테인이 조이스, 특히 그의 소설 『율리시즈』에게서 받은 영향이 얼마나 큰가는 1934년 모스크바의 국립영화연구소에서 조이스에 대해 실시한 강연을 통해 일부 가늠할 수 있습니다.[159] 당시 소련의 경직된 정치적 사회적 이념적 분위기를 미루어 짐작해볼 때 조이스의 소설이 담고 있는 개인주의는 공산주의의 시각에서 봤을 때 매우 우려할 만한 것으로 판단되었을 것입니다.

실제로 당시 공산당 서기 칼 라덱은 1934년 8월에 열린 제 일차 소비에트 작가 회의에서 공식적으로 조이스의 『율리시즈』에 관해 "조이스의 소설은 현미경을 이용한 활동사진 카메라로 찍은 쓰레기 더미"라고 혹평하는 성명을 발표하기에 이릅니다.[160] 회의장에서 유일하게 조이스 작품의 중요성을 언급한 인물은 마르크스주의 사진작가 겸 정치비평가이자 몽타주 작가였던 존 하트필드 정도에 불과했습니다. 작가 회의가 있은 지 얼마 지나지 않아 에이젠슈테인은 국립영화연구소에서 마치 라덱의 비판에 맞서 반론을 제기하기라도 하는 것처럼 조이스 작품이 지니고 있는 독특한 문화적 특징과 문학예술의 지평을 넘은 뛰어난 예술기법의 가치에 대해 강연을 한 것입니다.[161] 그의 강연을 일부 요약하면 다음과 같습니다.

에이젠슈테인은 『율리시즈』를 "이미저리와 형식의 극적 융합을 이룬 절대적으로 독특하고 탁월한 예"로 들면서 조이스가 문학의 한계를 넘어서 새로운 문학의 지평에 도달한 작가라 평가합니다. 또한 그가 문학이 할 수 없는 인간 내면의식의 보다 원활한 표현(이를테면 문학이 표현할 수 없는 동시적 행위의 표현)을 위해 새로운 예술 형식의 가능성으로서 영화에 많

---

159 Emil Tall, "Eisenstein on Joyce: Sergei Eisenstein's Lecture on James Joyce at the State Institute of Cinematography, November 1, 1934." *James Joyce Quarterly* 24(1987), pp. 133-42.

160 James Goodwin, p. 540.

161 Emil Tall, p. 134.

은 관심을 가졌으며 그가 인간 심리의 내면 투쟁과 복잡한 심리적 경험의 상태를 문학으로 표현함에 있어서 독창적인 "감각적 생각"의 구문과 문법을 사용하고 있는 작가라고 평하고 있습니다.[162]

에이젠슈테인의 지적처럼, 조이스가 심리적 시간과 심리적 리얼리즘에 몰입하고 나아가 영화에 관심을 가지게 된 것은 기존 문학의 한계를 넘어 새로운 돌파구를 찾기 위한 것입니다. 조이스의 소설은 현미경으로 들여다보듯 꼼꼼하게 더블린과 더블린 사람들의 일상을 묘사하고 극화하는 가운데 일상의 현실을 정밀하게 투영합니다. 이와 같은 리얼리티의 재현은 문학과 영화 모두에 공통된 가장 중요한 요소 가운데 하나입니다.[163] 조이스는 실제로 현실 속에서 예술과 미를 찾는데 자신의 예술적 목표를 두고 있으며, 진정한 예술의 주제는 일상에 바탕을 둔 것이어야 한다고 말했습니다.[164]

에이젠슈테인은 조이스의 소설이 전통 문학의 한계를 부수고 있다는 점에서 특별히 영화적이라고 보았습니다. 해리 레빈은『율리시즈』의 주인공 레오폴드 블룸의 의식을 일종의 활동사진으로 규정함으로써 그의 내적 독백을 몽타주 효과와 유사한 것으로 설명하고 있습니다.

이 활동사진은 꾸밈없이 커팅되고 조심스럽게 편집됨으로써 깜박거리는 감정, 관찰의 앵글과 회상의 플래시백을 강조한다.『율리시즈』는 다른 어떤 소설보다도 영화와 많은 공통점을 가지고 있다. 조이스 특유의 스타일의 움직임과 등장인물의 생각은 마치 상영되지 않은 영화와 같다. 그의 구성 방법과 소설 원 재료의 배열은 몽타주의 결정적인 작용을

---

[162] Ibid., pp. 140-1.
[163] Thomas Burkdall, p. 31.
[164] Ibid., p. 34.

제9장 모더니즘과 영화: 제임스 조이스, 에이젠슈테인, 몽타주 시학

수반한다. (88)

다시 말해 커팅과 편집은 몽타주 효과를 내기 위한 것입니다. 조이스는 영화기법이 생각의 과정을 상징할 수 있다는 점을 본 것입니다. 이것은 기존의 서사지표로서 서사 전환의 연속보다도 장면과 장면 또는 시퀀스, 단편적인 의미 조각, 일상의 편린 등을 병치하여 이들 사이의 비교와 연상, 충돌과 대립을 시도한 것을 의미합니다. 조이스는 단일 관점이나 논리 중심의 플롯을 배격하고 다변화된 관점과 주변 일상의 단편적인 조각들의 큐비즘적 구성을 채택한 것입니다.

지금까지 조이스가 영화적 몽타주 기법에 보인 관심과 열정을 에이젠슈테인과의 관계를 포함해서 다각도로 조망해보았습니다. 이제 형식적인 측면에서 그의 작품 속에 나타난 몽타주 기법의 특성과 그 의미를 살펴보겠습니다. 우선 눈에 띄는 것은 장면과 장면의 시퀀스의 병치에서 발생하는 몽타주를 들 수 있을 것입니다. 시퀀스는 고립된 각 장면보다도 두 사물의 병치로부터 새로운 의미를 만들어내고, 그래서 두 사물의 병치가 두 개의 합이 아니라 새로운 실체를 만들어낸다는 점에서,[165] 이것은 에이젠슈테인이 말하는 인력 몽타주라 할 수 있습니다. 인력 몽타주는 보통 소설이나 영화에서 연속적인 장면이나 부분의 나열 병치를 뜻합니다. 『율리시즈』에서 찾아볼 수 있는 가장 일관된 인력 몽타주의 예는 각 에피소드와 오디세이 사이의 대비라 할 수 있습니다. 이것은 식민도시 더블린의 현재와 신화 사이의 병치를 통해 연상된 이미지의 충돌과 대립에 기초한 몽타주인 것입니다. 이밖에 『율리시즈』의 개별 에피소드 가운데 몇 가지 다른 예를 살펴보겠습니다.

---

[165] 로버트 리차드슨, 51쪽.

영상시대의 문화코드: 삶, 문학 그리고 영화

「아이올로스」에피소드에서 사용된 헤드라인의 병치는『율리시즈』에서 살펴볼 수 있는 대표적인 인력 몽타주입니다. 헤드라인은 모순과 사설, 그리고 다른 관계에 대한 논평을 제공하면서 병치되는 주변 텍스트에 대해 다양한 관계를 가집니다.「배회하는 바위들」은 19개의 이질적인 섹션이 병치되어 있는 반면,「키클롭스」는 익명의 서술화자의 일인칭 서술과 이질적인 삽입서술이 혼재混在되어 있다는 점이 매우 특징적입니다.「태양신의 황소」에서는 문체의 몽타주를 볼 수 있습니다. 이에 비해「이타카」의 문체는 문학적인 문체로 보기에는 거리가 먼 것으로서 일체의 인간적 감정도 배제된 채 마치 범인의 심문에 가까운 차가운 질의와 수동적 답변이 기계적으로 나열되어 있을 뿐입니다. 여기에는 어떠한 플롯이나 서술시간, 공간, 인물도 없는 그야말로 파편화 된, 그러나 논리에 바탕을 둔 합리적 질의와 답변의 의미 조각의 충돌만이 남게 되는데, 이것은 독자가 내면의 의미를 도출해야 하는 질의와 답변의 병치인 것입니다.

앞서 설명한 것처럼 조이스의 내적 독백은 기본적으로 등장인물들의 의식을 통한 현재와 과거, 현실과 꿈의 왕복과 병치가 있더라도 현재 상황에 의해 촉발된 기억 혹은 이미지가 연속적으로 묘사된다는 측면에서 기본적으로 인력 몽타주의 범주에 속합니다. 그런데 문제는 동시성에 있습니다. 현재의 대상 혹은 상황에 관한 생각은 영화에서는 몽타주로 묘사될 수 있는데 비해, 소설에서는 몽타주를 닮은 어떤 것으로 묘사될 수밖에 없습니다. 영화의 몽타주가 기본적으로 시각적인 사진을 다루는데 비해, 소설은 청각적인 어휘를 다루기에 장면의 연출이 영화에서 기대할 수 있는 동시성에 상응하는 신속한 효과를 기대할 수 없다는데 그 한계가 있는 것입니다. 페이지 위에 연속적으로 배열되고 읽히는 어휘의 속성과 한계 때문에 소설은 음향과 영상의 병치와 충돌을 통해 얻을 수 있는 이른바 동시적

제9장 모더니즘과 영화: 제임스 조이스, 에이젠슈테인, 몽타주 시학

몽타주의 효과를 충분히 살릴 수가 없습니다.

예를 들어 『율리시즈』의 「레스트리고니언」 에피소드에 나오는 버튼 음식점의 이른바 "더럽게 먹는 사람들"에 대한 장면과 이를 각색한 조셉 스트릭Joseph Strick 감독이 만든 영화 장면 사이를 비교해보겠습니다(U 8.650-703). 특히 이 장면은 인간과 동물의 먹는 장면을 교차 편집하여 몽타주로 보여주고 있는 발터 루트만 감독의 〈베를린〉의 점심 식사 장면과 매우 유사하다는 것은 시사하는 바가 큽니다.[166]

소설 속에서 식사 장면 묘사와 블룸의 반응은 비교적 빠른 속도로 전개되고 있지만 영화에서처럼 사운드트랙과 영상을 통해 더러운 음식점 사람들에 대한 묘사와 블룸의 반응을 말 그대로 한눈에 파악하는 데는 아무래도 본질적인 한계가 있을 수밖에 없습니다. 그렇지만 블룸이 레스토랑에 들어서고 사람들이 음식을 씹고 삼키고 입맛을 다시고 소리 내어 들이키는 부자연스러운 시끄러운 소리를 듣게 되고 그리고 나서 불쾌한 감정 속에 문을 닫고 그 자리를 떠나는 장면에 이르기까지 이를테면 청각적 공간 내에서 다각도로 카메라에 포착된 시각적 경험을 동시적 몽타주로 표현하고 있는 이 장면은 영화적인 구축의 원리를 문학 텍스트에 구현한 가장 탁월한 예라 아니할 수 없습니다.

조이스의 몽타주 언어는 우선 낱말과 낱말의 결합 단계에서부터 출발하고 있습니다. 이 점은 조이스가 예술 창조 과정에 있어서 독자/관객의 적극적인 참여와 개입은 필수적일 뿐만 아니라 예술 창조 과정에서 낱말이 갖고 있는 낡은 외연의 껍질이 부적절한 것이기 때문에 글로 쓰이는 언어는 낱말 단계에서부터 재창조되고, 재결합되고, 재처리 되어야 할 필요가 있다고 보고 있는 사실에 바탕을 둔 것입니다.[167] 복합어는 낱말의 결

---

166 Thomas Burkdall, p. 43.

영상시대의 문화코드: 삶, 문학 그리고 영화

합·병치를 통해 유발되는 새로운 이미지와 개념을 생성한다는 점에서 기본적으로 몽타주의 특질을 지니고 있기 때문입니다.

그의 몽타주 언어는 『더블린 사람들』에서부터 『피네간의 경야』에 이르기까지 초기의 단순한 낱말의 결합·충돌을 넘어, 점차 몽타주적 융합을 지향하면서 궁극적으로 지적 개념의 충돌을 통해 독자에게 예술적 지각의 과정의 일환으로 작용합니다.

먼저 『더블린 사람들』을 살펴보겠습니다. 각 작품에 나오는 대부분의 복합 명사와 복합 형용사는 하이픈이 붙어 있음을 알 수 있습니다. 「뜻밖의 만남」에서 아이들이 들판에서 우연히 만나는 어떤 한 남자가 초라하게 입고 있는 "푸르스름한 검정 양복(a suit of greenish-black)"(D 24)이라든지, 「짝패들」에서 팔씨름에서 진 후 분한 듯 더욱 검어지는 패링턴의 "까만 포도주 빛 얼굴(dark wine-coloured face)"(D 96)과 「진흙」에서 마리아가 갖고 있는 "회색 빛 푸른 눈(grey-green eyes)"(D 101) 등과 같은 묘사에서 알 수 있듯이 배타적인 낱말과 낱말의 결합·병치는 전혀 새로운 의미와 이미지를 생성하는 가운데 사물에 대한 보다 새롭고 정확한 묘사의 차원을 가능하게 하는 것입니다.

그러나 『젊은 예술가의 초상』과 『율리시즈』에서는 『더블린 사람들』과는 달리 하이픈이 없는 낱말과 낱말의 결합의 예를 볼 수 있습니다. 점차 조어에 가까운 낱말과 낱말의 완벽한 융합을 보여주고 있는 이 같은 복합어는 대상의 정확한 표현을 보다 가능하게 합니다. 이것은 낱말의 단순한 결합 차원을 넘어선 융합의 단계에서 낱말과 낱말의 병치와 충돌을 통한 제 3의 묘사와 의미 생성을 위한 것입니다. 예를 들어 『젊은 예술가의 초상』의 제3장 첫 부분에서 "걸쭉한 밀가루 소스(flourfattened sauce)"는 배고

---

167 William Costanzo, p. 178.

제9장 모더니즘과 영화: 제임스 조이스, 에이젠슈테인, 몽타주 시학

픈 스티븐이 먹고 싶어 하는 고기수프 그 자체뿐만 아니라 음식의 상태까지도 생생하게 묘사하고 있습니다(P 102). 특히, 제3장에서 스티븐의 "빳빳한 회록색 잡초(bristiling greygreen weeds)"(P 137)와 같은 지옥에 대한 비전은 단순히 하이픈을 없앤 것만으로도 두 색깔의 융합을 넘어 황폐한 현실의 지옥과 같은 실존적 상황을 환기시킵니다.

『율리시즈』에서는 간접 화법에서 직접 내적 독백으로 이동하는 빈도가 높아짐에 따라 보다 파편화되고 다각적인 조어의 밀도와 의미를 찾아볼 수 있습니다. 이런 점에서 『율리시즈』의 복합어는 몽타주의 특질을 지니고 있습니다. 에이젠슈테인은 두 가지 주어진 요소들의 충돌에서부터 하나의 개념이 발생한다는 점에서 기본적으로 몽타주를 충돌로 간주합니다. 에이젠슈타인은 예술과정에서 독자의 역할을 설명하는 가운데, 역동적으로 이해되는 예술작품은 관객의 감정과 정신에서 이미지를 배열하는 과정이라고 주장하면서, 바로 이것을 진정으로 활력 있는 예술작품과 활력 없는 작품 사이를 구별하는 기준으로 삼고 있습니다.

이 지점에서 관객은 그것이 발생하는 과정 속으로 수동적으로 이끌리지 않고 주어진 창조의 극점이라는 재현된 결과를 받아들이게 된다는 것입니다. 즉 요소와 요소, 또는 낱말의 결합·충돌은 하나의 요소로는 표현할 수 없는 개념의 소통과 표현의 절제와 함축미를 동시에 가능하게 합니다. 이를테면 「텔레마코스」 에피소드에서 스티븐이 "아일랜드 시인들을 위한 새로운 예술 색깔"로서 아일랜드 예술의 현 상황뿐만 아니라 시인의 세속성을 노골적으로 표현한 "코딱지 푸른빛(snotgreen)"(U 1.73), 「스킬라와 카립디스」 에피소드에서 베스트 씨Mr Best의 복잡한 감정을 담고 있는 "애수미(beautifulinsadness)"(U 9.735), 「키르케」에서 블룸의 성격과 그가 처한 상황의 단면을 드러내기 위한 "비둘기 가슴을 하고, 심을 넣은

(pigeonbreasted, bottleshouldered)"(U 15.3316), "따뜻한 장갑에, 엄마의 머플러를 두르고(warmgloved, mammamufflered)"(U 15.3333) 등과 같은 표현에서 알 수 있듯이, 낱말의 결합을 통한 이미지의 충돌은 하나의 요소로는 표현할 수 없는 창조적 개념의 표현을 가능하게 하는 것입니다.

에이젠슈테인은 조이스의 내적 독백을 "엄격한 문학적 틀 내에서 탁월하게 제시한 경우"로 높게 평가하면서 향후 이것을 자신이 궁극적으로 추구한 지적 몽타주 형식의 토대로 삼았다는 점에 주목할 필요가 있습니다. 원래 에이젠슈테인이 주창한 지적 영화의 이론은 추상적인 개념을 최대한 간결하게 시각적으로 표상하기 위한 것으로서 기본적으로 표의문자의 원리에 바탕을 둔 것입니다.

에이젠슈테인이 조이스를 높게 평가한 것은 조이스가 이와 유사한 효과를 거의 완벽하게 구현하고 있기 때문입니다. 에이젠슈테인은 이것을 이른바 "주체와 객체 사이의 구별을 허무는 문학적 방법"이라고 불렀습니다. 궁극적으로 지적 영화의 완성 여부는 조이스적인 내적 독백을 완벽하게 영상으로 옮길 수 있는 능력에 달렸다고 그는 굳게 확신하고 있었습니다.[168]

여기서 에이젠슈테인이 말하는 조이스적 내적 독백이란 감각적 사고와 이미지 연상에 바탕을 둔 주관적인 내적 독백을 가리킵니다. 이것은 인물 개인의 마음속에 발생하는 인상과 생각, 그리고 객관적 상황을 병치하여 복잡한 양상을 담은 의식의 흐름을 연출하는 것을 말합니다. 이때 소설 속의 상황은 3인칭 서술화자에 의해 묘사되거나 혹은 한 인물의 의식에서 매우 감각적이고 객관적으로 연출됨으로써 지적 정서의 갈등과 반응에 기초하여 정서적 감각적 효과, 이른바 질적 도약의 효과를 기대하게 합니다. 이런 점에서 조이스의 내적 독백의 전략은 에이젠슈테인이 말하는 지적

---

168 Ruth Perlmutter, p. 493.

제9장 모더니즘과 영화: 제임스 조이스, 에이젠슈테인, 몽타주 시학

몽타주 형식에 의해 재구성될 수 있는 것입니다. 지적 몽타주는 그가 충돌 원리에 따라 구분한 몽타주의 다섯 단계 가운데 마지막 요소입니다. 에이 젠슈테인이 「몽타주의 방법론」에서 분류한 몽타주의 형식적 차원을 간단히 도표로 정리하면 다음과 같습니다.[169]

계량(metric) 몽타주	쇼트의 길이	동적
율동(rhythmic) 몽타주	쇼트의 (길이와) 내용	원시적 · 정서적
음조(tonal) 몽타주	쇼트의 지배적 정서(조명과 시각요소)	선율적 · 정서적
배음(overtonal) 몽타주	지배 음을 뒷받침하는 다양한 보조 음	긴장 · 진동
지적(intellectual) 몽타주	지적 정서의 갈등과 반응	사실과 현상의 핵심

지적 몽타주가 세부적으로 구분된 용어이긴 하지만 궁극적으로 종합적인 완성과 귀결로서 지적 몽타주를 추구하려는 에이젠슈테인의 의도가 내포되어 있습니다. 그러므로 조이스의 내적 독백은 동시적인 감각적 사고와 연상의 충돌과 대조에 바탕을 두고 있다는 점에서 동시적 몽타주의 관점과 가깝다고 볼 수 있습니다.

동시적 몽타주란 간단히 말해서 두 실체를 공동으로 제시하는 것입니다.[170] 「텔레마코스」 에피소드에서 간단한 예를 들어보겠습니다. 마텔로 탑에서 우유배달 노파에 대한 스티븐의 의식의 흐름과 노파에 대한 3인칭 서술화자의 객관적 묘사가 번갈아 이루어지고 있는 장면은 현실 또는 과거의 객관적 현실 상황과 등장인물 개인의 주관적 의식(기억과 꿈)의 교차와 병치에 관련된 몽타주의 동시적 일면을 보여주는 일례입니다. 주인공

---

169 세르게이 에이젠슈테인, 『몽타쥬 이론』 예건사, 1990, 242-64쪽.
170 레이몬드 스포티스우드, 『영화의 문법』 김소동 옮김. 집문당, 2001, 226쪽.

영상시대의 문화코드: 삶, 문학 그리고 영화

몰리의 현재적 의식만을 투영하고 있는 『율리시즈』의 마지막 에피소드인 「페넬로페」는 현재의 물리적 상황 과거적 기억을 투영하는 현재적 의식의 흐름, 그리고 과거적 기억의 연상의 동시적 진행을 연출하고 있습니다. 이를테면 헛배가 부른 블룸의 생리적 현상 혹은 기차의 기적소리와 차임벨 소리는 몰리의 마음속에서 생성되는 주관적 생각의 연상을 자극하는 객관적인 발생으로서 몰리의 의식을 통해 연출되는 대표적인 순간들입니다. 이 밖에도, 시제가 포함된 복잡한 내적독백을 표현한다든지, 의식에 투영된 기억과 환상을 현재 시제를 통해 일관성 있게 표출하는 것은 그의 소설에서 찾아볼 수 있는 동시적 몽타주의 일면으로 볼 수 있을 것입니다.

동시적 몽타주를 『율리시즈』의 「배회하는 바위들」 에피소드를 통해 보다 구체적으로 살펴보겠습니다. 「배회하는 바위들」 에피소드는 각기 다른 장면을 다루는 19개의 섹션이 병치되어 있습니다. 「배회하는 바위들」은 『율리시즈』에서 블룸이나 스티븐보다는 더블린의 거리 풍경에 초점을 맞추어 도시 자체를 좀더 충분히 작품 속에 끌어들이고 있는 대표적인 에피소드로서(옐만 864-5), 각 섹션마다 서로 다른 서술화자와 서술시점이 채택되어 있는 특이한 에피소드입니다. 영화의 인력 몽타주가 등장인물의 의식과는 상관없이 장면을 병치하는 것이 일반적이라면, 여기서는 등장인물의 의식에 발생하는 병치를 통한 장면과 장면의 충돌과 대립에 기초한 몽타주를 통해 독자/관객의 지성적·감성적 효과를 노리고 있는 것이 주목할 만합니다. 먼저 블룸과 스티븐을 비롯하여 콘미, 보일란, 미스 던, 맥코이, 커난, 패트릭 디그넘과 같은 개별 인물의 내면 의식을 통한 몽타주와 섹션의 병치를 찾아볼 수 있습니다.

다음으로 캐릭터의 의식에서 파생된 몽타주가 아닌 외부 장면의 병치에서 파생된 몽타주가 있습니다. 이들 몽타주는 주제와 관련된 일련의 시

제9장 모더니즘과 영화: 제임스 조이스, 에이젠슈테인, 몽타주 시학

퀸스를 구축함으로써 식민도시 더블린의 일상에 내포된 여러 어두운 문제점을 예증합니다. 또한 각 섹션에서 외부 장면의 유입에 의해 도입된 시간과 장소의 강조는 거리 산책자로서 주변 인물과 역사·현실의 사건을 문맥적·인유적 대비를 통해 연결하게 합니다. 심지어 표면적으로는 이질적이고 비논리적인 섹션의 나열로 여겨지는 에피소드의 구성과 질서를 통해서도 몽타주적 의미 질서의 효과를 거두고 있습니다. 서술화자는 대상과 작중인물을 통해 다양한 섹션을 연계합니다. 이때 대상은 몽타주를 포함한 장면 사이의 전환 수단으로 사용됩니다.

시간적 순서를 위한 섹션과 섹션의 연계, 대상과 대상의 연계, 이미지와 이미지의 연계는 궁극적으로 몽타주적 대비와 충돌을 통한 새로운 지적 개념의 창출을 위한 것입니다. 이를테면 콘미 신부와 총독을 비롯한 인물들은 에피소드의 처음부터 끝까지 에피소드의 안과 밖을 관류하여 교차·반복하여 비춰지면서 전개됩니다. 이 같은 점은 비단 이들뿐만이 아니라 에피소드에 나오는 외다리 수병, 카셀 보일 오코너 피츠모리스 티스덜 파렐, 풋내기 장님을 망라한 거의 모든 주변적인 인물들과 사물—이를테면 "엘리아 종이 뻐라"—심지어 당대 화제 거리가 된 뉴스—이를테면 "뉴욕의 몸서리처지는 대 참사"—와 광고—이를테면 "유진 스트레턴의 광고 게시판"—에 이르기까지 모든 것이 해당되는 것입니다. 이질적이고 낯설어 보이지만 너무나 익숙한 일상의 큐비즘적 요소들이 에피소드에 반복 채택되어 혼재混在되고, 여러 장면에 걸쳐 이들 요소를 상호 참조하고 대비하는 것은 동시 발생의 몽타주 효과로서 두 가지 다른 행위의 시간적 동시화를 부여하려는 것이자 운율과 연상, 그리고 지적 갈등과 반응의 복합적인 효과를 창출하기 위한 것입니다.

이번엔 에피소드에 나오는 여러 모티프 가운데 자선 모티프의 관점에서 몽타주 장면과 시퀀스의 전개를 부분적으로 살펴보겠습니다. 섹션 1에서 콘미 신부는 마틴 커닝햄의 요청으로 죽은 패디 디그넘의 아들인 패트릭 디그넘을 도우러 가고 있는 중입니다. 그의 자선은 순수한 의도에서 비롯된 것이 아니라 커닝햄이 "전도 시에 유익한 인물"(U 10.5-6)이기 때문이라는 어떤 정치적 의도가 숨어 있습니다. 그는 노드 스트랜드 가를 따라 걷다가 그로건 담배 가게를 지날 때 뉴욕 항에서 일어난 증기선 제너럴 슬로컴General Slocum 호 화재 참사의 뉴스 보도를 접하면서 그의 내면 의식은 저들이 "아무런 준비도 없이 죽다니 불행한 사람들"이며 "심히 뉘우쳐야 할 행동"이라고 생각합니다(U 10.89-92). 그리고 흑인 흉내를 내는 백인 코미디언 유진 스트래튼의 광고 포스터를 보고 나서는 수백만 명의 흑인과 갈색인 그리고 황색인 영혼들의 운명에 대한 생각으로 이어지다가 급기야 그의 의식은 "그들 모두가 사라지고 마는, 말하자면, 일종의 폐물이 되고 말 것이라는 생각"으로 연결되면서 그들의 운명은 "콘미 신부에게는 참으로 애석한 일처럼 여겨졌다"는 것입니다(U 10.141-52). 그러나 정작 동냥을 청하는 외다리 수병에게 자선을 베풀어야 할 때 콘미 신부의 지갑은 굳게 닫혀있습니다(U 10.7-16). 이 장면은 섹션 2와 3에서 몰리의 것으로 추정되는 팔 하나가 "이클레스 가의 창문으로부터" 동전 한 닢을 떨어뜨려 주는 자선 행위뿐만 아니라(U 10.222-223, 253), 길바닥에 떨어진 동전을 주어 외다리 수병에게 가져다주는 아이들의 행위와 극명히 대비됩니다.

섹션 4는 책을 저당 잡히고 구호를 받아야 할 만큼 곤궁한 스티븐 디덜러스의 집안 모습이 몽타주 시퀀스로 비춰집니다. 부디 디덜러스와 케이티 디덜러스가 집안에서 먹을 것을 찾느라 분주한 모습을 보일 때, 매기는 메리 패트릭 수녀가 자선을 위해 두고 간 완두콩 수프를 접시에 덜어줍니다. 배고픈 자신들의 처지에 대해 부디는 "하늘에 계시지 않는 우리 아버지"(U

제9장 모더니즘과 영화: 제임스 조이스, 에이젠슈테인, 몽타주 시학

10.291)라고까지 말하면서 아버지를 비난할 때 서사 카메라는 리피강을 떠내려가는 "한 척의 조각배 같은, 구겨진 종이 삐라, 엘리야"를 대비적으로 비춥니다. 이 엘리아 삐라는 YMCA에서 선교용으로 제작한 것으로 「레스트리고니언」 에피소드에서 블룸이 YMCA 소속 청년에게서 받아 나중에 오코넬 다리 아래 강으로 던진 것입니다(U 8.13, 15, 57-58).

아이들이 사이먼에 대해 불신을 갖고 있는 것은 기본 몽타주 점프를 통한 섹션 11의 장면에서 잘 드러납니다. 먹을 것을 구할 돈을 조르는 딸 딜리에게 술에 취한 상태에서 "그리스도가 유태인들을 두고 떠났듯이"(U 10.697-699) 가족을 떠나겠다고 위협하면서 악담을 퍼붓는 모습을 보여주기도 합니다. 그렇지만 돈 한 푼 없어 아이들을 실망시키는 사이먼은 정작 고리대금업자 루벤 도드Reuben J. Dodd로부터 카울리 신부를 돕는 의리를 보여주기도 합니다. 또한 아버지를 졸라 어렵게 받아낸 돈으로 딜리는 먹을 것을 사고 남은 돈으로 길에서 프랑스어 교본을 사버립니다. 이를 목격한 스티븐은 책을 사서 프랑스어를 배우려는 딜리의 마음을 이해하지만, 실상은 딜리를 비롯한 그의 여동생들은 끼니를 때우기 위해 스티븐의 책을 저당 잡힌 적이 있다는 점에서, 딜리의 행동은 결과적으로 배고픈 식구들로부터 먹을 것을 빼앗은 아이러니한 상황이 된 셈입니다.

비참한 곤궁에 시달리는 딜리 자매의 처지는 섹션 18에서 "일 파운드 반의 포크 스테이크를 주물럭거리며 빈둥거리며" 거리를 지나가는 패트릭 디그넘이 처한 현실적 상황과 대비됩니다. 그가 들고 있는 일 파운드 반의 포크 스테이크는 상대적으로 풍요로움의 시각적 이미지를 연출한 것으로서 먹을 것이 부족해 매리 패트릭 수녀가 구호 차원에서 갖다 준 완두콩 수프로 허기를 채우는 디덜러스 자매들의 궁핍한 상황과 충돌하는 대비적 이미지인 것입니다. 패트릭 디그넘은 포크 스테이크를 들고 위클로우 골목

길을 지나 마담 도일 점의 진열장에 붙은 권투시합 광고를 보면서 "엄마를 속여"(U 10.1137) 권투 시합을 보러갈 궁리를 하기도 하고 사람들이 상복을 입은 자신의 모습을 보고 그가 상중에 있는지 눈치 챌까 궁금해 하기도 합니다. 아버지가 없는 디그넘이 보여주는 상대적인 풍요로움의 이미지는 아버지가 있음에도 불구하고 오빠 스티븐의 책을 저당 잡혀야 할 만큼 궁핍한 상태에 있는 딜리 자매의 상황과 대비되면서 더블린 사회가 안고 있는 어두운 식민 현실과 모순된 정신을 비춰주고 있습니다.

이런 점을 두고 볼 때 역사적 · 정치적 맥락에서 조이스의 몽타주 시학이 갖는 의미를 간략히 검토해볼 필요가 있습니다. 기본스에 따르면『율리시즈』가 전통적인 서사 진행을 거부하고 비연속적 세부 묘사에 집착하며 의식의 흐름을 활성화하는 꿈의 이미지를 병치하는 영화적 기법을 구사하고 있는 그 밑바탕에는 아일랜드 역사를 외부적 충격이 연속적으로 점철된 역사로 보고 있는 조이스의 역사의식이 깔려있다는 것입니다.[171] 이것은 에이젠슈테인이 자신의 몽타주 이론을 영화 이미지들 사이와 내부의 충돌과 갈등의 체계로 파악하고 발전시킨 것과도 일맥상통합니다. 그러므로 기본스는 다다의 기호학적 해체 형식이나 에이젠슈테인의 몽타주 시학과 마찬가지로 조이스의 소설 기법은 축적된 전통의 습관과 무기력한 낡은 질서에서 탈피하기 위한 것이라고 주장합니다.[172]

실제로 조이스는 아일랜드 문예부흥을 주도하던 예술가들과는 달리 아일랜드 예술과 문화에 대해 어떤 낭만적 환상도 갖고 있지 않았으며 끊어진 역사의 맥을 잇고 고대 아일랜드의 정체성을 위한 목적에서 타락 이전

---

[171] Luke Gibbons, *Transformations in Irish Culture*. Notre Dame: University of Notre Dame Press, 1996, p. 166.

[172] Ibid.

제9장 모더니즘과 영화: 제임스 조이스, 에이젠슈테인, 몽타주 시학

의 아일랜드 역사를 회복하려고 시도하지도 않았습니다. 조이스의 주장을 들어보겠습니다.

> 우리의 문명은 광대한 천이다. 매우 다양한 요소들이 섞여있는 천인 것이다. 북방의 침략과 로마의 법, 새로운 부르주아 규범과 시리아 종교의 잔재가 한데 얽혀있는 천이다. 이 같은 천 속에서, 다른 실을 거치지 않고 순수하고 깨끗한 상태로 남아있는 실을 찾는다는 것은 부질없는 짓에 불과하다. (Gibbons 167, 재인용)

기본스는 이 같은 조이스의 글이 다름 아닌 몽타주의 언어라고 주장하면서 이것은 조이스가 자신을 비롯한 민족의 정체성을 서로 다른 것이 병치되고 뒤섞여 있는 존재로 보는 가운데 그가 추구한 몽타주 시학의 의미를 뒷받침하는 것이라고 주장합니다. 아일랜드의 역사와 정치, 그리고 문화는 오랜 세월 동안 외세의 침탈에 시달려 온 것은 잘 알려진 사실입니다. 공교롭게도, 조이스가 『율리시즈』를 쓰고 있던 1914년에서 21년까지의 기간은 더블린에서 영국에 맞선 반 식민주의 투쟁이 치열하게 전개되고 있던 시절이었으며, 1916년 부활절 봉기 때에는 더블린 리피 강을 거슬러 올라온 영국 군함의 시가지 폭격을 비롯한 무자비한 폭동 진압 과정 속에서 더블린의 도심 풍경은 폐허 그 자체나 다름이 없었습니다.[173] 실제 『율리시즈』는 1904년을 시간적 배경으로 하고 있으면서도 1916년 부활절 봉기를 인유 하는 여러 가지 이미지를 소설 곳곳에서 찾아볼 수 있습니다. 예를 들어 "미키 한론의 생선가게"(U 8.891)는 부활절 봉기에서 끝까지 버티

---

[173] Duffy, Enda. "Disappearing Dublin: Ulysses, postcoloniality, and the politics of space." *Semicolonial Joyce*. Ed. Derek Attridge and Marjorie Howes. Cambridge: Cambridge UP, 2000, p. 37.

고 싸우던 더블린 시민들이 마지막으로 항복했던 장소였으며, 이런 연유로 영국군의 무자비한 더블린 시가 폭격을 스코틀랜드 민요와 성서에 나오는 구절에 빗대어 "불타는 더블린과 치솟는 유황의 불길"(U 15.4660-1)로 묘사하고 있습니다. 특히 아일랜드의 자치가 영국의 위협이 될 것이란 영국의 우려를 버나드 쇼의 작품 속 구절을 통해 "영국의 아킬레스의 발뒤꿈치 격인 아일랜드"(U 16.1003)로 표현하고 있습니다.

텍스트는 정치적·역사적 상황과 결코 무관할 수 없습니다. 그러므로 이 같은 여러 가지 정황은 조이스의 몽타주 시학을 역사적 정치적 맥락에서 이해하는데 있어 중요한 단서가 되고 있습니다. 식민 억압의 극치로서 더블린의 파괴와 폐허가 남겨놓은 기억의 악몽과 상흔은, 카프카와 피카소가 그랬듯이, 조이스에게는 식민 근대의 거리 풍경으로 특징지어질 수 있는 강렬한 도시적 아노미의 현상으로 텍스트 속에 각인되어 있는 것입니다. 결과적으로 텍스트에 남은 것은 패트릭 디그넘과 디덜러스 자매를 비롯하여 도서관 앞을 맴도는 사람들, 더블린 정청 앞의 호출계, 외다리 수병, 반쯤 정신이 나간 카셀 보일 오코너 티스덜 파렐, 벤 돌라드, 풋내기 장님 소년, 그리고 총독의 행렬 주변에 모인 더블린 사람들처럼 중심과 권력의 주변을 맴돌고 거리를 배회하는 더블린 하층민의 몽타주적 군상과 그 주변성입니다. 중심에서 유리된 채 거리의 주변성을 부여 받은 이들은 자신의 현 위치나 처지 그리고 상황을 전혀 인식하지 못하는 정신적 마비의 사람들로서 이들은 권력의 주체와 중심의 이미지와 충돌하는 몽타주 시퀀스로 제시됩니다. 그러나 복잡하고 무수한 이름과 지명의 세밀화에서 알 수 있듯이 그들만이 알고 있는 현실의 미로, 거리의 미로 혹은 토굴에 담겨있는 은밀한 실상과 지식들, 『율리시즈』가 담고 있는 것은 바로 이러한 토굴의 의식과 지식을 일깨우는 몽타주입니다. 조이스는 이들 거리 산

제9장 모더니즘과 영화: 제임스 조이스, 에이젠슈테인, 몽타주 시학

책자의 눈을 통해 식민 도시의 일상 풍경을 극단적 세밀화를 통한 장면과 장면, 또는 부분과 부분의 대비와 충돌의 몽타주로 제시하는 냉혹한 생략과 재현의 전략을 구사합니다. 이런 맥락에서 조이스의 몽타주는 폐허로 남은 식민 현실의 분열된 심리적 상흔의 증거이자 근대적 악몽과 징후의 기호학적 장치로 읽을 수 있을 것입니다.

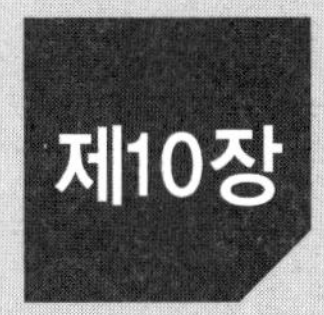

소설과 영화
하퍼 리의
『앵무새 죽이기』와
로버트 멀리건의
〈앵무새 죽이기〉

하퍼 리의 『앵무새 죽이기』는 출판되자
마자 전 세계적으로 큰 반향을 불러일으킨 소설입니다.[174] 하퍼 리는 엘렌
글래스고우가 1942년에 퓰리처상을 받은 이후 이 상을 받은 첫 여성 소설
가가 되었습니다. 『앵무새 죽이기』는 하퍼 리의 거의 유일한 소설 작품이
지만 출판 2년 만에 450만부, 그 후 20년만인 1982년 기준으로만 1,500만
부 이상 팔린 것으로 추정되며, 전 세계적으로 40개 이상의 언어로 번역,
출판되었습니다. 출간 직후에는 로버트 멀리건과 알란 파큘라에 의해 영화
로 만들어져 이듬해 아카데미 상 8개 부문에 후보로 지명되어 최우수 남우
주연상(그레고리 펙)과 각색상(호톤 풋)을 비롯, 4개 부문에 걸쳐 수상의
영광을 안았습니다. 1964년에는 호톤 풋의 영화대본이 출판되었으며, 1969
년에는 크리스토퍼 세르겔에 의해 희곡으로 각색되어 미국과 영국 연극

---

[174] Harper Lee, *To Kill a Mockingbird*, New York: Harper and Row, 1960; 하퍼 리, 『앵무새 죽이기』, 김욱동 옮김, 문예출판사, 2002.

무대에서 오랫동안 호평을 받았습니다. 국내에는 〈알라바마에서 생긴 일〉 혹은 〈알라바마 이야기〉 등의 제목으로 여러 차례 소개되었습니다.

작품의 배경은 미국 전역을 강타한 대 공황 직후의 1930년대 미국 남부 앨라배마의 작은 마을 메이콤입니다. 소설은 성과 인종에 대해 극히 보수적이고 편협한 시골 마을에서 여자 주인공 스카웃의 시각과 서술을 통해 주인공 자신과 오빠 젬, 그리고 이들 남매의 친구 딜 사이의 관계뿐만 아니라 인종차별적인 강간재판을 비롯한 마을에서 일어난 사건과 주민들에 관한 어린 시절의 경험과 시각을 담고 있습니다. 소설은 세상을 등진 이웃 아더 부 래들에 대한 아이들의 호기심을 비롯하여 백인여성을 강간한 혐의로 기소된 흑인 톰 로빈슨의 재판과 흑인을 변호하는 스카웃의 아버지 애티쿠스 핀치의 이야기를 통해 본질적으로 메이콤 사회 각 계층의 경계를 형성하는 인종, 종교, 계급, 성, 전통, 시대, 그리고 규범을 다루고 있습니다.

작품은 일인칭 주인공 스카웃의 아버지와 오빠에 대한 사랑뿐만 아니라 피상적이고 물질적인 가치로 이방인과 유색인종을 재단하는 대공황 시대 인종차별 사회에 대한 어린 시절 스카웃의 경험을 일인칭 서술로 묘사하면서 스카웃이 여성 자아의 개념을 어떻게 형성해 나가는지 뚜렷이 보여줍니다. 즉 스카웃의 주관적 시각에 비친 전형적인 남부 시골 마을 사람들과 그들의 의식, 사회에 대한 시각과 여성 의식, 나아가 여성 정체성의 형성과정과 성과 인종에 대한 시각을 잘 나타내고 있다는 점에서 성장 과정상 보고들은 경험을 담은 이른바 여성 성장 소설, 여성의 목소리와 성별의 중요성을 드러낸 소설이라고 말할 수 있습니다. 소설에서는 일인칭 여성화자인 스카웃의 지각과 의식수준에 서술의 초점을 맞추어 스카웃의 눈에 비친 메이콤의 세계와 사건이 그려집니다.

영상시대의 문화코드: 삶, 문학 그리고 영화

　　그러나 호톤 풋이 각색하고 로버트 멀리건이 감독한 영화(1962)는 이 같은 성장 소설의 특징이 많이 생략되었을 뿐만 아니라, 일관된 소설의 일인칭 시점도 시공간의 주요 장면전환에만 제한적으로 사용되고 있습니다. 소설에서는 스카웃의 시점을 중심으로 서사 전개가 이루어지는 반면, 영화는 주요 장면전환이 이루어지는 순간에만 어른이 된 스카웃으로 추정되는 중년 여성의 일인칭 회상서술을 삽입해 놓은 것입니다. 영화는 카메라의 중심을 스카웃을 비롯한 아이들이 재판이 열리는 법정에 들어간 이후의 애티쿠스 핀치를 비롯한 성인 남성의 세계에 두고 있기 때문에 더 이상 일인칭 시점을 유지할 수 없습니다. 그 대신 영화는 백인 여성을 강간한 혐의를 받는 톰 로빈슨의 재판 변호를 맡는 스카웃의 아버지인 애티쿠스 핀치를 비롯한 성인 남성들의 세계에 큰 비중을 두면서 결과적으로 인종 문제에 더 초점을 맞추고 있습니다.

　　소설을 영화로 각색할 때 반드시 원작에 충실할 필요는 없지만, 영화는 원작과는 달리 흑인 변호를 맡은 스카웃의 아버지 애티쿠스 핀치에 무게 중심을 더 둔 결과, 영화의 1/3 이상을 인종차별적인 재판에 할애하는 과정에서 많은 부분이 생략되거나 변형되었습니다. 이 과정에서 영화는 원작이 갖고 있는 여성주의적 의미를 일부 바꾸어 놓았습니다. 이것은 대공황직후 극심한 가난에 시달리는 남부의 경제적 상황과 인종적 편견과 차별에 보다 큰 비중을 둔 결과로서 당시 급변하는 사회적 분위기를 반영한 것으로 보입니다. 이런 점에서 인종차별의 문제가 할리우드뿐만 아니라 미국 전역에 걸쳐 관심사가 된 60년대 당시의 사회적 분위기를 되돌아볼 때 남부 시골마을 메이콤의 흑인 재판과 인종차별의 문제는 남성 어른의 세계를 바라보는 여자아이의 시각보다 타당하고 적절한 작품의 주제로 간주된 것인데 결과적으로 호톤 풋의 영화 각색은 이유야 어떻든 원작에 충실

제10장 소설과 영화: 하퍼 리의 『앵무새 죽이기』와 로버트 멀리건의 〈앵무새 죽이기〉

했다고 평가되고 또 그렇게 된 것입니다.

물론 소설 못지않게 영화도 어린 스카웃의 시각에 적지 않은 비중을 두고 있긴 하지만 애티쿠스와 인종차별적인 성폭행 관련 재판에 보다 많은 비중을 두고 있는 것은 사실입니다. 그러므로 원작 소설이 여성 성장 소설의 틀과 주제를 갖고 있음을 생각해볼 때 정작 소설이 일관되게 제기하고 있는 여성 정체성과 성별에 관련한 여러 문제를 고려해 볼 필요가 있는 것 같습니다.

우선 어머니가 없고 아버지만 있는 가운데 아버지와 자신을 동일시하는 스카웃의 심적 태도에 관한 문제입니다. 특히 자신의 여성성을 부정하고 아버지의 남성성을 자신의 것으로 받아들이려고 하지만 실현될 수 없다는 점을 자각한 후에 겪게 되는 스카웃의 심적 갈등은 작품을 이해하는 데 중요하다 할 수 있습니다. 이것은 다시 말해 스카웃은 자신이 나중에 어른으로 성장하더라도 들어갈 수 없는 성인 남성 세계를 바라보는 아웃사이더인가 하는 문제입니다. 두 번째는 스카웃의 심적 태도가 아버지에 대한 사랑과 헌신 때문만이 아니라 그가 갖고 있는 남성성, 다시 말해 여자로서는 남부 사회 내에서 도저히 가질 수 없다고 생각하는 권력과 자유 때문에 비롯된 것인가 하는 문제입니다. 마지막으로 스카웃에게 아버지로서의 역할뿐만 아니라 어머니 역할까지 수행해야 하는 자상하고 관대한 애티쿠스의 양성적 특성에 관련한 문제입니다. 그는 폭력과 총기사용, 그리고 명예와 관련 하여 전통적인 남성적 인습을 거부하는 모습을 보입니다.

이런 문제에 대한 접근은 우선 소설이 배경으로 하고 있는 전통과 격식 그리고 가족을 중시하는 1930년대 미국 남부의 시골 마을 메이콤에 관한 서술과 묘사의 분석에서 출발할 수 있습니다. 『앵무새 죽이기』는 전통적으로 가족을 중시 여기는 남부의 작은 마을 공동체에 관한 소설이라는 점에서 가족소설이자 사회소설이라 볼 수 있습니다. 그렇지만 소설에서 정상적인 범주에 속하는 가족은 거의 등장하지 않습니다. 특히 아이들이 주인공임에도 불구하고 스카웃과 젬 그리고 딜을 제외하고는 아이들이 거의 등장하지 않는 것은 관심을 끌만한 대목입니다.

정상적인 가족이 부모와 자식으로 구성된 공동체를 의미한다면 소설에서 이 같은 가족의 틀을 갖추었다고 볼 수 있는 집안은 거의 찾아볼 수 없습니다. 스카웃의 집안을 살펴보겠습니다. 어머니가 없는 스카웃과 젬의 가정은 흑인 요리사 칼퍼니아가 가사를 책임지고 아버지 애티쿠스가 부모 역할을 다하고 있습니다. 나중에 스카웃이 소녀로 커 가는데 도움을 주기 위해 오빠 애티쿠스의 집으로 이사를 와서 살게 되는 알렉산드라 고모는 이혼한 상태입니다. 스카웃의 삼촌 잭을 비롯하여 모디 아주머니와 에이버리 씨는 아예 결혼을 하지 않았습니다. 밥 이웰의 가정도 집안에 아내가 없으며, 딜의 경우는 아버지가 없습니다. 그나마 부 래들리와 톰 로빈슨의 가족만이 제대로 된 갖고의 틀을 갖추었다고 말할 수 있습니다. 하지만 백인 여성을 성폭행한 혐의로 구속된 톰 로빈슨은 애티쿠스의 열성적인 변론에도 불구하고 재판에서 진 뒤에 나중에 탈출을 시도하다 최후를 맞이하게 됩니다. 정신 질환을 앓고 있다고 추정되는 부 래들리의 가족도 소외된 종교적 광신도 집안이라는 점에서 문제를 안고 있습니다. 그러므로 아이들이 소설의 주인공임에도 불구하고 작품 속에서 주인공 스카웃 또래의 아이들이 젬과 딜을 제외하고 거의 등장하지 않는 이유는 바로 가족의 불완전성에 연유한 것임을 알 수 있습니다.

특히 성적 정체성의 형성에 있어서는 생물학적 요인뿐만 아니라 가정과 주변 이웃의 상황과 같은 사회적 환경의 요인도 크게 작용합니다. 그러

제10장 소설과 영화: 하퍼 리의 『앵무새 죽이기』와 로버트 멀리건의 〈앵무새 죽이기〉

므로 스카웃의 경우 일찍 어머니를 여읜 후 주변에서 같이 놀아줄 또래의
친구가 오빠인 젬과 딜 이외는 마을에 없다는 점은 스카웃의 일상적인 성
적 정체성의 형성이 어떠하리라는 것은 쉽게 짐작할 수 있는 것입니다. 항
상 헐렁한 멜빵바지를 입고 다니는 톰보이 같은 스카웃의 말과 행동 그리
고 의식은 전통적으로 얌전한 소녀의 이미지와는 거리가 멉니다. 스카웃이
하는 일상적인 놀이란 타이어 굴리기와 나무타기인데 이것은 일반적인 소
녀의 것이라 보기 힘든 것들입니다. 특히 마을에서 같이 놀 소녀친구들이
없으므로 당연히 성적 역할에 맞는 친구가 없다는 사실은 자의든 타의든
간에 스카웃에게 적지 않은 불안 요소로 작용할 수 있는 것입니다.

한 가지 예를 들면, 딜이 여름을 보내기 위해 메이콤 마을에 있는 동안
어느 날 딜과 젬 그리고 스카웃 세 아이가 타이어 타기놀이를 하다가 스카
웃이 탄 타이어가 래들리의 집 안으로 굴러 들어가게 되고 맙니다. 스카웃
이 타이어를 찾으러 래들리의 집으로 들어가는 것을 거절하자 젬은 스카
웃을 나무라면서 날이 갈수록 더욱 여자 같아진다고 말합니다(38). 이 말
은 남자아이들은 겁이 없는 반면 여자아이들은 약하고 겁이 많다는 점이
하나의 고정관념으로 자리 잡고 있음을 보여주는 대목이라 하겠습니다. 젬
도 부 래들리뿐만 아니라 밤을 무서워한다는 점이 나중에 드러나게 되지
만 이 장면에서 스카웃이 보이는 반응에 유의할 필요가 있습니다.

소녀가 된다는 것은 젬과 딜과 같은 소년들에게는 수치에 가까운 것입
니다. 따라서 작은 남부의 마을에서 소녀가 일종의 모욕이자 조롱의 표현
임을 젬을 통해 알게 된 스카웃에게 있어서 소녀와 숙녀는 매우 혼란스럽
고 억압적이며 나중에 커서 되고 싶지 않은 존재입니다. 여자가 남자보다
사회에서 덜 가치 있는 존재라는 점을 생각한 스카웃이 오빠인 젬에게 계
속 인정받기 위해서라도 놀이에서 갑자기 용감해지는 것입니다. 특히 스카

영상시대의 문화코드: 삶, 문학 그리고 영화

웃이 구사하는 말투가 소녀다움의 전형에서 벗어난 매우 상스러운 것이어서 듣다 못한 삼촌 잭이 스카웃을 꾸짖을 정도인 것은 이 같은 연유로 볼 수 있는데, 크리스마스 때 스카웃이 받는 선물이 인형이 아닌 총이라는 점은 많은 것을 시사합니다.

스카웃이 이른바 숙녀가 되는 것에 대해 부정적인 시각을 갖고 있다는 것은 치마 대신 스카웃 자신의 이름만큼이나 활동적인 멜빵바지를 즐겨 입는 것을 통해서도 알 수 있습니다. 스카웃이 젬과 함께 두보스 할머니의 집 앞을 지나가는 장면을 보겠습니다. 스카웃이 "헤이"하고 가벼운 인사말을 건넬 때, 무례하다고 생각한 할머니는 가정교육을 들먹이며 스카웃을 크게 꾸짖습니다. 소설은 두보스 할머니가 모욕을 당했다고 생각하는 것이 두보스 할머니 자신이 스스로를 남부의 숙녀라고 생각하고 있기 때문에 비롯된 것임을 보다 상세히 보여줍니다. 영화에서는 연출되지 않았지만 스카웃이 입고 있는 멜빵바지를 손가락으로 가리키며―남부의 숙녀라면 당연히―스커트와 캐미솔을 입어야 한다고 꾸짖는 것은 멜빵바지가 남부 숙녀의 예법에 어긋나는 소녀답지 못한 복장이기 때문입니다.

이것은 멜빵바지를 입고 밖으로 돌아다니는 것에 대해 뭔가 조치를 취해야 한다 라는 알렉산드라 고모의 말을 통해서도 잘 나타납니다. 옷은 남성과 여성의 표면적인 성적 구별을 보여주는 한 가지 지표이기 때문입니다. 이런 점에서 멜빵바지는 스카웃이 남부의 숙녀에 대해서뿐만 아니라 자기 자신 여성이라는 점에 대해 부정적이거나 혼란스런 의식을 가지고 있음을 보여주는 표면적인 증거가 되고 있습니다. 영화에서 스카웃이 학교에 등교하는 첫날 아침을 먹으러 식당에 들어설 때 몹시 부끄러워하는 장면이 대표적입니다. 치마를 입는 것에 대해 어색해 하는 이 장면은 스카웃의 심리적 동요를 영화적으로 연출한 것입니다. 스카웃이 식당에 들어설 때 애티쿠스와 미스 모디, 그리고 캘퍼니아는 스카웃을 반갑게 맞이하며 격려하지만 오빠 젬은 치마를 입은 스카웃을 놀립니다. 스카웃은 학교에 갈 때 치마를 입어야 한다는 사실을 끔찍하게 생각하고 있는 것입니다.

그러나 영화에서 이 부분을 제외하고 스카웃이 여성으로 성장한다는 것을 두려워하는 것은 말할 것도 없고 치마 입는 것을 강하게 싫어하는 점을 보여주는 장면이 없다는 점은 주목할 필요가 있습니다. 이에 비해, 소설은 스카웃이 치마보다는 멜빵바지를 좋아한다는 점을 뚜렷이 보여주고 있습니다. 호톤 풋의 영화각색은 이 같은 점을 고려하여 스카웃이 치마 입는 것을 싫어하는 점을 부각하기 위해 스카웃의 첫 등교 장면을 의도적으로 설정한 것으로 보입니다.

스카웃의 말괄량이 기질은 아버지 밑에서 자란 영향이 크다 할 수 있습니다. 스카웃이 자신을 아버지 애티쿠스와 동일시하려는 태도는 스커트와 캐미솔을 입어야 한다고 꾸짖는 두보스 부인처럼 남부의 성인 여성이 갖는 한계와 천박성을 인식한 것에 근거할 수 있습니다. 스카웃은 성장해 가는 과정에서 정숙한 숙녀가 되기를 바라는 메이콤 마을 성인 여성들의 기대치와 충돌하는 횟수가 점차 많아집니다.

실제로 스카웃이 이해하지 못하고 거부감을 느끼는 여성은 두보스 부인뿐만 아니라 스카웃의 일학년 담당 선생님인 피셔 선생님, 그리고 스카웃의 집에서 요리사이자 보모 그리고 어머니의 역할을 다하는 흑인 칼퍼니아 등 다양합니다. 특히 스카웃의 여성 정체성 형성과정에서 중요한 의미를 지닌 인물은 남편과 이혼한 후 오빠 애티투스의 집에 와서 살게 되는 스카웃의 고모인 알렉산드라이지만 정작 그녀는 영화 각색 과정에서 완전히 삭제되어 있습니다. 전통적인 가정을 중시하는 스카웃의 고모는 스카웃이 장차 자라서 남부의 숙녀가 되기를 바라는 뜻에서 소녀처럼 행동하라고 강요하지만 스카웃은 이 같은 고모의 태도와 생각을 이해할 수 없고 또 거부감을 느끼게 됩니다. 아버지에 대한 스카웃의 태도와 말투를 고모를 비롯한 주변 어른들이 나무랄 때 스카웃은 즉각 반발하면서 아버지의 동의를 구하려 듭니다. 애티쿠스는 스카웃의 반항적 태도에 별다른 반응을 보이지 않으며 남부여성으로서 갖추어야 할 태도와 관련하여 스카웃의 행실을 주변인이 지적할 때에만 그제야 약간의 관심을 보일 뿐입니다.

기성세대의 여성에 대한 스카웃의 거부감은 역으로 남성적 권위에 대한 스카웃의 강한 동일시를 의미하는 것으로 생각해볼 수 있습니다. 즉 여성에 대한 스카웃의 부정적인 태도는 애티쿠스와 스카웃 사이에 형성된 돈독하면서도 독특한 부녀 관계가 기성세대 여성의 간섭으로 인해 깨질까 하는 두려움에서 비롯된 것일 수 있습니다. 스카웃이 자신의 정체성을 아버지와 동일시하는 이유는 어머니가 없다는 사실 이외에도 아버지 애티쿠스가 보여주는 인격적 카리스마와 강한 내면의 힘과 관련이 있습니다. 그렇지만 아버지의 속성, 즉 남성다움의 속성을 자신의 것으로 받아들이는 스카웃의 여성 정체성은 불완전한 것일 수밖에 없습니다. 그러므로 아버지 애티쿠스는 스스로 어머니와 아버지의 책임과 역할을 수행하고 스카웃의 개인성을 존중하고 한 인간으로 대우하는데 최선을 다하는 한편으로 여동생 알렉산드라를 집에서 같이 살게 하면서 스카웃에게 여성에 관한 역할 모델이 될 수 있게 배려한 것입니다.

그러나 스카웃이 보여주는 남부 여성에 대한 거부감과 비판의 이면에는 아버지 애티쿠스가 갖고 있는 남부여성에 대한 태도와 인식과 부분적인 관련이 있습니다. 남부 여성에 대한 애티쿠스의 관점이 잘 나타난 대목을 살펴보겠습니다. 어느 날 스카웃이 딜을 바래다주고 돌아오면서 아버지 애티쿠스가 알렉산드라 고모에게 하는 말을 무심코 엿듣게 될 때입니다.

그는 "누구보다도 남부의 여성상을 좋아하지만 인간의 생명을 희생해 가면서까지 위선적인 교양에 집착하지는 않는다"라고 말합니다. 또 애티쿠스는 앨라배마 주에서 여자는 재판의 배심원이 될 수 없다는 점을 스카웃에게 설명하면서 다음과 같이 농담조로 말을 잇습니다. "내 생각에는 말이다. 우리의 연약한 숙녀들을 톰의 경우와 같은 너저분한 일들로부터 보호하려는 것일 거야. 게다가 그 숙녀들께서 질문을 해대느라 재판을 잘 치르게 될지 어떨지도 모르는 일이라서 말이다." 여자가 배심원이 될 수 없다는 사실은 스카웃을 몹시 화나게 합니다. 하지만 아버지의 설명을 들은 후 두 보스 할머니가 배심원 석에 앉아 있는 모습을 상상한 스카웃은 곧 그 같은 결정을 내린 조상들이 현명했다고 생각하기에 이릅니다.

여자들은 연약하고 수다스러워 배심원이 될 수 없다는 애티쿠스의 말은 남성 중심의 의식과 편견이 담겨있는 것처럼 보이지만 그 이면에는 날카로운 아이러니가 들어있습니다. 사실 스카웃의 눈을 통해 대체로 긍정적으로 그려지고 있는 여성 인물은 스카웃의 이웃에 살고 있는 모디 앳킨슨 아주머니와 칼퍼니아뿐이며 대부분의 여성 인물들은 매우 부정적으로 비춰지고 있습니다. 이를테면 알렉산드라 고모처럼 대부분의 남부 여성들은 수다스럽고 연약한 약골들이며 심지어 편협한 인종 차별적인 시골뜨기로 그려지고 있는 것입니다.

예를 들면 이렇습니다. "알렉산드라 고모는 메이콤의 파티 참석자 중에서 꽤 나이가 든 편이었다. 고모는 기숙학교에서 배운 상류사회의 예의범절을 지니고 있었으며, 어떤 도덕과 관련된 것이라도 따르고 지지했고, 대단한 사명을 가지고 태어난 것처럼 구제불능의 수다쟁이였다." 그렇지만 가문과 지위, 그리고 전통적인 성적 역할을 매우 중시하는 고모 알렉산드라에 대한 스카웃의 감정은 고모의 의도가 순수할 뿐만 아니라 스카웃과

영상시대의 문화코드: 삶, 문학 그리고 영화

아버지를 사랑하고 있음을 스카웃이 깨닫기 시작하면서 차츰 누그러지게 됩니다.

　스카웃은 여자로서 갖게 되는 한계와 남부 여성의 현실과 상황을 있는 그대로 보기 시작합니다. 젬이 열두 살이 되면서 사춘기적 행동을 보이기 시작하고 여자답게 행동하라며 목소리를 높인다든지 딜과 함께 샛강으로 수영하러 가면서 스카웃을 따돌리게 되면서, 스카웃은 칼퍼니아가 일하는 부엌을 드나들면서 점차 여성의 존재라는 소외된 세계에 관해 배우게 되고, 외톨이가 된 기분으로 칼퍼니아와 머디 아줌마 사이에서 쓸쓸한 시간을 보내게 됩니다. 그러면서 스카웃은 부엌에서 칼퍼니아를 지켜보면서 소녀가 되려면 어떤 기술이 필요하겠다고 생각하기에 이릅니다.

　이 가운데 스카웃의 여성 정체성에 중요한 영향을 끼치는 장면은 알렉산드라 고모가 주도하는 여성 선교 모임에 관한 부분입니다. 일요 예배 때 입는 분홍빛 외출복과 신발 그리고 페티코트를 입은 스카웃은 선교모임에 참여한 마을의 여자 어른들에 관해 "숙녀들께서는 왜 길 하나를 건너오는데도 모자까지 써야 하는지 궁금해 하면서 이들 숙녀들에게서 종잡을 수 없는 염려와 어딘가에 숨겨진 확고부동한 욕구로 가득 차 있다"고 파악하면서 남부 여성들이 보여주는 천박함과 편견을 자세히 관찰합니다. 스카웃은 고모가 자신을 선교 모임에 참석하게 한 것을 "숙녀로 만들어 보려는 노력의 일환"임을 잘 알고 있습니다.

　마을에서 가장 수다스러운 미스 스테파니 크로포드가 나중에 커서 뭐가 되고 싶으냐고 물을 때 스카웃이 그냥 숙녀가 될 거라고 대답하자 "드레스를 자주 입는다면 그렇게 힘든 일만도 아니다"라고 말하면서 바지를 즐겨 입는 생활습관을 바꾸지 않으면 남부 엘리트 숙녀 사회의 일원이 될 수 없다는 점을 충고합니다. 그렇지만 스카웃이 언젠가는 "온갖 향내를 풍

제10장 소설과 영화: 하퍼 리의 『앵무새 죽이기』와 로버트 멀리건의 〈앵무새 죽이기〉

기며 천천히 흔들거리며 우아하게 부채질하며 시원한 음료를 마시고 있는 숙녀들의 세계"에 들어갈 수밖에 없다는 점을 인식하고 있더라도 "아직은 아버지의 세계에 더 가까이 있다"고 말하고 있는 점에서 알 수 있듯이 스카웃은 숙녀가 되고 싶은 생각이 없어 보입니다.

메이콤의 숙녀 세계보다도 아버지의 세계에 더 큰 호감을 갖고 있다는 점은 스카웃이 양쪽 세계 사이에서 갈등하고 고민하고 있다는 점을 보여주는 대목이라 하겠습니다. 즉, 남성 세계를 동경하는 듯한 이 같은 표현은 아버지로 대표되는 남성세계에 매우 이상화된 시각을 갖고 있는 반면, 자신이 속한 여성세계에 대해 매우 부정적인 시각을 갖고 있다는 점을 반증하는 것으로서 스카웃이 느끼는 갈등의 핵심에 자리 잡고 있음을 알 수 있습니다. 즉 스카웃에게 있어서 애티쿠스로 대표되는 남성의 세계는 자유와 권위로 비춰지고, 아버지 애티쿠스는 스카웃이 남부 여성으로 성장하는 과정에서 커다란 영향을 발휘하는 남성적 권위의 핵심적 우상으로 자리 잡고 있는 것입니다.

이를 반영하듯 소설은 스카웃의 눈을 통해 알렉산드라 고모가 주도하는 선교 모임에 참석한 메이콤의 숙녀들을 통해 도덕적 외양, 경건한 태도, 숙녀의 태도가 지닌 편협함과 천박함을 매우 부정적으로 드러냅니다. 이를테면, 모임에 참석한 독실한 감리교도인 그레이스 메리웨더 부인은 아프리카의 불쌍한 므루나 사람들이 처해있는 빈곤, 무지, 난잡함에 대해 설명하는 가운데 그와 같은 정글에서 기독교적 구원이 필요하다 말하면서 기독교 사회와 교육의 중요성을 역설하는 한편, 신의 이름으로 증언할 기회를 절대로 줄 필요가 없는 샐쭉해진 검둥이들을 데리고 있는 이유는 단지 이런 불경기에 몇 푼이라도 적선하려는 것뿐이라고 말합니다. 이 같은 발언은 인종차별적이고 식민주의적 태도를 그대로 드러낸 것으로서 남부 숙녀의 편협함과 천박함을 가장 극적으로 보여주는 대목이라 하겠습니다. 사소한 데 관심을 쏟고 피상적인 옷차림의 규범과 인종차별적이고 경직된 도덕에 관심을 쏟는 남부 숙녀의 역할과 여성다움은 스카웃이 동일시하기에는 너무나 천박하고 하찮아 보이는 것으로서 스카웃이 "아직은 아버지의 세계에 더 가까이 있다"고 느끼는 가운데 상대적으로 남부 숙녀에 대해 거부감을 가지는 이유를 잘 설명해 주는 것입니다.

그런데 소설에서 여성의 성별 역할에 대한 비판은 역설적으로 톰 로빈슨과 부 래들리와 같은 주변적인 인물/이방인을 통해 은유적으로 이루어지고 있습니다. 백인 여성을 강간했다는 혐의로 기소되어 재판을 받는 흑인 톰 로빈슨은 말할 필요도 없이 인종차별적인 백인 사회의 근본적인 희생자인 반면, 정신병을 앓고 있다는 소문이 떠도는 부 래들리는 사람을 해칠 잠재적 위험 가능성 때문에 사회에서 격리된 채 사실상 가택연금 상태에 있는 소외된 인물입니다. 재판에서 진 뒤 형무소 탈출을 시도하다 총에 맞아 죽는 톰은 사실상 자살을 통해 그리고 부는 고립된 자신의 집에서 보호받는 삶으로 되돌아갑니다. 톰과 부 래들리는 정상적인 사회생활을 흉내조차 낼 수 없고 결과적으로 국외자적인 삶의 결과를 선택할 수밖에 없습니다. 어떤 해도 끼치지 않지만 상처받기 쉬운 이들은 날고 싶어도 날 수 없고 격리된 채 보호받아야 하는 삶을 강요받는 것입니다. 결국 두 인물은 세상에서 격리되어 있다는 측면에서 소설의 제목과 깊은 연관이 있는 차별과 은둔의 새장에 갇힌 채 노래하는 앵무새를 상징합니다.

앵무새의 비유는 소설 전반에 걸쳐 이루어지고 있다고 생각할 수 있는데, 실제로 작품의 제목을 생각해볼 때 서술화자를 비롯한 모든 인물이 노래하는 앵무새로 볼 수 있습니다. 어떤 점에서 소설 자체가 앵무새의 노래라고 볼 수 있는 것입니다. 작품 속에서 흑인 톰 로빈슨이 인종차별의 감옥에 갇힌 앵무새라면, 백인 부 래들리는 편협한 가족과 종교의 감옥에 갇히고 두보스 부인은 모르핀의 감옥에 갇혀 있기 때문입니다. 병들고 괴팍한 두보스 부인은 시간의 흐름이 멈춘 낡고 오랜 과거의 의식과 전통에 갇혀버린 남부의 전형적인 상징 인물로서, 남부의 폐허를 그 스스로 보여주고 있습니다. 이런 점에서 메이콤의 숙녀들도 사회의 주류를 형성하지 못하고 의식적 빈곤함을 깨닫지 못한 채 자신들의 장소와 숙녀의 관습 그리고 편견의 감옥에 갇혀 길들여진 앵무새들인 것입니다.

애티쿠스도 스스로 국외자적 위치를 선택한다는 점에서 많은 것을 시사합니다. 그는 마을 사람들과 가족의 존경을 받는 인물이라는 입지에도 불구하고, 허약하고 나이가 많다는 점에서 아이들이 생각하는 전통적인 남성상과는 거리가 멉니다. 아내와 일찍 사별한 후 재혼을 거부하고 남성다움과 여성다움에 관한 전통적인 의식과 관습에는 별다른 관심을 기울이지 않는 모습은 전형적인 남부의 남성상에서 벗어난 것이라 하겠습니다. 예를 들어 애티쿠스가 재혼하지 않는 것에 대해 두보스 부인이 신랄하게 비판한다든지 젬이 애티쿠스가 축구의 태클을 하지 못하게 하는 것에 대해 몹시 기분이 상해 있는 면들은 전통적인 측면에서 보았을 때 그가 사내답게 보이지 않는 것에 대한 미묘한 비판으로 비춰집니다.

그렇지만 나중에 젬을 비롯한 아이들은 마을에 출현한 미친개를 총으로 쏘아 죽이는 애티쿠스의 뛰어난 사격술뿐만 아니라 백인 여자를 강간한 혐의를 받고 수감 중인 흑인 톰 로빈슨을 한밤중에 습격하려는 백인들에 맞서 교도소 앞을 지킨 일이라든지 법정에서 당당히 흑인을 변호하는 그의 모습에서 진정한 용기가 무엇인지를 눈으로 직접 확인하게 됩니다. 특히 그가 위험을 무릅쓰고 남부의 전통과 편견의 감옥이 강요하는 구속에 맞서 흑인 톰 로빈슨의 변호를 기꺼이 맡는 행동은 그가 전형과 틀의 감옥을 벗어나서 보다 자유로운 것을 추구하고 있다는 점을 보여줍니다. 이런 점에서 그의 행동은 스스로 사회의 앵무새를 거부하고 사회의 경직된 성적 정체성과 역할을 뛰어 넘는 자아실현의 메시지가 어떤 것인지를 보여준다 하겠습니다.

스카웃이 남부 여성보다도 권위의 상징으로서 아버지와의 정체적 동일화를 강조한 것은 이 같은 점을 염두에 둔 것이라 할 수 있습니다. 그러므로 소설의 결말에서 보듯, 마을 축제가 끝난 후 집으로 돌아오는 도중 숲 속 오솔길에서 습격을 받은 스카웃과 젬을 구해주기 위해 밥 이웰을 살해한 부 래들리를 살인자로 기소하는 것은 잘못된 것이라고 보안관 헥 테이트가 애티쿠스를 설득할 때 스카웃은 아버지 애티쿠스에게 그것은 앵무새를 쏴 죽이는 것과 같은 것이라고 되물으며 이전에 아버지가 아이들에게 성탄절 선물로 사준 공기총 사용법을 가르쳐주면서 앵무새를 죽이는 것은 죄라고 말했던 점을 상기시킵니다. 나중에 스카웃은 집으로 다시 돌아가 사회로부터 격리된 삶을 되풀이할 수밖에 없는 부 래들리의 손을 잡고 직접 그의 집까지 바래다주면서 부 래들리를 진정한 한 인간 아더 래들리로 받아들일 수 있게 되고, 사회의 타자적 존재가 갖는 역할과 의미를 깨닫습니다. 스카웃은 아버지 애티쿠스와 마찬가지로 최소한 차이를 인정하고 존중하는 태도를 보여 줌으로서 편견과 인습의 감옥에서 벗어날 수 있는 것입니다.

소설과 영화의 이 같은 메시지는 1960년대의 흑인 민권 운동을 기반으로 하는 당대의 새로운 사회적 분위기를 반영한 것이라 하겠습니다. 작품의 제목이기도 한 '앵무새'는 순수함을 상징합니다. 소설은 1930년대의 미국 남부의 한 마을의 사회적 실상을 어린이의 눈을 통해 매우 사실적으로 그려내고 있습니다. 영화는 사회의 부조리를 고발하고 비판하는 원작의 진

제10장 소설과 영화: 하퍼 리의 『앵무새 죽이기』와 로버트 멀리건의 〈앵무새 죽이기〉

보적 메시지를 컬러가 아닌 흑백의 영화 언어를 통해 오히려 차분하고 서
정적인 분위기로 담아내는데 성공함으로써, 시대를 초월해 많은 관객들의
공감과 사회적 반향을 이끌어내고 있습니다.

영상시대의 문화코드: 삶, 문학 그리고 영화

참고문헌

강상대,『우리 소설의 일탈과 지향』, 청동거울, 2000.

강성률,「페미니즘 비평 방법론을 쇄신하라」,『씨네21』443 (2004년3월11일).

강한섭,「어려운 주제, 쉽게 꾸민 영화, 〈피아노〉의 이변」,『월간중앙』214 (1993
     년 11월), 634-635.

김동훈,『여간내기의 영화교실 1』, 컬처라인, 2003.

김미현 편,『한국영화사』, 커뮤니케이션북스, 2006.

김병익,「난장이, 혹은 소외집단의 언어」『상황과 상상력』, 문학과지성사, 1979.

김상률,『차이를 넘어서: 탈식민시대 미국문화읽기』, 숙명여대 출판국, 2005

김소영 편,『시네-페미니즘, 대중영화 꼼꼼히 읽기』, 과학과 사상, 1995.

김상환, 홍준기 엮음,『라깡의 재탄생』, 창비, 2002.

김성곤,『김성곤교수의 영화에세이』, 열음사, 1994.

김성곤,『문학과 영화』, 민음사, 1997.

김소영, 『시네마, 테크노 문화의 푸른 꽃』, 열화당, 1996.

김수이, 『서정은 진화한다』 창비, 2006.

김영근, 『인간과 문화』, 동인, 2007.

김용수, 『영화에서의 몽타주 이론』. 열화당, 1996.

김인환, 『줄리아 크리스테바의 문학탐색』, 이화여대출판부, 2003.

김정룡, 『우리 영화의 미학』, 문학과 지성사, 1998.

김정미, "페미니즘 영화 이론과 여성영화 연구." 경성대 석사논문, 1997.

김정숙, 「텍스트 새롭게 읽기: 대립적 세계관에서 생태학적 세계관으로」,『문예시학』9-1 (1998), 21-42.

김준오, 『시학』, 이우출판사, 1988.

김치수, 「이념과 사랑- 황석영의 『오래된 정원』」『문학과 사회』16-4 (2003), 1754-1776.

딕, 버나드, 『영화의 해부』, 시각과 언어, 1996.

로버츠, 에드가 V.,『영문학의 이해와 글쓰기』, 한울아카데미, 2001.

류신,『다성의 시학』, 창비, 2002.

리, 하퍼, 『앵무새 죽이기』, 김욱동 옮김, 문예출판사, 2002.

리차드슨, 로버트, 『영화와 문학』. 이형식 옮김. 동문선, 2000.

메인, 주디스, 『사적소설/공적영화』, 시각과 언어, 1994

문학사 연구회 편,『소설 구경 영화 읽기』, 청동거울, 1999.

민병기 외,『한국의 영상 문학』, 문예마당, 1998.

바쟁, 앙드레,『오손 웰즈의 영화미학』, 현대미학사, 1996.

박종성, 「폭풍의 언덕 II: 〈피아노〉에서 지배언술 허물기」,『근대영미소설』7-1 (2000), 61-81.

배창호,『창호야 인나 그만 인나: 배창호 감독의 영화 이야기』, 여백미디어, 2003.

벨튼, 존,『미국 영화/미국 문화』, 한신문화사, 2000.

샤츠, 토마스,『할리우드 장르의 구조』, 한나래, 1996

성민엽, 「이데올로기 너머의 화해와 그 원리」,『창작과 비평』29-4 (2001년 겨울호), 241-250.

소벅, 토마스 외, 『영화란 무엇인가?』, 거름, 1998.

송희복, 『영화, 뮤즈의 언어』, 문예출판사, 1999.

슈탄젤, 프란츠, 『소설의 이론』, 문학과비평사, 1990.

스포티스우드, 레이몬드. 『영화의 문법』 김소동 옮김. 집문당, 2001.

스탬, 로버트, 『자기 반영의 영화와 문학』, 한나래, 2005.

안병섭, 『세계영화 100』, 한겨레신문사, 1996.

안영순, 노시훈 지음, 『영화와 애니메이션을 위한 36가지 극적 플롯 1』, 동인, 2002.

앨리스, 잭 C., 『세계영화사』, 변재란 역, 이론과 실천, 1996.

양현미, 「영화 〈피아노〉 다시 읽기: 『폭풍의 언덕』의 변형과 수용」, 『문학과 영상』 1-2 (2000), 91-109.

여석기, 「여러 개의 Hamlet 영화」, 『디오니소스』 3 (1999), 23-39.

영미문학 연구회, 『영미문학길잡이 2: 미국문학과 비평이론』, 창비, 2003.

영화언어 편집위원회, 『영화언어 I』, 시각과 언어, 1997.

에이젠슈테인, 세르게이. 『몽타쥬 이론』 예건사, 1990.

엘만, 리처드. 『제임스 조이스 1, 2』 전은경 옮김. 책세상, 2002.

오르, 존, 『영화와 모더니티』, 민음사, 1999.

우드, 로빈, 『베트남에서 레이건까지』, 시각과 언어, 1995.

우찬제, 「대립의 초극미, 그 카오스모스의 시학」, 『난장이가 쏘아올린 작은 공』, 조세희, 이성의 힘, 2000.

월터스, 수잔나, 『이미지와 현실 사이의 여성들』, 또 하나의 문화, 1999.

월라이트, 필립, 『은유와 실재』, 문학과지성사, 1982.

유예원, 「황석영 전쟁 소설의 기억 양상 연구」, 이화여대 석사논문, 2009.

유지나, 『여성영화산책』, 생각의 나무, 2002.

이문열, 『이문열 문학 앨범』, 웅진출판, 1994.

이승진, 「황석영의 『오래된 정원』에 핀 브레히트의 장미」, 『브레히트와 현대연극』 11 (2003), 175-195.

이영일, 『한국영화전사』, 소도, 2004.

이왕주,『철학, 영화를 캐스팅하다(Philosophy + Film)』, 효형출판, 2005

이윤영,『영화, 피그말리온의 꿈』, 문학과 지성사, 1999.

임왕태,「셰익스피어 영화: 셰익스피어 해석의 새로운 방법」,『디오니소스』 3 (1999), 53-68.

자네티, 루이스,『영화의 이해』, 현암사, 1999.

장세진,『한국영화산책』, 예문, 1997.

조세희,「파괴와 거짓희망, 모멸의 시대」『문학과 사회』 (1996, 가을).

진중권,「미학에서 감각론으로」,『창작과 비평』 (2002 여름호).

최원식, 임홍배 공편,『황석영 문학의 세계』, 창비, 2003

카잔차키스, 니코스,『그리스인 조르바』, 이윤기 옮김, 열린책들, 2000.

코엘료, 파울로,『일러스트 연금술사』, 최정수 옮김, 문학동네, 2005.

타르코프스키, 안드레이,『봉인된 시간』, 분도출판사, 1991.

투랭, 알랭,『탈산업 사회의 사회이론』, 이화여대출판부, 1994.

한명환,「각색영화와의 비교를 통해 본 소설의 의미 재고」『현대문학이론연구』 24 (2005), 409-435.

한상준 외,『영화로 보는 현대사회: 영화에 대한 13가지 테마』, 소도, 2002.

한수영,「분단과 전쟁이 낳은 비극적 역사의 아들들」『역사비평』 46 (1999), 16-40.

황석영,「삶과 글쓰기」『진보평론』 8 (2001년 6월), 185-198.

황영미,「일인칭 소설의 영화화」,『문학과 영상』 2-1 (2001), 53-74.

Burkdall, Thomas, *Joycean Frames: Film and Fiction of James Joyce*. New York: Routledge, 2001.

Corrigan, Timothy, *Film and Literature*, an introduction and reader. Upper Saddle River, NJ: Prentice Hall, 1999.

Costanzo, William. "Joyce and Eisenstein: Literary Reflections on the Reel World." *Journal of Modern Literature* 11(1984): 175-80.

Duffy, Enda. "Disappearing Dublin: Ulysses, postcoloniality, and the politics of space." *Semicolonial Joyce*. Ed. Derek Attridge and Marjorie Howes. Cambridge: Cambridge UP, 2000. 37-57.

Ellmann, Richard. *James Joyce.* Oxford: Oxford UP, 1982.

Fowles, John, *The French Lieutenant's Woman: A Screenplay*, by Harold Pinter. Boston: Little, Brown and Company, 1981.

Gibbons, Luke. *Transformations in Irish Culture.* Notre Dame: University of Notre Dame Press, 1996.

Goodwin, James. "Eisenstein, Ecstasy, Joyce, and Hebraism" *Critical Inquiry* 26 (Spring 2000): 529-57.

Humphrey, Robert. *Stream of Consciousness in the Modern Novel.* Berkeley: U of California P, 1955.

Joyce, James. *Dubliners.* Ed. Robert Scholes and A. Walton Litz. New York: Viking, 1969.

______. *A Portrait of the Artist as a Young Man.* New York: Viking, 1968.

______. *Ulysses.* Ed. Hans Walter Gabler, et. al. New York: Random House, 1986.

Langer, Susan, *Feeling and Form: a theory of art developed form*, London: Routledge & Kegan Paul, 1979.

Lee, Harper, *To Kill a Mockingbird.* New York: Harper and Row, 1960.

Levin, Harry. *James Joyce: A Critical Introduction.* New York: New Directions, 1960.

Perlmutter, Ruth. "Joyce and Cinema." *Boundary 2* 6 (1978): 481-502.

Stam, Robert. *Film Theory: An Introduction.* Oxford: Blackwell, 2000.

Tall, Emil. "Eisenstein on Joyce: Sergei Eisenstein's Lecture on James Joyce at the State Institute of Cinematography, November 1, 1934." *James Joyce Quarterly* 24 (1987): 133-42.

Werner, Gösta. "James Joyce and Sergej Eisenstein." Trans. Erik Gunnemark. *James Joyce Quarterly* 27 (1990): 491-507.

지은이 변재길

계명대학교에서 영문학 박사학위를 받았고 영국 이스트앵글리아대학교에서 영화학 박사학위를 받았다. 현재 영산대학교 자유전공학부 교수로 재직하고 있으며, 지은 책으로는 『제임스 조이스, 모더니즘, 식민주의』 등이 있다.

영상시대의 문화코드: 삶, 문학 그리고 영화

초판 발행일 2012년 2월 28일
초판 2쇄 발행일 2013년 7월 30일

지은이 변재길
발행인 이성모
발행처 도서출판 동인
주 소 서울시 종로구 명륜2가 237 아남주상복합아파트 118호
등 록 제1-1599호
TEL   (02) 765-7145 / FAX: (02) 765-7165
E-mail dongin60@chol.com
ISBN   978-89-5506-501-5
정가   14,000원

※ 잘못 만들어진 책은 바꿔 드립니다.